科幻三巨头作品

VARIANT WAR
变型战争

刘慈欣　王晋康　何　夕◎著

北方联合出版传媒(集团)股份有限公司
万卷出版公司

ⓒ 刘慈欣 王晋康 何夕 2016

图书在版编目（CIP）数据

变型战争 / 刘慈欣，王晋康，何夕著 . — 沈阳：万卷出版公司，2016.11
ISBN 978-7-5470-4316-5

Ⅰ . ①变… Ⅱ . ①刘… ②王… ③何… Ⅲ . ①科学幻想小说 - 小说集 - 中国 - 当代 Ⅳ . ① I247.7

中国版本图书馆 CIP 数据核字（2016）第 234836 号

出版发行：北方联合出版传媒（集团）股份有限公司
　　　　　万卷出版公司
　　　　　（地址：沈阳市和平区十一纬路 25 号　邮编：110003）
印　刷　者：北京季蜂印刷有限公司
经　销　者：全国新华书店
幅面尺寸：160mm×230mm
字　　数：300 千字
印　　张：18.75
出版时间：2016 年 11 月第 1 版
印刷时间：2016 年 11 月第 1 次印刷
责任编辑：胡　利
版式设计：展　志
封面设计：宋晓亮
责任校对：彭力胜
ISBN 978-7-5470-4316-5
定　　价：35.00 元

联系电话：024-23284090
邮购热线：024-23284050
传　　真：024-23284521
E－m a i l：wanrongbook@163.com
网　　址：http://www.chinavpc.com

从武侠看中国科幻三巨头

刘慈欣、王晋康、何夕三人的作品各有特点，年轻的时候，更喜欢何夕，喜欢他的随意挥洒傲岸不羁，更喜欢他高冷的寂寞和孤独，喜欢他在描写《伤心者》时展现的那种绝望；长大一点更喜欢刘慈欣，对他在硬科幻上的造诣几近膜拜，他那些作品若没有雄厚的数学功底是不可能写得出来的，而且还需要与生俱来的科幻天赋；年龄再大一点就会爱上王晋康，他对科学进步的担忧不是杞人忧天而是应该必须面对的现实，只有深具人文情怀的作者才会写出这样的作品。

金庸、梁羽生、古龙是新派武侠小说里公认的"三大家"，他们以武侠爱情故事的发展重构自己梦想中的大千世界，其中夹杂的江湖恩怨与儿女情长，令每一个华人读者都难以忘怀。可以说有华人的地方就有武侠，有武侠的地方就有金梁古。

而中国科幻圈就没有那么幸运了，至今为止，虽然已经开始感知到科幻的力量，但它仍然是一个小圈子。在这个圈子如果一定要选出"三个代表"来的话，那就是刘慈欣、王晋康和何夕。刘慈欣像金庸，王晋康像梁羽生，何夕像古龙。刘慈欣自不必说，他已经是中国科幻的旗帜性人物，成为时代认可的主流作家，当前影响力已经不在金庸之下。王晋康在科幻圈的地位一直与刘慈欣并列，只是因为《三体》气场太强，将整个科幻圈都笼罩在阴影之下，才让很多人不自觉地忽略了王晋康这位科幻界同样优秀的存在。而何夕跟刘慈欣和王晋康又不一样，他像一个独行侠，似乎并不在意自己是否是一个科幻作家，同时又游离于主流文学之外，个性随意无拘无束，完全沉迷于自己世界，像一个颓废浪子，又像一个吟游诗人，与古龙有太多相似之处。

　　作为中国三大科幻作家之首的刘慈欣，他的作品构建出一个又一个气象万千的宇宙世界，手法熟稔，结构宏大，略有瑕疵的是，工程师出身的大刘构建小说着重科幻本身，在文字方面不事雕琢，有点像程序员一样只求以极简方式达到目标，但却并没有去追求代码里的美感，所以其人物塑造略显粗糙与简陋，对于主流文学界作家而言，个体复杂，人性难测，用程式化去构造一个人就是粗鄙无文的表现，而刘慈欣笔下的人物往往形象单一，所以《三体》中程心的形象被很多人认为是一个败笔。其实作者试图将人性中最善良的部分寄托在一个女性身上，希望她的真善美能够为人类找到一丝存在价值，为无限黑暗的宇宙点燃一点光明，然而最终结果是很多读者认为程心是一个"圣母婊"，刘慈欣后期作品明显开始注意到这些缺点并试图去弥补。《球状闪电》和《三体》这两部长篇作品，越读到后面越能感觉到他底蕴深厚，想象深邃，其作品正统宏大，其恢宏意境以及层出不穷的铺陈与金庸有些相似，在文字美感和人文情怀方面，刘慈欣亦应该拥有巨大潜能。我们知道金庸是世所公认的集武侠之大成者，他的十四部作品"飞雪连天射白鹿，笑书神侠倚碧鸳"（《越女剑》不在其中）无一不是精品，人物刻画栩栩如生，故事情节环环相扣，出手气象恢宏，落笔必有丘壑。对大事件的把握，以及故事情节的构造，重峦叠嶂，悠然厚重，金、刘二位相似处极多。

王晋康的作品，公认的特点是"沉郁苍凉"，到底这种"沉郁苍凉"感是怎么产生的，至今无法解释，因为王老的外形上并不具有这样的气质，而且他的文字朴素且并无萧瑟气息，这种"沉郁苍凉"到底隐藏在王老故事里的哪个角落，一直是很多读者探讨的话题。而"沉郁苍凉"正是梁羽生武侠小说里极特殊的气质，塞外奇情，尘垢不染，朔风呼啸，爱而弥远。无论是《白发魔女传》里的练霓裳和卓一航，还是《云海玉弓缘》里的金世遗和厉胜男，以及《塞外奇侠传》中的杨云聪和飞红巾……我们都能感觉到这种冲灵空旷的抑郁，以及大漠孤烟的苍凉，而王晋康的作品表面上却看不出这些，但内里却能让人同样触摸到这种冷清。比如，他的《蚁人》《生命之歌》《水星播种》，其间对人性的深沉问诘，对宇宙终极目的的反思都让人不由得从心底升起一丝凉意。王晋康作品的另一特点是对科技的自我反思，其富含哲理的行文让资深并具有人文情怀的科幻迷喜欢，和刘慈欣"万花筒"式的硬科幻不同，他喜欢将一个包袱包装成一整篇完整的故事，借助两性观念，营造大家熟悉的家庭氛围，与冰冷的科技形成强烈对照，酝酿感性人生和理性科技的冲突。在梁羽生的作品中，英雄美人也往往在家族恩怨中演绎悲情故事，柳梦蝶与左含英的爱情演绎成《龙虎斗京华》主线，《萍踪侠影录》中张丹枫与云蕾的家族世仇是故事发展的驱动力，专注于家族，然后将故事点燃，这也是两者之间相通之处。现在主流读者对于王晋康的认识还比较浅薄，这主要是因为科幻读者的年龄和阅历限制，其实王晋康作品最深刻的地方并不是故事本身，而是他对科技发展的审视和反思，如果没有较深的人文关怀和思辨能力，很难意识到王晋康的厚重，但事实上这种超越科幻圈之外的清醒，是对人类社会的终极关怀，而这，似乎才是科幻的本真命题，更应受到关注和尊重。

何夕，则是科幻界一位活生生的古龙，他的文章有一种难以言说的诗意，这种诗性气质让人感觉到他的超然和洒脱，甚至有点与尘世格格不入，所以何夕的文章在科幻读者中有两个极端，喜欢他的人喜欢得要命，不喜欢的人说他装×。古龙亦如是，喜欢他的人觉得他已超越了金庸，不喜欢他的人说他只知道自己抄袭自己。何夕的小说更像是兴之所至、笔之所至，不知道他师承何派，与西方的正统科幻没有任何牵连，与本土作家的文风亦相去甚远。何夕小说的主人公就是他自己，虽然这种自恋情结让人很是不爽，但正是这种投入感使得其文章直达人心，甚至接近癫狂。比如何夕在描写《伤心者》时，你能感受到他内心深处的黑暗，这种来自骨子里的诗性悲哀是科幻界任何一个作家都难望其项背的，他心中的黑暗和绝望，不是因为宇宙，而是他的内心世界，这是成为一个伟大作家的必备潜质，用第六感去触摸几万光年以外的绝望，这需要极其强大的想象力。从技术层面来讲，甚至可以说这两种思维是完全背逆的，一种是文学作品本身所需要的性感和海阔天空，一边又是科幻需要的理性和逻辑清晰，一种是社会科学思维，一种是自然科学思维，将这两者结合得很好并非易事，所以在科幻圈或者科幻迷的眼中，谈到文笔更多读者推崇的是何夕，认为只有他的文字才能与主流作家一较高下。何夕的《伤心者》非常全面地展示了他的文笔功底，小说讲述了一个非主流基础数学男坎坷的经历，性格描述入木三分，与古龙小说《边城浪子》里的傅红雪、《多情剑客无情剑》里的阿飞极为类似，他们都是不世出的天才，不容于尘世，这种落拓被写得荡气回肠，让人心灵震撼。何夕和古龙，都以想法奇特、描写诡异在各自领域独树一帜，他们以"剑走偏锋"的方式成就了自己的江湖地位。

刘慈欣、王晋康、何夕三人的作品各有特点，年轻的时候，更喜欢何夕，喜欢他的随意挥洒傲岸不羁，更喜欢他高冷的寂寞和孤独，喜欢他在描写《伤心者》时展现的那种绝望；长大一点更喜欢刘慈欣，对他在硬科幻上的造诣几近膜拜，他那些作品若没有雄厚的数学功底是不可能写得出来的，而且还需要与生俱来的科幻天赋；年龄再大一点就会爱上王晋康，他对科学进步的担忧不是杞人忧天而是应该必须面对的现实，只有深具人文情怀的作者才会写出这样的作品。

中国科幻圈冷清多年，这三位作者各自做出了自己的努力，因为《三体》的关系，目前国内科幻市场逐渐向市场巅峰靠近，但是刘慈欣还是比较有自知之明的，在媒体和科幻迷都因为《三体》乐观估计中国科幻就此兴起的时候，刘慈欣还在说，中国科幻的销量还不够，中国科幻还有很长的路要走。相比于红了近 40 年的武侠，科幻仍然还是一片处女地，相比于武侠万部长篇，科幻的长篇作品屈指可数，相比于武侠层出不穷的接棒者，科幻圈新生代寥寥无几。

谈中国科幻三大家，固然有些草率轻浮，但数年观察也并非完全杜撰，只是希望有一些高峰的存在，让更多年轻人有追寻目标，希望在不久的将来，能看到中国科幻圈不仅只是高山巍峨，还有更多的是群峰耸立！

科幻作家、前南都网评论主编　罗金海

目 录

太原之恋——IT 怨念

诅咒 1.0 诞生于 2009 年 12 月 8 日。

这是金融危机爆发后的第二年，人们本来以为危机已快要结束了，没想到只是开始，所以整个社会陷入焦躁之中，每个人都需要发泄，并积极创造发泄的方式，诅咒的诞生也许与这种氛围有关。诅咒的作者是一个女孩儿，十八岁至二十八岁之间。关于她的信息，后来的 IT 考古学家能知道的就这么多。诅咒的对象是一个男孩儿，二十岁，他的情况却被记载得很清楚。他叫撒碧，是太原工业大学的大四学生。他和那女孩儿之间发生的事儿没什么特别的，就是少男少女之间每天都在发生的那些事儿，后来有上千个版本，这里面可能有一个版本是真实的，但人们不知道是哪一个。反正他们之间的事情结束后，那女孩儿对那男孩儿是恨透了，于是编写了诅咒 1.0。

女孩儿是个编程高手，真不知道她是怎样学来这本事的。在这个 IT 从业者人数急剧膨胀的年代，真正精通系统底层编程的人却并未增加，因为能用的工具太多了，也太方便了，没必要像苦力似的一行行编代码，大部分都可以用工具直接生成。女孩儿要做的编写病毒的活计也是一样，有众多功能强大的黑客工具可用。所谓编写病毒，不过是把几个现成模块组装起来；或更简单，对单个模块修改一下即可。在诅咒之前，大规模流行的最后一个病毒"熊猫烧香"就是这么弄出来的。但这个女孩儿却是从头做起，没有借助任何工具，自己一行一行地写代码，像勤劳的农家女用原始织布机把棉线一根一根织成布。想到她伏在电脑前咬牙切齿敲键盘的样子，我们的脑海中不由浮现出海涅的《西里西亚的纺织工人》中的两句诗："老德意志，我们在织你的尸布……我们织！我们织！"

诅咒 1.0 是历史上在传播方面最成功的计算机病毒，它成功的主要原因在两个方面。

首先，诅咒不对被感染电脑进行任何破坏（其实其他的大部分病毒也没有破坏企图，所造成的破坏是由其低劣的传播或表现技术所致，而诅咒在避免传播中的副作用方面做得很完善）。它的表现也很克制，在大部分被感染的电脑上都没有任何表现，只有当系统条件组合符合某一条件时（大约占总感染数的十分之一），才进行表现，且每台电脑只表现一次。具体的表现方式是在被感染的电脑上弹出一条显示：

撒碧去死吧！！！！！！！！！

如果点击这个显示，就会出现关于撒碧更进一步的信息，告诉你这个被诅咒者住在中国山西省太原市太原工业大学××系××专业××班××宿舍楼××寝室。如果不点击，这个显示将在三秒内消失，且永不在这台电脑上重新出现，因为被记忆的有硬件信息，所以即使重装系统后也一样。

诅咒 1.0 成功传播的第二个原因在于系统拟态技术，这倒不是女孩儿的发明，但这项技术被她熟练地用到了极致。系统拟态，就是把病毒代码的很多部分做成与系统代码相同，且采用与系统进程类似的行为方式。杀毒软件在杀灭该病毒时，极有可能把系统也破坏掉，最后不得不投鼠忌器。其实，瑞星、诺顿等都曾盯上诅咒 1.0，但后来惹上了越来越多的麻烦，甚至产生了比诺顿在 2007 年误删 Windows XP 系统文件更恶劣的后果，加上诅咒 1.0 在传播中没出现任何破坏行为，且所占系统资源也微不足道，就先后把它从病毒特征库中删掉了。

诅咒诞生之日，正是写科幻的刘慈欣第二百六十四次因公来太原之时。尽管这是他最讨厌的一座城市，但每次来他都要逛街。不过，他所谓"逛街"就是到柳巷的一家小店去为他那老掉牙的 ZIPPO 打火机买一瓶专用汽油，这是目前极少数不能从淘宝或易趣邮购的东西。前两天刚下过雪，像每次下雪一样，这时的雪被碾成了黑乎乎的冰。他摔了一跤，屁股的疼让他忘了在进火车站时把那一小瓶汽油从旅行包中拿出来装进衣袋，结果过安检时被查了出来，没收后又罚款两百元。

他更讨厌这座城市了。

诅咒 1.0 流传下去。五年，十年，它仍然在日益扩展的网络世界静悄悄地繁衍生息。

这期间，金融危机过去了，繁荣再次到来。随着石油资源的渐渐枯竭，煤炭在世界能源中的比重迅速增加，地下黑金为山西带来滚滚财源，使其成为亚洲的阿拉伯，省会太原自然也就成了新的迪拜。这是一座具有煤老板性格的城市，过去穷怕了，即使在 21 世纪初仍处于贫寒的日子里，也是下面穿露屁股的破裤子，上身着名牌西装，在下岗工人日渐增多的情况下建起了国内最豪华的歌厅和洗浴中心。现在它成了真正的暴发户，更是在歇斯底里的狂笑中穷奢极欲。迎泽大街两旁的超高建筑群令上海浦东相形见绌，这条除长安街外全国最宽直的大街成了终日难见阳光的深谷。有钱和没钱的人怀着梦想和欲望拥入这座城市，立刻忘记了自己是谁、想要什么，只是跌入繁华喧闹的旋涡中旋转着，一年转三百六十五圈。

这天，第三百九十七次来太原的刘慈欣又到柳巷去买汽油，忽见街上有一位飘逸帅哥，他的长发中那一缕雪白格外引人注目，他就是先写科幻后写奇幻再后来科、奇都写的潘大角。被太原的繁荣所吸引，大角抛弃上海，移居太原。大刘和大角当初分别处于科幻的硬软两头儿，此时相见不亦乐乎。在一家头脑店（头脑是本地的一种传统美食）酒酣耳热之时，刘慈欣眉飞色舞地说出了自己下一步的宏伟创作计划：写一部十卷本三百万字的科幻史诗，描写两百个文明的两千次毁灭和多次因真空衰变而发生的宇宙格式化，最后以整个已知宇宙漏入一个抽水马桶般的超级黑洞结束。大角很受感染，认为两人有合作的可能：同一个史诗构思，刘慈欣写硬得不能再硬的科幻版，面向男读者；大角写软得不能再软的奇幻版，面向MM们。大刘、大角一拍即合，立刻抛弃一切俗务，投身创作。

在诅咒1.0十岁生日时，它的末日也快到了。VISTA以后，微软实在难以找到对操作系统频繁升级的理由，这多少延长了诅咒1.0的寿命。但操作系统就像暴发户的老婆，升级总是不可避免的，诅咒1.0代码的兼容性越来越差，很快就沉入网络海洋的底部即将销声匿迹。但正在这时，诞生了一门新的学科：IT考古学。按说网络世界的历史还不到半个世纪，没什么古可考，但仍然有很多怀旧者热衷此道。IT考古主要是发掘那些仍活在网络世界某些犄角旮旯的东西。比如，十年来都没有点击过但仍能点开的网页，二十年没有人光顾但仍能注册发帖的BBS，等等。这些虚拟古董中，来自"远古"的病毒是IT考古学家最热衷寻找的，如果能找到一个十多年前诞生的仍在网上活着的病毒，就有在天池中发现恐龙一般的感觉。

诅咒1.0被发现了，发现者把病毒的全部代码升级，以适应新的操作系统，这样就能保证它再存活十年。这人并没有张扬，也许这是为了使他（她）所珍爱的这件古董能更顺利地存活下去。这就是诅咒2.0。人们把十年前诅咒1.0的创造者叫"诅咒始祖"，把这个IT考古学家叫"诅咒升级者"。

诅咒2.0在网上出现的那一刻，在太原火车站附近的一个垃圾桶旁，大刘和大角正在争抢刚从桶中翻找到的半袋方便面。他们卧薪尝胆五六年，各自写出两部三百万字的十卷本科幻和奇幻史诗，书名分别为《三千体》和《九万州》。两人对这两部巨作充满信心，但找不到出版商，于是一起变卖了包括房子在内的全部家产并预支了所有退休金自费出版。最后，《三千体》和《九万州》的销量分别是十五本和二十七本，总数四十二——科幻迷都知道这是个吉利的数字。在太原举行了同样是自费的隆重签售仪式后，两人就开始了流浪生涯。

太原是一座最适合流浪的城市。在这座穷奢极欲的大都市里，垃圾桶里的食品是取之不尽的，最次也能找到几粒被丢弃的"工作丸"。住的地方也问题不大。太原模仿迪拜，在每一个公交候车亭里都装上了冷暖空调。如果暂时厌倦街头，还可以去救助站待几天，那里有吃有住。在城市各阶层幸福指数调查中，盲流乞丐位列榜首，所以大刘和大角都后悔没有早些投入这种生活。

两人最惬意的时候是《科幻大王》（SFK）编辑部每周一次的请客，一般都是去唐都那样的高级酒店。太原的《科幻大王》杂志深得科幻精髓，知道这种文学体裁的灵魂就是神奇感和疏离感，而现在的高技术幻想已经没有这种感觉了。技术奇迹是最平淡不过的事儿，每天都在发生，倒是低技术具有神奇感和疏离感。于是，他们创立了幻想未来低技术时代的"反浪潮"科幻，取得了巨大成功，迎来了世界科幻的第二个黄金时代。为了彰显"反浪潮"科幻的理念，《科幻大王》编辑部拒绝一切电脑和网络，只接收手写稿件，用铅字排版印刷，还用每匹相当于一辆宝马车的价格买回几十匹蒙古马，在编辑部旁建设豪华马厩，杂志社人员出行一律骑着绝对没有上网的骏马。城市某处如果听到嘚嘚的清脆马蹄声，那就是SFK的人来了。他们常请大刘和大角吃饭，除了因为他们以前写过科幻外，还因为虽然他们现在写的科幻已经很不科幻了，但他们本人所遵循"反浪潮"科幻的理念却是十分科幻——他们上不起网，也很低技术。

SFK的编辑、大刘和大角都不知道，他们的这个共同特点将会救他们的命。

诅咒2.0又流传了七年。这时，一个后来被称为"诅咒武装者"的女人发现了它。她仔细研究了诅咒2.0的代码，尽管经过升级，她仍能感受到十七年前诅咒始祖的仇恨和怨念。她与始祖有着相同的经历，也处于每天刻骨憎恨某个男人的阶段，但她觉得那个十七年前的女孩儿既可怜又可笑：这么做有何意义？真能动那个臭男人撒碧一根汗毛吗？这就像百年前的怨女在写了名字的小布人儿上扎针的愚蠢游戏一样，解决不了任何问题，结果只是使自己更郁闷。还是让姐姐来帮帮你吧（正常情况下，诅咒始祖应该活着，但诅咒武装者肯定要叫她阿姨了）。

十七年后的今天已经完全是一个新时代了，这时，世界上的一切都"落网"了。这么说是因为，在十七年前，网络上的东西只有电脑。但今天的网络就像一棵超级圣诞树，几乎这世界上的所有东西都挂在上面闪闪发光。以家庭为例，家里所有通电的东西都联上了网并受其控制，甚至连指甲刀和开瓶器也不例外：前者可通过剪下来的指甲判断你是否缺钙，并通过短信或 E-mail 告知；后者可判断酒是否为真品并发中奖通知，而过度酗酒者间隔很长时间才能用它开一次瓶。在这种情况下，通过诅咒病毒直接操纵硬件世界就成为可能。

诅咒武装者给诅咒 2.0 增加了一个功能：如果撒碧坐出租车，就撞死他！

其实对于这个时代的一名人工智能（A.I.）编程高手来说，这一点并不难做到。现在的汽车已经全部无人驾驶，网络就是驾驶员，乘客上出租车时要刷卡，新的诅咒可通过信用卡识别乘客的身份。只要目标上了车并被识别，杀他的方法数不胜数，最简单的就是径直撞向路边的建筑物，或从桥上开下去。但诅咒武装者想了想，并不愿简单地撞死撒碧，而是为他选择了一个更为浪漫的死法，完全配得上他对十七年前的那个妹妹做的事（其实诅咒武装者和别人一样，根本不知道撒碧对始祖做错了什么，也可能错根本不在这男孩儿）。经她升级的诅咒在得知目标上车后，根本不理会他设定的目的地，而是指挥出租车一路狂开，从太原一直开到张家口。现在，从那里再向前已经是一片沙漠了，车就停在沙漠深处，并切断与外界的一切通信联系（这时诅咒已经侵入车内电脑，不需要网络了）。这辆出租车被发现的可能性很小。如果偶尔有人或车靠近，它就会立刻躲到沙漠的另一处。无论过去多长时间，车门从内部是绝对打不开的。这样，如果在冬天，撒碧将被冻死；如果在夏天，撒碧将被热死；如果在春秋，撒碧将被渴死、饿死。

就这样，诅咒3.0诞生了，这是真正的诅咒。

诅咒武装者是一名A.I.艺术家，这也是一族新新人类，他们喜欢通过操纵网络做出一些没有实际意义但具有美感（当然，这个时代的美感与十几年前不是一回事了）的行为艺术。比如，让全城的汽车同时鸣笛并奏出某种旋律，让大酒店的亮灯窗口组成某个图形，等等。诅咒3.0就是一件这样的作品，不管能否实现其功能，它本身就是一件卓越的艺术品，因而在2026年上海现代艺术双年展上得到了好评。虽然因其人身伤害内容被警方宣布为非法，但它仍在网上进一步流传开来，众多的A.I.艺术家加入了对这一作品的集体创作，诅咒3.0飞快进化，越来越多的功能被添加进来：

如果撒碧在家，煤气熏死他！这也比较容易，因为每家的厨房都由网络控制，这样户主就可以在外面遥控厨房做饭，这当然包括打开煤气的功能，而诅咒3.0可以使房间里的有害气体报警器失效。

如果撒碧在家，放火烧死他！很容易，包括煤气在内，家里有很多可以点燃的东西，如摩丝、发胶什么的，都联在网上（可通过网络由专业发型师做头发），烟火报警器和灭火器当然也可以失效。

如果撒碧洗澡，放开水烫死他！如上，很容易。

如果撒碧去医院看病，开药毒死他！这个稍有些复杂。给目标开特定的药是很容易的，因为现在医院的药房全部是自动取药，且药库系统都联网，关键是药品的包装问题，撒碧不是 SB，要让他拿到药后愿意吃才行，而要做到这一点，诅咒 3.0 就得从制药厂的生产包装和销售环节入手。要让一盒表里不一的药只卖给目标，真的有些复杂，但能做到，而且对于 A.I. 艺术来说，越复杂，作品的观赏价值就越高。

如果撒碧坐飞机，摔死他！这不容易，比出租车操作难多了，因为被诅咒的只有撒碧一人，诅咒 3.0 不能杀死其他人，而撒碧大概没有专机，所以摔死他是不可能的。但可以这样：目标所乘的飞机突然在高空舱内失压（用开舱门或别的什么办法），在所有乘客都戴上的氧气面罩中，只有撒碧的面罩没有氧气。

如果撒碧吃饭，噎死他！这个看似荒唐，其实十分简单。现代社会的超快节奏催生了超快餐食品，就是一粒小小的药丸，名叫"工作丸"。工作丸密度很大，拿在手中沉甸甸的，像一颗子弹头，服下去后会在胃中膨化，类似于以前的压缩饼干。在生产过程中，工作丸的膨化速度是可以控制的。诅咒 3.0 可以用与生产毒药类似的方式在生产过程中做手脚，生产出一粒超快速膨化的工作丸，再控制销售过程，专卖给撒碧。他在进工作餐时，喝水把工作丸送下去，结果小丸在嗓子眼里膨化。

……

但诅咒 3.0 从来没有找到目标，也没有杀死过任何人。早在诅咒 1.0 诞生时，撒碧受到了不小的骚扰，还有媒体记者因此采访过他，使他不得不改了名，甚至连姓也改了。姓撒的人本来就很少，加上其谐音不雅，所以在这座城市里面没有重名。同时，病毒中记录的撒碧的工作单位和住址仍是他十几年前所上的大学，使得定位他更不可能。诅咒也曾试图进入公安厅电脑追溯目标的改名记录，但没有成功。所以在诅咒 3.0 诞生以后的四年中，它仍然只是一件 A.I. 艺术品。

但诅咒通配者出现了，他们是大刘和大角。

通配符是一个古老的概念，源自导师时代（这是对操作系统的上古时代——DOS 操作系统时代的称呼）。最常见的通配符有 "*" 和 "?" 两种，用于泛指字符串中的一切字符。其中 "?" 指代单一字串，"*" 指代的字符数量不限，也最常用。比如，刘 *，指姓刘的所有人；山西 *，指以山西打头的所有字串。而如果只有一个 "*"，指代的则是一切。所以在导师时代，"del *.*" 是一个邪恶的命令（del 是删除命令，而 DOS 系统下的文件全名分为文件名和扩展名两部分，用 "." 隔开）。在以后的操作系统演进中，通配符功能一直存在。只是系统进入图形界面后，人们很少使用命令行操作，一般人就渐渐把它淡忘了。但在包括诅咒 3.0 在内的各种软件中，它是可用的。

这天是中秋节，但明月在太原城的璀璨灯火中像个脏兮兮的烧饼。大刘、大角在五一广场的一条长椅子上坐下来，摆开他们下午从垃圾桶中翻出的五个半瓶酒、两袋半平遥牛肉、几乎一整袋晋祠驴肉和三粒工作丸，准备庆祝一番。天刚黑的时候，大刘还从一个垃圾桶中翻出一台破笔记本电脑。他声称自己能把它修好，否则这辈子的计算机工作就算是白干了。他蹲在长椅旁紧张地鼓捣起来，同时和大角意犹未尽地回味着下午救助站的援助。大刘热情地请大角把三粒工作丸都吃了，这样可为自己省下不少酒肉。但大角并不上当，一粒也没吃，只是喝酒吃肉。

电脑很快能用了，屏幕发出幽幽的蓝光。大角发现无线上网功能竟然也恢复了，就立刻抢过电脑，先上QQ——他的号已经不能用了——再查找九州网站、天空之城、豆瓣、水木清华、大江东去……但那些链接都早已失效。大角最后扔下电脑，长叹一声："唉——昔人已乘黄鹤去。"

大刘拿过半瓶酒喝起来。他看了看屏幕："此地连黄鹤楼也没留下。"

然后大刘便细细查看电脑中的东西，发现里面安装了大量黑客工具和病毒样本，这可能是一台黑客的本本，也许是在逃避A.I.警察的追捕时匆忙扔到垃圾桶中的。他顺手打开桌面上的一个文件，是一个已经反编译出来的C程序。他认出了，这正是诅咒3.0！他随意翻阅着代码，回忆着自己编写"电子诗人"的时光。酒劲儿上来时，他翻到了目标识别参数那部分。

大角在一边喋喋不休地回忆着当年峥嵘的科幻岁月，大刘很快也受到感染，推开本本，一同回忆起来。想当年，自己那上帝视角的充满阳刚之气的毁灭史诗曾引起多少男人的共鸣啊，曾让他们中的多少人心中充满万丈豪情！可现在，十五本，仅仅卖出十五本！TNN的！他又灌下去一大口。那还是一瓶老白汾，这酒的味道在这个年代已经面目全非，有点儿像威士忌了，但酒精度一点儿没减。他开始恨男读者，进而恨所有的男人。他两眼直勾勾地看着屏幕上诅咒3.0的目标参数，说："显拽的圆润木妖怪……胡东奇（现在的男人没一个好东西）。"顺手把姓名由"撒碧"换成"*"，工作单

11

位和住址也由"太原工业大学，××系，××专业，××宿舍楼，××寝室"换成了"*，*，*，*，*"，只有性别参数仍为"男"。

大角也处于一把鼻涕一把泪的感慨中。想当初，自己那色彩绚烂、意境悠远的美文如诗如梦，曾经迷倒多少MM，连自己也成为她们的偶像。可现在，看看旁边经过的那些妙龄MM，居然没一个人朝自己这边看一眼，太让人失落了！他扔出一个空酒瓶，喃喃道："圆润木素胡东奇，雨润豆素？（男人不是好东西，女人就是？）"说着，把目标参数中的性别由"男"改成"女"。

大刘不干了，觉得这没女人什么事，自己那些粗陋的小说从来也不指望获得女读者的青睐，就又把性别参数改回"男"。大角再改成"女"。两人为惩罚自己那忘恩负义的读者群争执起来，太原也在成为寡妇城市和光棍城市的可能性之间摇摆不定。大刘、大角最后干脆抢起酒瓶打了起来，直到一名巡警制止了他们。两人摸着脑袋上的鼓包，达成了妥协，把目标的性别参数改成"*"，完成了诅咒3.0的通配。也许是因为打架的干扰，或由于已经烂醉，他们谁也没动"太原市""山西省""中国"这三个参数。这样，诅咒4.0诞生了。

太原被诅咒了。

新版诅咒诞生之际，立刻意识到了自己肩负的宏伟使命。由于这个目标太宏大了，诅咒4.0没有立刻行动，而是留下足够的时间让自己充分繁殖，以达到操作所需的足够数量，同时互相联系，慢慢形成一个统一行动的整体。行动的总原则是：对诅咒目标的清除首先从软性操作开始，然后过渡到硬操作，并逐步升级。

十小时后，晨曦初露时，操作开始。

软操作主要针对敏感的、神经脆弱的和冲动型的目标，特别是那些患有抑郁症和狂躁症的男女。在这个心理病和心理咨询泛滥的时代，诅咒4.0很容易找到这类人。在第一批操作中，三万名刚从医院完成检查的人被告知患有肝癌、胃癌、肺癌、脑癌、肠癌、淋巴癌、白血病，最多的是食道癌（本地区高发癌症），另有两万名刚验过血的人被告知HIV阳性。这些诊断并非简单伪造出来的，而是由诅咒4.0直接操纵B超、CT、核磁共振仪、血液化验仪等医疗检查设备得出的"真实"结果。即使去不同医院复查，结果也一样。这五万人中，大部分都选择了治疗，但有四百多人本来就活腻歪了，得知诊断结果后立刻一了百了，以后还陆续有做此选择的。随后，五万名敏感的、抑郁的或狂躁的男女都接到了配偶或情人的电话。男人听到他们的女人说：你看你那个熊样屁本事没有你还像个男人吗我已经和某某好了我们很和谐很幸福你去死吧。男人对他们的女人说：你已人老珠黄其实你当初就是恐龙我瞎了眼怎么看上你的现在我和某某在一起我们很和谐很幸福你去死吧。诅咒4.0编造的情敌大都是目标本来就最讨厌的人。这五万人中，大部分都通过直接找对方质问而消除了误会，但也有约百分之一的人选择了他杀和自杀，其中一部分把两者同时做了。还有另外一些软操作。比如，在已经势不两立、剑拔弩张的几大黑帮之间挑起大规模械斗，或把被判无期或有期徒刑的罪犯的判决书改成死刑并立即执行，等等。但总的来说，软操作效率很低，总共清除的目标只有几千人。不过诅咒4.0有正确的心态，知道大事情是从一点一滴做起的，不以恶小而不为，所有的手段一定要都试到。

在软操作中，诅咒4.0清除了自己最初的创造者。在创造诅咒后的岁月中，诅咒始祖一直对男人倍加提防，二十年来一直用最现代化的手段监视老公，几乎成为谍报专家。但她突然接到一向安分守己的老公的电话，致使心脏病突发，送医院后又被输入进一步加剧心肌梗死的药物，死于自己的诅咒下。

五天后，硬操作开始了。之前的软操作在城市中引发的超常的自杀和他杀率已经引起了高度恐慌，但诅咒 4.0 仍需避免被政府发现，所以硬操作的第一阶段进行得很隐蔽。首先，吃错药的病人数量急剧增加，这些药的包装都正常，但吃下去的大部分一剂致命。同时，吃饭噎死的人也大量出现，都是工作丸在嗓子眼儿膨化所致；还有少部分是撑死的，因为工作丸的压缩密度大大超标，那些食客掂着沉甸甸的小丸，还以为物超所值呢。

第一次大规模清除操作针对自来水系统展开。即使对于一切受控于网络人工智能的城市，把氰化物或芥子气加入自来水也是不可能的，所以诅咒 4.0 选择了两种无害的转基因细菌，它们混合后能产生毒性。这两种细菌并不是同时加入到自来水系统中，而是先加一种，待其基本排净后再加第二种。两种物质的混合其实是在人体内进行的，后一种细菌与残留在胃和血液中的前一种发生作用，生成毒性。如果这时仍不致命，那目标去医院取到的药物再与体内已有的两种细菌发生反应，做完最后的事。

这时，省公安厅和国家 A.I. 安全部已经定位了灾难的来源，针对诅咒 4.0 的专杀工具正在紧急研发中。于是，诅咒操作急剧加速和升级，由隐藏的暗流变为惊天动地的噩梦。

这天早晨的交通高峰时段，从城市的地下传来一连串沉闷的爆炸声，这是地铁相撞的声音。太原市的地铁建成较晚，设计时正值城市成为暴发户的时候，所以十分先进，磁悬浮在真空隧道中运行，以高速闻名，被称为"准时空门"，意思是从起点进去后很快就能从终点走出。因此它们的相撞也格外惨烈，地面因爆炸而隆起一座座冒出浓烟的小山包，像城市突然长出的恶疮。

这时，城市中的大部分汽车已被诅咒控制，成为进行诅咒操作最有力的工具。一时间，全城上百万辆汽车像做布朗运动的分子那样横冲直撞。但这种撞击并非杂乱无章，而是遵循着经过严密优化计算的规律和顺序，每辆车首先尽可能多地清除车外行走的目标。所以在混乱的初期，发生撞击的车辆并不多，每辆车都在追逐并冲撞行人。车与车之间密切配合，对行人围追堵截，并在空地和广场上形成包围圈，最大的包围圈在五一广场，几千辆汽车围成一圈向中心撞击，一下子就清除了上万个目标。当外面的行人几乎都被清除或躲入建筑物后，汽车开始撞向附近的建筑物，以清除车内的目标。这种撞击同样是经过精密组织的。对于人口密集的大型建筑物，车辆会集中撞击，后面冲来的车会蹿到前面已撞毁的车上面，就这样一层层堆起来。在市里最高建筑——三百层的煤交会大厦下面，车辆堆到十多层楼高，疯狂燃烧着，像是要火化大厦的一圈柴堆。在大撞击的前夜，市里出现出租车集体排长队加油的奇观，所以撞击时它们的油箱都是满的。与此同时，从城市两个机场强行起飞的上百架民航飞机也纷纷在市区坠毁，像一堆巨型燃烧弹，加剧了火势。

政府发出紧急通告，宣布城市处于危机状态，呼吁人们待在家中。这个决定最初看来是正确的，因为与大型建筑相比，居民楼遭到的袭击并不严重，这是因为居民区的道路显然不像城市主要街道那么宽敞，大撞击开始后不久就堵塞了。但很快，诅咒 4.0 把每户人家都变成死亡陷阱——煤气和液化气全部开放，达到爆燃浓度后即点火引爆。一座座居民楼在爆炸中被火焰吞没，有的建筑甚至被整座炸飞。

政府的下一步措施是全城断电，但这时城市中已经没电了，诅咒 4.0 失去了作用，但它已经成功了。

整座城市陷入一片火海，火势迅速增大，其猛烈程度甚至产生了二战时期德累斯顿大轰炸的效应：城内的氧气被火焰耗尽，人即使逃离火区也难逃一死。

由于很少接触上网的东西，同其他盲流哥们儿一样，大刘和大角逃过了诅咒最初的操作。在后期操作开始后，他们凭着在城市中长期步行练就的技巧，以与其高龄不相称的灵活躲过了多次汽车冲撞，又凭着对市区道路的熟悉，在大火初期幸存下来。但情况很快变得愈加险恶。整座城市变成火海时，他们正在还算宽阔的大营盘十字路口中心。窒息的热浪开始笼罩一切，周围高层建筑中的火焰像巨型蜥蜴的长舌般舔过来。描写过无数次宇宙毁灭的大刘惊慌失措，而作品充满人文主义温情的大角却镇定自若。

大角拂须环视着周围的火海，用悠长的语调说："早知毁灭如此壮观，当初何不写之？"

大刘两腿一软，坐到地上，"早知毁灭这么恐怖，当初写它真是吃饱撑的！唉，俺这个乌鸦嘴，这下可好……"

最后他们达成了一致见解：只有牵涉到自个儿的毁灭才是最刺激的毁灭。

这时，他们听到一个银铃般的声音，像火海中的一块晶冰："刘和角，快走！"循声望去，只见两匹快马如精灵般穿出火海，马上是 SFK 编辑部最漂亮的两个长发 MM，她们把大刘、大角拉上马背，骏马在火海的间隙中闪电般穿行，飞越过一排排燃烧的汽车残骸。不一会儿，眼前豁然开阔，马已奔上汾河大桥。大刘和大角深吸着清凉的空气，抱着 MM 的纤腰，脸上感受着她们长发的轻拂，觉得这逃生之路真是太短了。

过了桥就基本进入安全地带，他们很快和 SFK 编辑部的其他人会合，骑上高头大马。这威武的马队向晋祠方向开去，吸引着路边步行逃生者惊羡的目光。大刘、大角和 SFK 的编辑都看到，幸存者的队伍中还有一个骑自行车的人。之所以注意到他，是因为这年代自行车也都由网络控制，诅咒早就把所有的自行车完全锁死了。骑车的是一个上了年纪的男人，他是撒碧。

由于早年被诅咒病毒骚扰，撒碧对网络产生了本能的恐惧和厌恶，在生活中尽可能地减少与网络的接触。比如，他骑的自行车就是一辆二十年前的老古董。他住的地方在汾河岸边，靠近城市边缘。在大撞击开始时，他就骑着这辆绝对没有上网的自行车逃了出来。其实，撒碧是这个时代少有的知足者，对自己艳遇不断的一生很满足，就算这时死了也毫无怨言。

马队和撒碧最后上了山，大家站在山顶呆呆地看着下面燃烧的城市。狂风呼啸，掠过周围的群山，从四面八方刮向中心的太原盆地，补充那里因热力而上升的空气。

距他们不远处，省政府和市政府的主要成员正在走下载着他们逃离火海的直升机。市长的口袋里还装着一份发言稿，那是为即将到来的城庆日准备的发言。确定太原城的诞生日期颇费了番周折，专家称，公元前 497 年，古晋阳城问世，历经春秋、战国至唐、五代等十数个朝代，太原一直是中国北方的军事重镇。从公元 979 年赵宋毁太原，新兴的太原又先后在宋、金、元、明、清等数朝中崛起，它不仅是军事重镇，而且发展成为著名的文化古城和商业都会。于是，政府提出了城庆口号：热烈庆祝太原建市两千五百年！现在，历经了二十五个世纪的城市正在火海中化为灰烬。

这时，携带的军用电台终于接通了中央，得知救援大军正在从全国四面八方赶来。但通信很快又中断了，只听到一片干扰声。一小时后接到报告，救援队伍已停止前进，空中的救援机群也已转向或返回。

省 A.I. 安全局的一名负责人打开笔记本电脑，上面显示着最新编译的诅咒 5.0 的代码。在目标参数中，"太原市""山西省""中国"已被换成了"*""*""*"。

全频带阻塞干扰——俄美大战假想

以深深的敬意献给俄罗斯人民，他们的文学影响了我的一生。

——刘慈欣

在战场电磁干扰形式的选择上，本手册主张采用对某一特定频率或信道所进行的瞄准式干扰，而不主张采用同时干扰一个较宽频带的阻塞式干扰，因为后者对己方的电磁通信和电子支援措施也会产生影响。

——摘自 1993 年美国陆军《电子战手册》

1 月 5 日，斯摩棱斯克前线

失陷的城市已经看不见了，战线在一夜之间后退了 40 公里。

在凌晨的天光下，雪原呈现出寒冷的暗蓝色。在远方的各个方向上，被击中的目标冒出一道道黑色的烟柱，笔直地向高空升去，好像是连接天地的一条条细长的黑纱。顺着烟柱向上看，卡琳娜吃了一惊——刚刚显现晨光的天空被一团巨大的白色乱麻充塞着，这纷乱的白色线条仿佛是一个精神错乱的巨人疯狂地画在天上的。那是歼击机的混乱尾迹，是俄罗斯空军和北约空军为争夺制空权所进行的一夜激战留下的。

来自空中和远方的精确打击也持续了一夜。在非专业人士看来，打击似乎并不密集，爆炸声每隔几秒钟甚至几分钟才响一次。但卡琳娜知道，每一次爆炸都意味着一个重要目标被击中，几乎不会打空。这一声声爆炸，仿佛是昨夜这篇黑色文章中的一个个闪光的标点符号。凌晨到来时，卡琳娜不知道防线还剩下多少力量，甚至不知道防线是否存在，似乎整个世界上只有她一个人在抵抗。

卡琳娜少校所在的电子对抗排是在半夜被摧毁的，当时这个排所在的位置落下了六颗激光制导炸弹。卡琳娜所乘的那辆装载干扰机的BMP-2装甲车还在燃烧，这个排的其他电子战车辆现在都变成散落在周围雪地上的一堆堆黑色金属块。卡琳娜所在的弹坑中的余热正在散去，她感到了寒冷。她用手撑着坐直身，右手触到了一团黏糊糊的冰冷绵软的东西，看上去像一个粘满了黑色弹灰的泥团。她突然意识到那是一块残肉。她不知道它属于身体的哪一部分，更不知道属于哪个人。在昨夜的那次致命打击中，阵亡了一名中尉、两名少尉和八名士兵。卡琳娜呕吐起来，但除了酸水什么也没吐出来。她拼命把双手在雪里擦，想把手上的血迹擦掉，但黑红色的血在寒冷中很快在手上凝固，还是那么醒目。

令人窒息的死寂已持续了半个小时，这意味着新一轮的地面进攻就要开始了。卡琳娜拧大了别在左肩上的对讲机的音量，但传出的只有沙沙的噪音。突然，几句模糊的话语传了出来，仿佛是大雾中掠过的几只鸟儿。

"……06 观察站报告：1437 阵地正面，M1A2 坦克 37 辆，平均间隔 60 米；'布莱德雷'运兵车 41 辆，距 M1A2 坦克攻击前锋 500 米；M1A2 坦克 24 辆，'勒克莱尔'8 辆，正在向 1633 阵地侧翼迂回，已越过同 1437 的结合部。1437，1633，1752，准备接敌！"

卡琳娜克制住因寒冷和恐惧引起的颤抖，使地平线在望远镜视野中稳定下来。她看到天边出现了一团团模糊的雪雾，给地平线镶上了一道毛茸茸的边儿。

这时卡琳娜听到了身后传来发动机的轰鸣，一排 T90 式坦克越过她的位置冲向敌人，在后面，更多的俄罗斯坦克正在越过高速公路的路基。卡琳娜又听到了另一种轰鸣，敌人的攻击直升机群在前方的天空中出现，它们队形整齐，在黎明惨白的天空中形成一片黑色的点阵。卡琳娜周围坦克的发烟管启动了，随着一阵低沉的爆破声，阵地笼罩在一团白色的烟雾中。透过白雾的缝隙，她看到俄罗斯的直升机群正从头顶掠过。

坦克上的 125 毫米口径炮急风暴雨般地响了起来，白雾变成了疯狂闪烁的粉红色光幕。几乎与此同时，敌人的第一批炮弹落了下来，白雾中粉红色的光芒被爆炸产生的刺眼蓝白色闪电所代替。卡琳娜伏在弹坑底部，感到身下的大地在密集的巨响中像一张震动的鼓皮，身边的泥土和小石块被震得飞起老高，落满了她的后背。在这爆炸声中，还可隐约听到反坦克导弹发射时的嘶鸣。卡琳娜感到整个宇宙都在这撕人心肺的巨响中化为碎片，向无限深处坠落……就在她的神经几乎崩溃时，这场坦克战结束了，它只持续了约三十秒钟。

当白雾和浓烟散去时，卡琳娜看到面前的雪地上散布着被击中的俄罗斯坦克，燃起一堆堆冒着黑烟的熊熊大火。她举目望去，远方同样有一大片被击毁的北约坦克，看上去只是雪原上一个个冒出浓烟的黑点。但更多的敌人坦克正越过那一片残骸冲过来，裹在由履带搅起的一团团雪雾中。"艾布拉姆斯"那凶猛的扁宽前部不时从雪雾中露出来，仿佛是一头头从海浪中冲出的恶龟，滑膛炮炮口的闪光不时亮起，好像恶龟闪亮的眼睛……低空中，直升机的混战仍在继续，卡琳娜看到一架"阿帕奇"在不远的半空爆炸，一架米28拖着漏出的燃料，摇晃着掠过她的头顶，在几十米之外坠地，炸成了一团火球。近距空空导弹的尾迹，在低空拉出了无数条平行的白线……

卡琳娜听到咣的一声，转身一看，不远处一辆被击中后冒出浓烟的T90后部的底门打开了，没看到人出来，只见门下方垂下一只手。卡琳娜从弹坑中跃出，冲到那辆坦克后面，抓住那只手向外拉。车内响起一声沉闷的爆炸，一股灼热的气浪把卡琳娜向后冲了几步远。她的手中抓着一团黏软的很烫的东西，那是从坦克手的手上拉脱的一团烧熟的皮肤。卡琳娜抬头看到一股火焰从底门中喷出，车内已成了一座小型的炼狱，在那暗红色的透明火焰中，阵亡坦克手的身影清晰可见，像在水中一样波动着。

卡琳娜又听到两声尖啸，这是她左前方的一个导弹班把最后两枚反坦克导弹发射出去的声音，其中一枚有线制导的"赛格"导弹成功地击毁了一辆"艾布拉姆斯"，另一枚无线制导的导弹则被干扰，向斜上方冲去，失去了目标。导弹班的六个人撤出掩体，向卡琳娜所在的弹坑跑来。一架"科曼奇"直升机向他们俯冲下来，那棱角分明的机体看上去像一只凶猛的鳄鱼。一长排机枪子弹打在雪地上，击起的雪和土如同一道突然立起又很快倒下的栅栏。这栅栏从那支小小的队伍中穿过，击倒了其中四人，只有一名中尉和一名士兵到达了弹坑。这时卡琳娜才注意那名中尉戴着坦克防震帽，可能来自一辆已被击毁的坦克。他们每人手中都拿着一管反坦克火箭筒。跳进弹坑后，中尉首先向距他们最近的一辆敌人坦克射击，击中了那辆 M1A2 的正面，诱发了它的反应装甲，火箭弹和反应装甲的爆炸声混在一起，听起来很怪异。坦克冲出了爆炸的烟雾，反应装甲的残片挂在它前面，像一件破烂的衣衫。那名年轻的士兵继续对着它瞄准，手中的火箭筒随着坦克的起伏而抖动，一直没有击发。当距他们只有四五十米的坦克冲进一个低洼地时，那名士兵只能站到弹坑边缘向斜下方瞄准。他手中的火箭筒与那辆"艾布拉姆斯"的 120 毫米口径炮同时响了，坦克的炮手情急之中发射的是一发不会爆炸的贫铀穿甲弹，初速每秒 800 米的炮弹击中了那个士兵，把他的上半身打成了一团飞溅的血花！卡琳娜感觉到细碎的血肉有力地打在她的钢盔上，噼啪作响。她睁开眼睛，看到就在她眼前的弹坑边缘，那名士兵的两条腿如同两根黑色的树桩，无声地滚落到弹坑底部她的脚下。他身体被粉碎的其他部分，在雪地上溅出了一大片放射状的红色斑点。火箭击中了"艾布拉姆斯"，聚能爆炸的热流切穿了它的装甲，车体冒出了浓烟。但那个钢铁怪兽仍拖着浓烟向他们冲来，直冲到距他们 20 米左右才在车体内的一声爆炸中停了下来，那声爆炸把它炮塔的顶盖高高掀飞。

　　紧接着，北约的坦克阵线从他们周围通过，地皮在覆带沉重的撞击下微微颤抖。但这些坦克对他们俩所在的弹坑未加理会。当第一波的坦克冲过去后，中尉一把拉住卡琳娜的手，拽着她跃出弹坑，来到一辆已布满弹痕的吉普车旁。在 200 多米远处，第二道装甲攻击波正快速冲过来。

"躺下装死！"中尉说。卡琳娜于是躺到了吉普车的轮子边，闭上双眼．"睁开眼更像！"中尉又说，并在她脸上抹了一把不知是谁的血。他也躺下，与卡琳娜成直角，头紧挨着卡琳娜的头。他的钢盔滚到了一边，粗硬的头发扎着卡琳娜的太阳穴。卡琳娜大睁着双眼，看着几乎被浓烟吞没的天空。

两三分钟后，一辆半覆带式"布莱德雷"运兵车在距他们十几米处停下来，从车上跳下几名身穿蓝白相间雪地迷彩服的美军士兵，他们中大部分平端着枪呈散兵线向前去了，只有一个朝这辆吉普走来。卡琳娜看到两只粘满雪尘的伞兵靴踏到了紧靠她脸的地方，插在伞兵靴上的匕首刀柄上 82 空降师的标志清晰可辨——一匹帕加索斯飞马。那个美国人俯身看她，他们的目光相遇了。卡琳娜尽最大努力使自己的目光呆滞无神，对着那双透出惊愕的蓝色瞳仁。

"Oh，God！"

卡琳娜听到了一声惊叹，不知是惊叹这名肩上有一颗校星的姑娘的美丽，还是她那满脸血污的惨相，也许两者都有。他接着伸手解她领口的衣扣，卡琳娜浑身起了鸡皮疙瘩，把手向腰间的手枪移动了几厘米，但这个美国人只是扯下了她脖子上的识别牌。

他们等的时间比预想的长。敌人的坦克和装甲车源源不断地从他们两旁轰鸣着通过，卡琳娜感到自己的身体在雪地上都快冻僵了。她这时竟想起了一首军旅诗歌中的一句，那首诗是她在一本记述马特洛索夫事迹的旧书上读到的："士兵躺在雪地上，就像躺在天鹅绒上一样。"她得到博士学位的那天，曾把这句诗写到日记上。那也是一个雪夜，她站在莫斯科大学科学之宫顶层的窗前。那夜的雪也真像天鹅绒，雪雾中，首都的万家灯火时隐时现。第二天她就报名参军了。

这时，一辆敌方吉普车在距他们不远处停了下来，三名北约军官在车上抽着雪茄聊天。卡琳娜和中尉的周围空旷起来，他们跳上己方吉普车，中尉把车发动，沿着早已看好的路飞快驶去。他们身后响起了冲锋枪的射击声，子弹从头顶飞过，其中一颗打碎了后视镜。吉普车迅急拐进了一个燃烧着的居民点，敌人没有追过来。

"少校，你是博士，对吗？"中尉开着车问。

"你在哪儿认识的我？"

"我见过你和列夫森科元帅的儿子在一起。"

沉默了一会儿，中尉又说："现在，他的儿子可是世界上离战争最远的人了。"

"你这话什么意思，你要知道……"

"没什么意思，说说而已。"中尉淡淡地说。他们的心思都不在这个话题上，他们都在想着还抱有的那一线希望——

但愿整个战线只有这一处被突破。

1月5日，近日轨道，"万年风雪号"

米沙感到了一个人独居一座城市的孤独。

"万年风雪号"太空组合体确实有一座小城市那么大，体积相当于两艘巨型航空母舰，容纳5000人同时在太空中生活。当组合体处于旋转重力状态时，里面甚至有一个游泳池和一条小河，这在当今的太空工作环境中，可以说是绝无仅有的奢侈。但事实是，"万年风雪号"是自"和平号"以来俄罗斯航天界一贯的节俭思维的结果。它的设计思想是：赋予一个构造从事太阳系内太空探索的所有功能。这样虽一次性投资巨大，但从长远看还是十分经济的。"万年风雪号"被西方戏称为"太空的瑞士军刀"，它可作为空间站在地球各个高度的轨道上运行，还可以方便地移动到绕月轨道上，或作行星际探索飞行。"万年风雪号"已去过金星和火星，并探测过小行星带。以它那巨大的体积，等于把一个研究院搬到了太空中。就太空科学研究而言，它比西方那些数量众多但小巧玲珑的飞船具有更大的优势。

当"万年风雪号"准备开始前往木星的为期三年的航行时，战争爆发了。它上面的一百多名乘员几乎全都返回了地面——他们大部分是空军军官——只留下了米沙一个人。这时"万年风雪号"暴露出它的一个缺陷：它目标太大，且没有任何防御能力。没有预见到后来太空军事化的进程，是设计者的一个失误。战争爆发后，"万年风雪号"只能进行躲避飞行。去外太空是不行的。在木星轨道之内，有大量的北约无人航行器，它们都体积不大，武装或非武装，每一个对"万年风雪号"都是致命的威胁。于是，它只有将航向调整为近日空间。"万年风雪号"引以为傲的主动制冷式热屏蔽系统，使它可以比目前人类的任何太空航行器都更接近太阳。现在"万年风雪号"已到达水星轨道，距太阳五千万公里，距地球一亿公里。

虽然"万年风雪号"上的大部分舱室已经关闭，但留给米沙的空间仍大得惊人。透过广阔的透明穹顶，比地球上看去大三倍的太阳发出耀眼的光芒，太阳表面的耀斑和紫色日冕中奇丽的日珥清晰可见，有时甚至还可以看到光球表面因对流而产生的米粒组织。这里的宁静是虚假的。飞船外面，太阳抛出的粒子流和射电波的狂风巨浪在呼啸，"万年风雪号"就是这动荡海洋中漂浮的一粒小小的种子。

一束细如游丝的电波把米沙同地球连接起来，也把那遥远世界的忧虑带给了他。他刚刚得知，莫斯科近郊的控制中心已被巡航导弹摧毁，对"万年风雪号"的控制转由设在古比雪夫的第二控制中心执行。他每隔五个小时接收一份从地球传来的战争新闻，每到这时，他就想起了父亲。

1月5日，俄罗斯军队总参谋部

米哈伊尔·谢米扬诺维奇·列夫森科元帅觉得自己面对着一堵墙，他面前实际是一幅平铺的莫斯科战区全息战场地图。而以前当他面对挂在墙上的宽大纸制地图时，却能看到广阔而深邃的空间。不管怎样，他还是喜欢传统的地图。记不清有多少次，要找的位置在地图的最下方，他和参谋们只好趴在地上看。现在想起来，他不禁微微一笑。他又想起多次演习前，在野战帐篷中用透明胶带把刚发下来的作战地图拼贴起来，他总贴不好，倒是第一次随他看演习的儿子一上手就比他贴得好……发现自己又想起儿子，他警觉地打住了思绪。

作战室中只有他和西部集群司令两人，后者一根接一根地抽着烟，他们凝神盯着全息地图上方变幻的烟团，仿佛那就是严峻的战局。

西部集群司令说："北约在斯摩棱斯克一线的兵力已达75个师，

27

攻击正面有 100 公里宽，已多处突破。"

"东线呢？"列夫森科元帅问。

"第 11 集团军的大部也倒向右翼联盟了，这您是知道的。右翼联盟的军队已达 24 个师，但他们对雅罗斯拉夫尔的攻击仍然是试探性的。"

地面的一次爆炸把微微的震动传了下来，作战室里充满了随着顶板上的挂灯而轻轻摇晃的影子。

"现在，已有人谈论退守莫斯科，凭借城市外围建筑和工事进行巷战了，像七十多年前一样。"

"胡说八道！我们一旦从西线收缩，北约就可能从北部迂回，在加里宁同右翼军队会合，莫斯科将不战自乱。下步作战方针，第一是反击，第二是反击，第三还是反击。"

西部集群司令叹了一口气，无言地看着地图。

列夫森科元帅接着说："我知道西线力量不够，准备从东线抽调一个集团军加强西线。"

"什么？现在雅罗斯拉夫尔的防守已经很难了。"

列夫森科元帅笑了笑，"现在相当多指挥官只从军事角度考虑问题，严峻的形势让我们钻进去出不来了。从目前的态势看，你认为右翼联盟的军队没有力量攻下雅罗斯拉夫尔吗？"

"我认为不是，像第 14 集团军这样的精锐部队，集中了如此密集的装甲和低空攻击力量，在没有遭受太大损失的情况下，一天的推进还不到 15 公里，显然是有意放慢的。"

"这就对了。他们在观望，在观望西线战局！如果我们在西线夺回战场主动权，他们就会继续观望下去，甚至有可能在东线单方面停火。"

西部集群司令把刚拿出的一根烟夹在手上，忘了点火。

"东线的几个集团军的叛变确实是在我们背后捅了一刀，但一些指挥官在心理上把这当作借口，使我们的作战方针趋向消极。这种心态必须转变！当然，应当承认，要从根本上扭转战局，莫斯科战区的力量不够，我们的最终希望寄托在增援的高加索集群和乌拉尔集群上。"

"较近的高加索集群要完成集结并进入出击位置，最少也需一个星期。考虑到争夺制空权的因素，时间可能还要长。"

1月5日，莫斯科

卡琳娜和中尉的吉普车开进城时已是下午三点多，空袭警报刚刚响过，街上空荡荡的。

中尉长叹一口气说："少校，我真想念我那辆T90啊！四年前从装甲学院毕业的时候，我正失恋，可刚到部队的我一看到那辆坦克，心情一下子由阴转晴了。我摸着它的装甲，光溜溜、温乎乎的，像摸着女孩儿的手。嗨，女孩儿算什么，这才是男人真正的伴侣！可今天早上，它中了一颗'西北风'。唉，可能现在火还没灭呢……"

这时，城市西北方向传来密集的爆炸声。这是现代空袭中很少见的野蛮的地毯式轰炸。

中尉仍沉浸在早上的战斗中，"唉，不到三十秒钟，整整一个坦克营就完了。"

"敌人的伤亡也很大。"卡琳娜说，"我注意观察了战果，双方被击毁的装甲的数量相差并不大。"

"敌我坦克的对毁率大约1比1.2吧。直升机差一些，但也不会超过1比1.4。"

"尽管如此，战场的主动权仍在我们一边——我们在数量上占很大优势，仗怎么会打成这样呢？"

中尉扭头看了卡琳娜一眼："你是搞电子战的，还不明白为什么？你们的那套玩意儿，什么第五代C3I，什么三维战场显示，还有动态态势模拟、攻击方案优化之类的，在演习中很像那么回事，可一到实战中，我面前的液晶屏上最常显示的就两句：COMMUNICATION ERROR（"沟通错误"之意）和COULD NOT LOG IN（"不能进入"之意）。就说今天早上吧，我对正面和两翼的情况完全不清楚，只接到一个命令：接敌。唉……假如再投入一半的增援兵力，敌人就不会在我们的位置突破。整个战线的情况，大都如此。"

卡琳娜知道，在刚刚过去的战斗中，双方在整个战线上投入的坦克总数可能超过10000辆，还有数目相当于坦克一半的武装直升机。

他们的车驶入了阿尔巴特街，昔日的步行街现在空空荡荡，古玩店和艺术品商店的门前堆着做工事用的沙袋。

"我的那辆钢铁情人不亏本儿。"中尉仍沉浸在早上的战斗中不能自拔，"我肯定打中了一辆'挑战者'，但我最想打中的是一辆'艾布拉姆斯'，知道吗？一辆'艾布拉姆斯'……"

卡琳娜指着一家古玩店的门口："那儿，我爷爷就死在那儿。"

"可这里好像没有遭到空袭。"

"我说的是二十年前的事了，那时我才四岁。那个冬天真冷啊。

暖气停了，房间里结了冰，我只好抱着电视机取暖，听着总统在我怀中向俄罗斯人许诺一个温暖的冬天。我哭着喊冷，喊饿，爷爷默默地看着我，终于下了决心，拿出他珍藏的勋章，带着我走了出去，来到这条街。那时这儿是自由市场，从伏特加到政治观点，人们什么都卖。一个美国人看上了爷爷的勋章，但只肯出 40 美元。他说，红旗勋章和红星勋章都不值钱的，但如果有赫梅利尼茨基勋章，我肯出 100 美元；光荣勋章，150 美元；纳希莫夫勋章，200 美元；乌沙科夫勋章，250 美元；最值钱的胜利勋章你当然不可能有，那只授给元帅，但苏沃洛夫勋章也值钱，我可以出 450 美元……爷爷默默地走开了。我们沿着寒风中的阿尔巴特街走啊走，后来爷爷走不动了，天也快黑了，他无力地坐到那家古玩店的台阶上，让我先回家。第二天人们发现他冻死在那里，一只手伸进怀中，握着他用鲜血换来的勋章，睁大双眼看着这个他在七十多年前从古德里安的坦克群下拯救的城市……"

1月5日，俄罗斯军队总参谋部

一个星期以来，列夫森科元帅第一次走出了地下作战室，踏着厚厚的白雪散步，同时寻找着太阳。这时太阳已在挂满雪的松林后面落下了一半。在元帅的想象中，有一个小黑点正在夕阳那橘红色的表面缓缓移动。那是"万年风雪号"，元帅的儿子在上面。他是这个星球上离父亲最远的儿子了。

这件事在国内引起了许多流言蜚语，国际上，敌人更是大肆炒作。《纽约时报》用大得吓人的黑体字登出了一个标题：《战争史上逃得最远的逃兵！》，下面是米沙的照片，照片的注脚是：在俄国政府煽动三亿俄罗斯人用鲜血淹没入侵者时，他们最高军事统帅的儿子却乘着这个国家唯一一艘巨型飞船，逃到了距战场一亿公里的地方。他是目前这个国家最安全的人了。

但列夫森科元帅问心无愧。从中学到博士后，米沙周围几乎没有人知道他父亲是谁。航天控制中心做出这个决定，仅仅是因为米沙的研究专业是恒星数学模型。"万年风雪号"这次接近太阳，对他的研究是一次难得的机会，而组合体不能完全遥控飞行，上面至少应有一个人。总指挥也是后来从西方的新闻中才得知米沙的身份的。

另一方面，不管列夫森科元帅是否承认，在他的内心深处，确实希望儿子远离战争。这并不仅仅是出于血肉之情。列夫森科元帅总觉得自己的儿子不属于战争。是的，他是世界上最不属于战争的人了。但他又知道自己这想法有问题：谁是属于战争的？

况且，米沙就属于恒星吗？他喜欢恒星，把全部生命投入到对它的研究上面。但他自己却是恒星的反面，他更像冥王星，像那颗寂静、寒冷的矮行星，孤独地运行在尘世之光照不到的遥远空间。米沙的性格，加上他那白皙清秀的外表，使人很容易觉得他像个女孩子。但列夫森科元帅心里清楚，儿子从本质上一点不像女孩子——女孩子都怕孤独，但米沙喜欢孤独。孤独是他的营养，他的空气。

米沙是在东德出生的。儿子的生日对元帅来说是一生中最暗淡的一天。那天傍晚，还是少校的他，在西柏林蒂加尔登苏军烈士墓前，同部下一起为烈士们站四十多年来的最后一班岗。他的前面，是一群满脸笑容的西方军官，和几个牵着狼狗来换防的吊儿郎当的德国警察。他的身后，是大尉连长和士兵们含泪的眼睛。他控制不住自己，只好也让泪水模糊了这一切。天黑后回到已搬空的营地，在这回国前的最后一夜，他得知米沙出生了，但妻子因难产而死……回国后日子也很难。同从欧洲撤回的40万军人和12万文职人员一样，他没有住房，和米沙住在一间冬冷夏热的临时铁皮屋里。他昔日的战友为了生活什么都干，有的向黑社会出售武器，有的甚至到夜总会跳脱衣舞。但他一直像军人一样正直地生活着，米沙也在艰辛中默默地长大。同别的孩子不同，他似乎天生就会忍受，因为他有自己的世界。

早在上小学的时候，米沙每天都在自己的小房间里静悄悄地一个人度过整晚，元帅起初以为他在看书，但有一次，他无意中发现，儿子是站在窗前一动不动地看着星星。

"爸爸，我喜欢星星。我要看一辈子星星。"他这样对父亲说。

十一岁生日那天，米沙首次向父亲提出了一个要求：想要一架天文望远镜。这之前，他一直用列夫森科元帅的军用望远镜观察星星。后来，那架天文望远镜就成了米沙唯一的伴侣。他在阳台上看星星可以一直看到东方发白。有不多的几次，他们父子俩一起在阳台上看星星，元帅总是把望远镜对准夜空中看起来最亮的一颗星，但儿子不以为然地摇摇头，"那颗没意思，爸爸。那是金星，金星是行星，我只喜欢恒星。"

但对其他男孩子喜欢的东西，米沙却一点兴趣都没有。隔壁空降兵参谋长家的那个小胖子，偷拿父亲的手枪玩，结果走火把大腿打穿了。参谋部将军们的那些男孩子，如果能让爸爸领到部队的靶场上打一次枪，就算是最高的奖赏了。但男孩子对武器的这种天生的迷恋，在米沙身上丝毫没有出现。从这点来说，他确实不像男孩子。元帅对此很不安，他几乎无法容忍自己的儿子对武器无动于衷，以至于后来做出了一件至今想起来仍让他很不好意思的事。有一次，他把自己的那支马卡诺夫式手枪悄悄放到了儿子的书桌上。放学回来后不久，米沙就拿着枪从他的小房间中出来——他拿枪像女人那样，小心地握着枪管——把枪轻轻地放到父亲面前，淡淡地说："爸，以后别把这东西乱放。"

在米沙的前途问题上，元帅是一个开明的人。他不像周围的那些将军，一心让儿子甚至女儿延续自己的军旅生涯。但米沙离父亲的事业确实太远太远了。

列夫森科元帅不是一个脾气暴躁的人，但作为全军统帅，他不止一次在上万名官兵面前斥责一位将军。但对米沙，他却从来没有发过火。这固然因为米沙一直默默地沿着自己的轨道成长，很少让父亲操心，更重要的是，米沙身上似乎生来就有一种非同寻常的超脱的气质，这气质有时甚至让列夫森科元帅感到有些敬畏。就如同他在花盆中随意埋下一颗种子，却长出了一株绝世珍稀的植物。他敬畏地看着这株植物一天天成长，小心地呵护着它，等着它开出花朵。他的期望没有落空，儿子现在已成为世界上最出色的天体物理学家。

这时太阳已在松林后面完全落下去，地上的雪由白色变成浅蓝色。列夫森科元帅收回了思绪，回到地下作战室。开作战会议的人都到齐了，包括西部集群和高加索集群的主要指挥官。

另外还有电子战指挥官，从少将到上尉都有，大部分是刚从前线回来的。作战室里正在进行一场激烈的争论，争论的双方是西部集群的陆战部队和电子战部队的军官们。

"我们正确判明了敌人主攻方向的转变。"塔曼摩步师的费列托夫师长说，"我们的装甲力量和陆航低空攻击力量的机动性也并不差，但通信系统被干扰得一塌糊涂，C3I指挥系统几乎瘫痪！集团军中的电子战单位，级别从营升到了团，从团又升到了师，这两年在这上面的资金投入比常规装备的投入都多，就这么个结果？！"

负责指挥战区电子战的一位中将看了身边的卡琳娜一眼。同其他刚从前线归来的军官一样，她的迷彩服上满是污渍和焦痕，脸上还残留着血迹。中将说："卡琳娜少校在电子战研究方面很有造诣，同时也是总参派往前线的电子战观察员，她的看法可能更有说服力一些。"像卡琳娜这样的年轻博士军官大多心直口快、无所顾忌，往往被人当枪使，这次也不例外。

卡琳娜站起来说："上校，话不能这么说！比起北约，我们这些年对C3I的投入微不足道。"

"那电子反制呢？"师长问，"敌人能干扰我们，你们就不能干扰他们？！我们的C3I瘫痪了，北约的却运转得很好，像上了润滑油似的。今天早上我对面的陆战1师能那么快速地转变攻击方向就是证明！"

卡琳娜苦笑了一下："提起对敌干扰，费利托夫上校，不要忘了，就是在你们师的阵地上，你的人用枪顶着操作员的脑袋，逼停了集团军电子对抗部队的干扰机！"

"怎么回事？"列夫森科元帅问，这时人们才发现他进来了，纷纷起身敬礼。

"是这样，"师长对元帅解释说，"对我们的通信指挥系统来说，他们的干扰比北约的更厉害！在北约的干扰中，我们还能维持一定的无线通信，可他们的干扰机一开，就把我们全盖住了！"

卡琳娜说："可同时敌人也全被盖住了！这是我军目前实施电子反制可选择的唯一战略。北约目前在战场通信中，已广泛采用诸如跳频、直接序列扩频、零可控自适应天线、猝发、单频转发和频率捷变等技术。我们用频率瞄准方式进行干扰根本不起作用，只能采用全频带阻塞干扰。"

第5集团军的一位上校质问："少校，北约采用的可全是频率瞄准式干扰，频带还相当窄，而我们的C3I系统也普遍采用了你提到的那些通信技术，为什么他们对我们的干扰那样有效呢？"

"这原因很简单。我们的C3I系统是建立在什么样的软硬件平台上？UNIX，LINUX，甚至Windows 2010，CPU是INTEL和AMD！这是用人家养的狗给自己看门！在这种情况下，敌人可以很快掌握诸如跳频规律之类的电子战情报，同时用更多更有效的纯软件攻击加强其干扰效果。总参谋部曾经大力推广过国产操作系统，但到了下面阻力重重，你们集团军就是最顽固的堡垒……"

"好了，你们所说的问题和矛盾正是今天会议要解决的，开会！"列夫森科元帅打断了这场争论。

当大家在电子沙盘前坐好后，列夫森科元帅叫过一位少校参谋，这个身材细高的年轻人双眼眯缝着，好像不适应作战室中的光线。"介绍一下，这位是邦达连科少校，他的最大特点就是深度近视。他的眼镜与众不同，别人的眼镜镜片在镜框里边，他的镜片在镜框外面，哈，就像茶杯底那么厚啊！但我们现在看不到镜片——早上少校的吉普车遇到空袭时给砸了，好像隐形眼镜也弄丢了？"

"报告首长，那是五天前在明斯克丢的。我的眼睛是在半年内变成这样的。这变化早些的话，我进不了伏龙芝军事学院。"少校立正说。

虽然谁也不知道元帅为什么介绍这位少校，人群中还是响起了低低的笑声。

"战争爆发以来的事实说明，虽然有白俄罗斯战场的失利，但在空中和陆上常规武器方面，我们并不比敌人差多少；但在电子战方面，我们的差距之大出乎意料。造成这样的局面有很深远的历史原因，这不是我们今天要讨论的。我们要明确的是以下一点：目前，电子战是我军夺回战争主动权的关键！我们首先必须承认敌人在电子战方面的优势，甚至是压倒性优势，然后我们必须以我军现有的电子战软硬件条件为基础，制定出一套行之有效的战略战术。这套战略战术的目的，是要在短时间内，使我军和北约在电子战方面形成力量上的平衡。也许大家认为这不可能——我军上世纪末以来的战争理论，主要是基于局部有限战争的，对目前在军事上如此强大的敌人的全面进攻，确实研究得不够。在这样严峻的形势下，我们必须以一种全新的方式思维。下面我要介绍的统帅部新的电子战战略，就可以看作这种思维的结果。"

灯灭了，电脑屏幕和电子沙盘都关闭了，重重的防辐射门也紧紧关闭，作战室淹没于伸手不见五指的黑暗之中。

"是我让关灯的。"黑暗中传来元帅的声音。

时间在黑暗和沉默中慢慢流逝，这样过了有一分钟。

"大家现在有什么感觉？"列夫森科元帅问。

没有人回答。浓重的黑暗使军官们仿佛沉没在夜之海的海底，呼吸都有些困难。

"安德烈将军，你说说看。"

"这几天在战场上的感觉。"第5集团军军长说。黑暗中又响起了一阵低低的笑声。

"别的人呢？大概都与他有同感吧。"元帅说。

"当然。您想想，耳机里除了沙沙声什么也没有，屏幕上一片空白，对作战命令和周围的战场态势一无所知，可不就是这种感觉嘛！这黑暗，压得人喘不过气来啊！"

"但并非所有人都是这种感觉。邦达连科少校，你呢？"列夫森科元帅问。

邦达连科少校的声音从作战室的一角传来："我的感觉不像他们这么糟糕。在亮着灯的时候，我看周围也是模模糊糊的。"

"你甚至还有一种优越感吧？"列夫森科元帅问。

"是的，元帅您可能听说过，在纽约大停电时，是瞎子带领人们走出摩天大楼的。"

"但安德烈将军的感觉也是可以理解的。他有一双鹰眼，还是个神枪手，喝酒时常用手枪在十几米外开酒瓶盖。想想他和邦达连科少校在这里用手枪决斗，可是一件很有意思的事。"

黑暗中的作战室又陷入了沉默，指挥官们都在思考。

灯亮了，人们都眯起了双眼，这与其说是不能适应突然出现的亮光，不如说是对元帅刚刚的暗示感到震惊。

列夫森科元帅站起来说："我想，刚才我已把我军的电子战新战略表达清楚了：全频段大功率的阻塞干扰，在电磁通信上，制造一个双方'共享'的全黑暗战场！"

"这样将使我军的战场指挥系统全面瘫痪！"有人惊恐地说。

"北约也一样！瞎大家一起瞎，聋大家一起聋，在这样的条件下同敌人达到电子战的力量平衡。这就是新战略的核心思想。"

"那总不至于让我们用通信员骑摩托车传达作战命令吧？！"

"要是路不好，他们还得骑马。"列夫森科元帅说，"我们粗略估计了一下，这样的全频段阻塞干扰，至少可覆盖北约70%的战场通信系统，这就意味着他们的 C3I 系统将全面瘫痪。同时还可使敌人 50% 至 60% 的远程打击武器失去作用，尤其是'战斧'巡航导弹——现在这种导弹的制导系统同上个世纪有了很大的改变，那时的'战斧'主要使用地形匹配和小型测高雷达来导航，现在这种导航方式只用作末端制导，而在其运行过程的大部分都依靠全球卫星定位系统。通用动力公司和麦克唐纳·道格拉斯公司认为他们所做的这种改进是一大进步。美国人太相信来自太空中的导航电波了，但 GPS 系统的电波传输一旦被干扰，'战斧'就成了瞎子。这种对 GPS 的依赖在北约大部分远程打击武器中都存在。在我们所设想的战场电磁条件出现时，敌人就会被迫同我们打常规战，我们自己的优势就会充分发挥出来。"

"我还是心里没底。"被从东线调往西线的第12集团军军长忧心忡忡地说，"在这样的战场通信条件下，我甚至怀疑我的集团军能不能从东线顺利地调到西线。"

"你肯定能的！"列夫森科元帅说，"这段距离，对库图佐夫来说很短，我不信今天的俄罗斯军队离了无线电就走不过去了！被现代化装备惯坏的，应该是美国人而不是我们。我知道，当整个战场都处于电磁黑暗中时，你们心中肯定会感到恐惧。这时要记住，敌人比你们恐惧十倍！"

看着卡琳娜的身影混在穿迷彩服的军官中，消失在作战室的出口，列夫森科元帅不禁担心起来。她将重返前线，而她所在的电子战部队将是敌人火力最集中的地方。昨天，在同一亿公里远的儿子那来回延时达 5 分钟的通话中，元帅曾告诉他卡琳娜很好，但在今早的战斗中，她就险些没回来。

米沙和卡琳娜是在一次演习中认识的。那天元帅和儿子一起吃晚饭，同往常一样，他们默默地吃着，米沙早逝的母亲在远处的镜框中默默地看着他们。米沙突然说："爸爸，我想起明天就是您的五十一岁生日了，我应该送您一件生日礼物。我是看见那架天文望远镜才想起来的，那件礼物真好。"

"送我几天时间吧。"

儿子抬头静静地看着父亲。

"你有你的事业，我很高兴。但做父亲的想让儿子了解自己的事业，这总不算过分吧！明天你和我一起去看军事演习怎么样？"

米沙笑着点点头。他很少笑的。

这是 21 世纪国内规模最大的一场演习。演习开始的前夜，米沙对公路上那滚滚而过的钢铁洪流没什么兴趣。一下直升机，他就钻进野战帐篷，用透明胶带替父亲粘贴刚发下来的作战地图。第二天演习的整个过程中，米沙也没表现出丝毫的兴趣。这早在列夫森科元帅的预料之中，但有一件事使他感到莫大的安慰。

上午进行的演习项目是装甲师进攻高地，米沙同一群地方官员一起坐在观摩台的北侧。这次观摩台的位置虽在安全距离之外，但应那些猎奇的地方官员的要求，比过去大大靠前了。图 22 轰炸机群掠过高地上空，重磅航空炸弹雨点般地落下，使那座山头变成喷发的火山口。这时，那群地方官员才明白真实战场同电影里的区别。在那地动山摇的巨响中，他们全都用双臂抱住脑袋伏在桌子上，有几位女士甚至尖叫着往桌下钻。但元帅看到，只有米沙一个人仍直直坐着，仍是那副冷漠的表情，静静地无动于衷地看着那座可怕的火山，任爆炸的火光在他的墨镜中狂闪。一股暖流冲击着列夫森科元帅的心田。儿子，你的身上到底流着军人的血啊！

这天晚上，父子俩在白天的演习现场散步。远处，各种装甲车辆的前灯如繁星洒满山谷和平原，空气中还残留着淡淡的硝烟味。

"这场演习要花多少钱？"米沙问。

"直接费用大约三亿卢布。"

米沙叹了口气，"我们的课题组想搞第三代恒星演化模型，申请了三十五万经费都批不下来。"

列夫森科元帅把他早就想对儿子说的话说了出来："我们两个的世界相差太远了。你的恒星，最近的也有4光年吧，它同地球上的军队与战争真是毫不相干。我对你的事业知之不多，但为之感到很骄傲。作为军人，我们也是最想让儿子了解自己事业的人。哪一个父亲不把对儿子讲述自己的戎马生涯当作最大的幸福？而你对我的事业却总抱着冷漠的态度。事实上，我的事业是你的事业的基础和保障。一个国家，如果没有足够数量和质量的武装力量保证它的和平的话，像你从事的这种纯基础研究根本不可能进行。"

"爸爸，你说反了。如果人们都像我们这样，用全部的生命去探索宇宙的话，就能领略到宇宙的美——它的宏大和深远后面的美，而一个对宇宙和自然的内在美有深刻感觉的人，是不会去进行战争的。"

"你这种想法真是幼稚到家了！如果战争是因为人们缺乏美感造成的，那和平可太容易了！"

"您以为让人类感受这种美就那么容易吗？"米沙指指夜空中灿烂的星海，"您看这些恒星。人们都知道它们是美的，但有多少人能够真正体会到这种美的最深层呢？这无数的天体，它们从星云到黑洞的演化是那么壮丽，它们喷发的能量是那么巨大，但您知道吗，只用数目不多的几个优美的方程式就能精确地描述这一切。用这些方程式建立的数学模型能极其精确地预言恒星的一切行为。甚至我们对自己星球上大气层建立的数学模型，精确度都要比它低几个数量级。"

列夫森科元帅点点头："这是可能的，据说人类对月球的了解比对地球海底的了解还要多。但你所说的对宇宙和自然深层次美的感受还是制止不了战争。没有人比爱因斯坦更能感受这种美了，原子弹不还是在他的建议下造出来了吗？"

"爱因斯坦在他的后期研究中没什么建树，很大程度上是由于他过多地介入了政治。我不会走他的老路的。但，爸爸，到了需要的时候，我也会尽自己的责任的。"

米沙在演习区待了五天。元帅不知儿子是什么时候认识卡琳娜的。第一次看到他们在一起的时候，他们已经谈得很融洽了。他们谈恒星，而卡琳娜对此知道的很多。卡琳娜只是个天真烂漫的女孩，但因为拥有博士学位，她早早就扛上了一颗校星，他对此心里多少有些别扭。不过除此之外，他对卡琳娜的印象还是很好的。第二次见到米沙和卡琳娜在一起时，列夫森科元帅发现他们关系已更加亲密。他们谈话的内容让他很意外——他们在谈电子战。当时他们俩在距元帅的吉普车不远的一辆坦克边，并没有避开别人的意思。

元帅听到米沙说："你们现在只关注于一些纯软件的高层次的东西，比如 C3I、病毒攻击、数字战场，等等，可你想到没有，你们可能握着一把木头做的剑。"看着卡琳娜惊奇的目光，米沙继续说，"你想过这些东西的基础吗，也就是位于网络七层协议最下面的物理层？对于民用网络，可以使用光纤和定向激光之类的东西作为通信媒介。但对于用于战场的 C3I 系统，它的各个终端是快速移动和位置不定的，只能主要依赖电磁波来进行信息联系，而电磁波这东西，你知道，在干扰下就像薄冰一样脆弱……"

元帅真的吃惊不小。他从未与儿子交流过这些，米沙更不可能偷看他的机密文件，但米沙却把元帅在电子战上多年来形成的思想简明准确地表达出来！米沙的这番话对卡琳娜的影响更大，居然使她偏离了原来的研究方向，研制出一种代号"洪水"的电磁干扰装置。"洪水"的大小可以装入一辆装甲车，能同时发出 3kHz 到 30gHz 的强烈电磁干扰波，覆盖除毫米波之外的所有电磁通信波段。这种武器在西伯利亚某基地进行的第一次实验就为军队惹来了一屁股官司——"洪水"使附近那座城市的电磁波通信全部中断，手机不通了，传呼机不响了，电视机和收音机都收不到信号。对银行和股市的影响更是灾难性的，地方上把造成的损失说成了天文数字。"洪水"的灵感来自于一种电磁炸弹，原理是使用高爆炸药在一次性线圈中产生强烈的电磁脉冲。所以"洪水"工作起来如同火箭发动机一样，产生的音响能震破附近的窗玻璃，这就决定了它只能遥控操作，而距它二三千米处的操作人员还得穿上防微波辐射的防护服。

"洪水"在总装备部和总参谋部的电子战指挥机构引起了很大的争论。很多人认为它没什么实战价值，在有限战场上使用它，就如同在巷战中使用核武器，对敌我的杀伤力都一样大。但在元帅的坚持下，"洪水"还是批量生产了二百多台。现在，在统帅部新的电子战战略中，它将担当主要角色。

儿子爱上了一个军中的姑娘，元帅深感意外。他的结论是，米沙对卡琳娜的感情同她的职业无关。后来米沙带卡琳娜到家里来过几次，第一次卡琳娜穿着一件亮丽的连衣裙，走时元帅听到米沙对卡琳娜说："下次穿军装来。"这事使元帅否定了自己先前的结论。他现在知道，米沙爱上卡琳娜，与她是一名少校军官并非一点关系也没有。与演习第一天上午感到的别扭不同，现在元帅觉得卡琳娜肩上的那颗校星无比美丽。

1 月 6 日，莫斯科战区

强烈的电磁波在战区上空很快聚集，最后形成了巨大的电磁台风。战后人们回忆，当时在远离前线的山村里，人们也看到动物和鸟儿骚动不安；在灯火管制的城市中，人们能看到电视天线上感应出的微小火花……

从东线调往西线的第 12 集团军的一个装甲团正在急速行军，团长站在停在路边的吉普车旁，满意地看着漫天雪尘中急速行进的部队。敌人的空袭远没有预料的强度，所以部队可以在白天赶路了。这时，三枚"战斧"导弹低低地从他们头顶掠过，冲压发动机低沉的嗡嗡声清晰可闻。不一会儿，远处响起了三声爆炸。团长身边的通信员拿着只听得到沙沙声的耳机无事可做，转头看看爆炸的方向，然后惊叫起来，让他看，他让通信员不要大惊小怪，但旁边的一位少校营长也让他看，他就看了，然后困惑地摇了摇头。"战斧"不是每枚都能命中目标，但像这样三枚相距上千米落到空无一物的田野上，真是少见。

　　两架苏 27 孤独地飞行在战区 5000 米上空。它们本来属于一支歼击机中队，但这支中队刚刚在海上同一组北约的 F22 发生了遭遇战，混战中，它们和中队失散了。在以前，重新会合是轻而易举的事。但现在，无线电联络不通了，原来对高速歼击机来说很狭小的空域现在变得如宇宙一样广阔，要想会合如同大海捞针。这对长僚机只能紧贴着飞行，距离之近像在飞特技。只有这样，他们才能听到对方的无线电呼叫。

　　"左上方发现可疑目标，方位 220，仰角 30！"僚机报告。长机飞行员沿那个方位看去，冬日雪后的晴空一碧如洗，能见度极好。两架飞机向斜上方靠近目标观察。那个目标与他们同一方向飞行，但速度慢了许多，所以他们很快追上了它。

　　当他们看清目标后，真觉得白天见了鬼。那是一架北约的 E-4A 预警机，是歼击机最不可能遇到的敌方飞机，就像一个人不可能看到自己的后脑勺一样。E-4A 预警飞机上的雷达监视面积可达 100 万平方公里，环视一圈只需 5 秒钟。它能发现远离防区 2000 公里处的目标，可以提供 40 分钟以上的预警时间。它能发现 1000~2000 公里范围里的 800~1000 个电磁信号，每次扫描可询问和识别 2000 个海陆空各类目标。预警机从不需护航，它强有力的千里眼可使自己远远地避开歼击机的威胁。所以长机飞行员理所当然地认为这可能是一个圈套。他和僚机向四周的空域仔细搜索了一遍，明净寒冷的空中看不到任何东西，长机决定冒一次险。

"雷球雷球，我将发起攻击，你向317方位警戒，但注意不要超出目视距离！"

看着僚机向着长机认为最可能有埋伏的方位飞去后，他打开油门，猛拉操纵杆。苏27拖着加速产生的黑烟，如一条仰起头的眼镜蛇向斜上方的预警机扑去。这时E-4A也发现了向它逼近的威胁，急忙向东南方向作逃脱的机动飞行。干扰热寻导弹的镁热弹不断地从机尾蹦出，那一串小小的光球仿佛是它那被吓出壳的灵魂。预警飞机在歼击机面前就如同自行车在摩托车面前一样，是无法逃脱的。这时长机飞行员才感到他刚才给僚机的命令是多么自私。他在E-4A的后上方远远跟着它，欣赏着到手的猎物。E-4A背上蓝白相间的雷达天线罩线条优美，像一件可人的圣诞玩具。它那粗大的白色机身，如同摆在盘子里的一只肥美的烤鸭，令他垂涎欲滴，又不忍下刀叉。但直觉使他不敢拖延。他首先用20毫米口径机炮做了一个点射，击碎了E-4A的雷达天线罩。他看到，西屋公司制造的AN/PY-3型雷达的天线的碎片飞散在空中，如圣诞节银色的纸花。他接着用机炮切断了E-4A的一个机翼，最后，射速达每分钟6000发的双管机炮射出的死亡之刃，将已经翻滚下坠的E-4A拦腰斩断。苏27盘旋着跟随两块坠落的机体，飞行员看到，人员和设备不停地从机舱中掉出来，就像从盒中掉出的糖果一样，有几朵伞花在空中绽开。他想起了在刚过去的空战中，一个战友被击落时的情景：一架F22三次从战友的降落伞上方掠过，把伞冲翻了，他看着战友像一块石头一样渐渐消失在大地的白色背景中。他克制了这样做的冲动，同僚机会合后，双机编队以最快的速度脱离这个空域。

他们仍觉得这可能是个圈套。

走散的飞机并不止那两架。在廊房战线的上空，一架隶属于美国陆军骑1师的"科曼奇"在漫无目标地飞着，飞行员沃克中尉却倍感兴奋。他刚从"阿帕奇"转飞"科曼奇"不久，对这种上世纪末才大量装备陆军的武装攻击直升机不太适应。他不喜欢"科曼奇"的没有脚踏的操纵系统，并觉得它的双目头盔瞄准镜不如"阿帕奇"的单目镜舒服，但他最不适应的还是坐在前面的攻击指挥员哈尼上尉。他们第一次见面时，哈尼说："中尉，你要清楚自己的位置，我是这架直升机的大脑，你只是它电子和机械部件的一部分——你要尽一个部件的责任！"而沃克最讨厌作为一个部件而存在。记得一位年近百岁的参加过二战的前海军飞行员参观他们的基地时，看了看"科曼奇"的座舱，摇摇头说："唉，孩子们，我当年那架野马式，座舱里的仪表还不如现在微波炉上的多。我最好的仪表是它！"他拍了拍沃克的屁股，"我们两代飞行员的区别，就是空中骑士和电脑操作员的区别。"沃克想当空中骑士，现在机会来了。在俄罗斯人那近乎变态的疯狂干扰下，这架直升机上的什么"作战任务设备一体化系统"、什么"目标探测系统"、什么"辅助目标探查分类系统"、什么"真实视觉场面发生器"，还有"资料突发系统"，全休克了！只剩下那两台1200马力的T800型引擎还在忠实地转动着。哈尼平时就是全凭那些电子玩意儿发号施令的，现在他那张喋喋不休的臭嘴也随着这些东西沉默下来。这时，内部送话系统传来了哈尼的话音：

"注意，发现目标，好像在左前方，好像在那个小山包旁边，有一支装甲部队，好像是敌人的，你……看着办吧。"

沃克差点笑出声来。哈，这小子，听他以前是怎么指挥的："发现目标，方位133，90式坦克17辆，89式运兵车21辆，向391方位以平均时速43.5公里运动，平均间隔31.4米。按AJ041号优化攻击方案，从179方位以37度倾角进入……"现在呢，"好像"有装甲部队，"好像"在"山包那边"。这用你说？我早看见了！还让我看着办。你是废物了哈尼，现在是我的天下，我要用屁股当仪表做一个骑士了！这架"科曼奇"在我的手中将不辜负它那英勇的印第安部落的名字。

"科曼奇"向着那显而易见的目标冲去，把机上的62枚27.5英寸口径"蜂巢"火箭全部发射出去。沃克陶醉地看着那群拖着火尾的小蜜蜂欢快地向目标飞去，把敌人的车队淹没于一片火海之中。但当他迂回飞行观察战果时却发现事情不对，地面上敌人的士兵没有隐蔽，而是全都站在雪地上冲他指点着，像是在破口大骂。沃克飞近一些，清楚地看到了一辆被击毁的装甲车上的标志，那是个三环同心圆，中间是蓝色，然后是一个白圈儿和一个红圈儿。沃克眼前一黑，感到世界变成了地狱，破口大骂起来：

"你个白痴，你瞎眼了？！"

但他还是聪明地远远飞开，以防那些暴怒的法国佬还击："你现在大概在想到军事法庭上怎样把责任推给我。你推不掉的，你是负责目标甄别的，你要明白这一点！"

"也许……我们还有机会补救。"哈尼怯生生地说，"我又发现了一支部队，就在对面……"

"去你的吧！"沃克没好气地说。

"这次没错，他们正在同法国人交火！"

这下沃克又来了精神，驾机向新目标冲去，看到对方主要是步兵，装甲力量不多，这倒证实了哈尼的判断。沃克把仅剩的四枚"地狱火"导弹发射出去，然后把加特林双管机枪的射速调到每分钟1500发并开始射击。他舒服地感觉到机枪通过机体传来的微微振动，看到地面敌人的散兵线被撒上了一层白色的"胡椒面"。但一名老练的武装直升机飞行员的直觉告诉他有危险。他扭头一看，只见一枚肩射导弹刚刚从左下方一名站在吉普车上的士兵肩上发射出来。沃克手忙脚乱地发射了诱饵镁热弹，又向后方作摆脱飞行，但晚了些，那枚导弹拖着蛛丝般的白烟击中了"科曼奇"的机头下部。沃克从爆炸带来的短暂昏眩中醒来时，发现直升机已坠落到雪地上。沃克拼命爬出全是白烟的机舱，在雪地上抱住一棵刚被螺旋桨齐腰砍断的树，回头看见前舱中被炸成肉浆的哈尼上尉。他又看到前方一群端着冲锋枪的士兵正在向他跑来。沃克颤抖着抽出手枪放到面前的雪地上，然后掏出俄语会话本读了起来：

"我已放下武器，我是战俘，日内瓦……"

他后脑挨了一枪托，肚子上又挨了一脚，但他翻倒在雪地上时却大笑起来——他可能被揍个半死，但不会全死，因为他看到了那些士兵衣领上波兰军队的鹰形领章。

1月7日，明斯克，北约军队作战指挥中心

"把那个该死的军医叫来！"托尼·帕克上将烦躁地喊道。当那

49

名瘦高的上校军医跑到他面前时，他恼怒地说，"怎么搞的？你折腾了两次，我的假牙还在嗡嗡响！"

"将军，这是我见过的最奇怪的事，也许是您的神经系统有问题，要不我给您打一针局部麻醉？"

这时，一位少校参谋走过来说："将军，请把假牙给我，我有办法的。"帕克于是取下假牙，放到了少校递过来的纸巾上。

关于将军掉的两颗门牙，媒体的普遍说法是在波斯湾战争中他所在的坦克被击中时造成的，只有将军自己知道这不是真的。那次是断了下腭，牙则是更早些时候掉的。那是在克拉克空军基地，当时的世界好像除了火山灰外什么都没有——天是灰的，地是灰的，空气也是灰的，就连他和基地最后一批人员将要登上的那架"大力神"，机顶上也落了厚厚白白的一层。火山岩浆的暗红色火光在这灰色的深处时隐时现。那个菲律宾女职员还是找来了，说基地没了，她失业了，房子也压在火山灰下，让她和肚子里的孩子怎么活？她拉着他求他一定带她到美国去，他告诉她这不可能，于是她脱下高跟鞋朝他脸上打，打掉了他的两颗门牙。看着灰色的海水，帕克默念，我的孩子，现在你在哪儿？你是和母亲在马尼拉的贫民窟中度日吗？你的父亲现在某种程度上是为你而战。俄罗斯的民主政府上台后，北约的前锋将抵达中国边境，苏比克和克拉克将重新成为美国在太平洋上的海空军基地，那里将比20世纪更繁荣，你会在那儿找到工作的！如果你是个女孩，说不定像你妈妈（她叫什么来着，哦，阿莲娜）一样能认识个美国军官……

修牙的少校回来了，打断了将军的胡思乱想。将军拿过了纸巾上的假牙装上，几秒后惊奇地看着少校，"嗯？你是怎么做到的？"

"将军，您的假牙响是因为它对电磁波产生了共振。"

将军盯着少校，分明不相信他的话。

"将军，真是这样！也许您以前也曾暴露在强烈的电磁波下，比如在雷达的照射范围里，但那些电磁波的频率同您的假牙的固有频率不吻合。而现在，空中所有频带的电磁波都很强烈，于是产生了这种情况。我把假牙进行了一些加工，使它的共振频率提高了许多，它现在仍然共振，但您感觉不到了。"

少校离开后，帕克将军的目光落到了电子作战图旁的一个座钟上。钟座是骑着大象的汉尼拔塑像，上面刻着"战必胜"三个字，原来摆放在白宫的蓝厅，当时总统发现他的目光总落在那玩意儿上，就亲自拿起了在那儿放了一百多年的钟赠给了他。

"上帝保佑美国，将军，现在您就是上帝！"

帕克沉思了很久，缓缓地说："命令全线停止进攻，用全部空中力量搜寻并摧毁俄罗斯人的干扰源。"

1月8日，俄罗斯军队总参谋部

"敌人停止进攻了，你好像并不感到高兴。"列夫森科元帅对刚从前线归来的西部集群司令说。

"是高兴不起来。北约的全部空中力量已集中打击我们的干扰部队，这种打击确实是很奏效的。"

"这在我们的预料之中。"列夫森科元帅平静地说，"我们的战术在开始会使敌人手足无措，但他们总会想出对付的办法的。用于阻塞式干扰的干扰机，由于其强烈的全频带发射，很容易被探测和摧毁。好在我们已争取了相当的时间，现在全部希望都寄托在两个集群的快速集结上了。"

"情况可能比预想的严峻，"西部集群司令说，"在我们失去电子战优势之前，可能没有给高加索集群进入出击位置留下足够的时间。"

西部集群司令走后，列夫森科元帅看着电子沙盘上的前线地形，想起了正处于敌人密集火力下的卡琳娜，由此又想起了米沙。那天，米沙回到家里，脸上青一块紫一块的。这之前元帅已听到传言，说他儿子是那所大学中唯一一名反战分子，结果被学生们打了。

"我只是说不要轻言战争，我们真的不能同西方达成一种理智的和平吗？"米沙对父亲解释说。

元帅用从未有过的严厉口吻对儿子说："你知道自己的身份。你可以不说话，但以后绝不许出现类似的言论。"

米沙点点头。

又过了几天，晚上一进家门，元帅就告诉米沙："新党上台了。"

米沙看了父亲一眼，淡淡地说："吃饭吧。"

再往后，西方宣布俄罗斯新政府为非法，杜波列夫组织右翼联盟并发动内战，列夫森科元帅都不需要告诉米沙了，父子俩每天晚上都像往常一样默默地吃饭。直到有一天，米沙接到航天基地的通知，收拾起行装走了。两天后，他乘航天飞机登上了在近地轨道运行的"万年风雪号"。

又过了一周，战争全面爆发了。这是一场由空前强大的敌人从预料不到的方向发起的旨在彻底肢解俄罗斯的世界大战。

1月9日，近日轨道，"万年风雪号"掠过水星

由于"万年风雪号"的速度很快，它不可能成为水星的卫星，只能从这颗行星面对太阳的那一面高速掠过。这是人类第一次用肉眼直接对水星表面进行近距离观察。米沙看到，水星表面高达两公里的峭壁，蜿蜒数百公里，穿过布满巨大坑穴的平原。他还看到了被行星地质学家称作"不可思议的地形"的名叫"卡托里萨"的盆地，其直径达1300公里。它的不可思议之处在于，在水星的另一面，有一个面积相仿的盆地正对着它。人们猜测，这是一颗巨大的彗星撞击了水星，强烈的震波穿过了整个星体，在两个半球同时形成了极其相似的两个盆地。米沙还发现水星表面有许多明亮的光斑。当他在屏幕上把那些光斑放大后，激动得屏住了呼吸。

那是水星上的水银湖泊，平均面积达上千平方公里。

米沙想象着在水星那漫长的白天，在那1800℃的高温下，站在水银湖岸边的情形。即使在狂风中，水银湖也会很平静，而水星没有大气，没有风，湖的表面如广阔的镜子平原，太阳和银河毫不失真地投射在上面。

"万年风雪号"掠过水星后，将继续靠近太阳，一直航行到它那由核聚变制冷装置支持的绝热层所能忍受的极限距离。太阳的高温将是它最好的掩护，北约的任何太空航行器都不可能飞进这个酷热的地狱。

看看这广阔的宇宙，再想想一亿公里之外的母星上的那场战争，米沙再次哀叹人类目光的狭隘。

1月10日，斯摩棱斯克前线

看着敌人渐渐靠近的散兵线，卡琳娜明白了为什么当周围的干扰点相继被摧毁后,只有她这里幸存下来——敌人想夺取一台完整的"洪水"。

由三架"科曼奇"和四架"黑鹰"组成的直升机群轻而易举地发现了这台"洪水"的位置。由于"洪水"巨大的电磁发射,对它的遥控只能通过光缆,敌人顺着光缆发现了卡琳娜所在的距那台"洪水"3000米的遥控站。这是一间被废弃的孤立的小库房。

四架运载着四十多名敌人步兵的"黑鹰"在距库房不到200米处降落了。当时遥控站中除卡琳娜之外还有一名上尉和一名上士。上士听到引擎声响,刚拉开库房的门,就被直升机上的狙击手射出的一颗子弹掀开了头盖骨。敌人随后的火力很谨慎也很节制,显然怕伤了库房里他们想得到的设备,卡琳娜和那名上尉得以多坚守了一段时间。

现在,在卡琳娜的左前方,上尉的冲锋枪声沉默了,这枪声是这里唯一的安慰。她看到在作为掩体的树桩后面,上尉一动不动,一圈殷红的鲜血正在他周围的雪地上扩散。卡琳娜处在库房前由几个沙袋堆成的简易掩体后面,脚下散落着八个冲锋枪弹匣,滚烫的枪管在沙袋上面的积雪中发出嘶嘶的声音。每当卡琳娜射击时,对面的敌人就卧倒,子弹在他们前面溅起一团团雪花,而半圆形包围圈未受攻击方向的敌人则跃起快步推进一段距离。现在,卡琳娜只剩下三个弹匣了,她开始打单发,这没有经验的举动等于告诉敌人她子弹不多了,使他们更快更大胆地推进。卡琳娜再次换弹匣时,听到沙袋顶上厚厚的积雪吱地响了一声,有什么东西从中飞快地钻了过来,她感到右肋被什么猛推了一下,没有疼痛,只有一阵很快扩散的麻木感,温热的血顺着右侧身体流下去。她坚持着,几乎是漫无目标地打完了这个弹匣。当她伸手拿起沙袋顶上最后一个弹匣时，一颗子弹打断了她的前臂，弹匣掉到雪地上。卡琳娜站起身，回头向库房门走去，身后的雪地上留下了一条细细的血迹。当她拉开门时，又一颗子弹穿透了她的左肩。

由瑞特·唐纳森上尉率领的美国海军陆战队"海豹"突击队小分队谨慎地靠近库房。唐纳森和两名陆战队员越过那名俄罗斯上士的尸体，踹开门冲进帐篷，发现里面只有一名年轻女军官。她坐在他们的目标——"洪水"遥控仪旁边，一只被打断的手臂无力地垂在控制台上，对着显示屏上映出的影子，用另一只手整理着自己的头发，不断滴下的鲜血在她的脚下积成了小小的血洼。她对着冲进来的美国人和那一排枪口笑了一下，算是打了招呼。唐纳森长出了一口气，但这口出来的气再也没有吸回去——他看到她整理头发的手从控制台上拿起了一个墨绿色椭圆形的东西，把它悬在半空中。唐纳森立刻认出了那是一枚气体炸弹，由于是装备武装直升机的，体积很小。那东西可由激光近炸引信引爆，在距地面半米处发生两次爆炸，第一次扩散气体炸药，第二次引爆炸药雾，他现在就是一支箭也飞不出它的威力圈。

他朝她伸出一只手向下压着，"镇静，少校，镇静下来，不要激动。"他朝周围示意了一下，陆战队员们的枪口垂了下来，"您听我说，事情没您想的那么严重，您将得到最好的医疗，您将被送到德国最好的医院，然后，会作为第一批交换的战俘……"少校又对他笑了一下，这使他多少受到了一些鼓励，"您完全没必要采用这么野蛮的方式，这是一场文明的战争，它本来是会很顺利的，这一点在二十天前越过波俄边境时我就感觉到了。当时你们的大部分火力都被摧毁，只有零星的机枪声恰到好处地点缀着我们这场光荣而浪漫的远征。您看，一切都会很顺利的，没必要……"

"我还知道另一次更美妙的开始。"少校用纯正的英语说，她轻柔的声音如同来自天堂，能让火焰熄灭、钢铁变软，"美丽的沙滩，棕榈树上挂着欢迎的横幅。到处是漂亮的姑娘，留着齐腰的长发，穿着沙沙作响的丝裤，在年轻的士兵中移动，用红色和粉红色的花环装点着他们，羞怯地对着目瞪口呆的士兵们微笑……上尉，您知道这次登陆吗？"

唐纳森困惑地摇摇头。

"这就是 1965 年 3 月 8 日上午 9 点，在岘港，美国首批海军陆战队士兵登上越南土地的情景，也是越战的开端。"

唐纳森觉得自己一下子掉进了冰窟，刚才的镇静瞬间消失了，他的呼吸急促起来，声音开始颤抖："不，别这样少校。您这样对待我们是不公平的！我们没有杀过多少人，杀人的是他们。"他指着窗外半空中悬停着的直升机说，"是那些飞行员，还有那些在很远的航空母舰上操作电脑指引巡航导弹的先生，但他们也都是些体面的人，他们所面对的目标都是屏幕上漂亮的彩色标记，他们按一下按钮或动一下鼠标，耐心地等一会儿，那些标志就消失了。他们都是文明的先生，他们没有恶意，真的没有恶意……您在听我说吗？"

少校笑着点点头，谁说死神是丑恶恐怖的。死神真美。

"我有一个女朋友，她在马里兰大学读博士，她像您一样美丽，真的，她还参加反战游行……"我真该听她的，唐纳森想，"您在听我说吗？您也说点什么吧，求求您说点什么……"

美丽的少校最后对敌人微笑了一次："上尉，我尽责任。"

赶来增援的俄军104摩步师的一支部队这时距那个"洪水"遥控站还有半公里，他们首先听到了一声沉闷的爆炸，并远远看到那间宽阔田野中孤零零的小库房隐没于一团白雾之中。紧接着是一声比刚才响百倍的巨响，地动山摇，一团巨大的火球在库房的位置出现，火焰裹在黑色的浓烟中高高升起，化作高耸的蘑菇云，如绽放在天地之间的一朵绝美的生命之花。

1月11日，俄罗斯军队总参谋部

"我知道你想要什么东西，别废话，要吧！"列夫森科元帅对高加索集群司令说。

"我想让前两天的战场电磁条件再持续4天。"

"你清楚，我们的战场干扰部队现在有70%已被摧毁，我现在连4个小时都无法给你了！"

"那我的集群无法按时到达出击位置，北约的空中打击大大迟滞了部队的集结速度。"

"要是那样的话，你就把一颗子弹打进自己脑袋里去吧。现在敌人已逼近莫斯科，已到了七十年前古德里安到过的位置。"

在走出地下作战室的途中，高加索集群司令在心里默念：莫斯科，坚持啊！

1月12日，莫斯科防线

塔曼摩步师师长费利托夫上校清楚，他们的阵地最多只能再承受一次进攻了。

敌人的空中打击和远程打击渐渐猛烈起来，而俄军的空中掩护却越来越少了。这个师的装甲力量和武装直升机都所剩无几，最后的坚守几乎全靠血肉之躯了。

师长拖着被弹片削断的腿，拄着一支步枪走出掩体。他看到战壕挖得不深，这也难怪，现在阵地上大部分都是伤员了。但他惊奇地发现，在战壕的前面构起了一道整齐的约半米高的胸墙。师长很奇怪这胸墙是用什么材料这么快筑起的，这时他看到被雪覆盖的胸墙上伸出几条树枝一样的东西，走近一看，那是一只只惨白僵硬的手臂……他勃然大怒，一把抓住一位上校团长的衣领。

"浑蛋！谁让你们用士兵的尸体筑掩体的？！"

"是我命令这样干的。"师参谋长的声音从师长身后平静地响起，"昨天晚上进入新阵地太快，这里又是一片农田，实在没有什么别的材料了。"

他们沉默对视着。参谋长额头绷带中流出的血在脸上一道道地冻结了。这样过了一会儿，他们两人朝这堵用青春和生命筑成的胸墙走去。师长的左手拄着用作拐杖的步枪，右手扶正了钢盔，向着胸墙行军礼，仿佛在最后一次检阅自己的部队……

他们路过了一个被炸断双腿的小士兵的身旁，从断腿中流出的血把下面的雪和土混成了红黑色的泥，这泥的表面现在又冻住了。小士兵正躺着把一颗反坦克手雷往自己怀里放，他抬起没有血色的脸，朝师长笑了笑，"我要把这玩意儿塞进'艾布拉姆斯'的覆带里。"

寒风卷起道道雪雾，发出凄厉的啸声，仿佛在奏着一首上古时代的战歌。

"如果我比你先阵亡，请你也把我砌进这道墙里。这确实是一个好归宿。"师长说。

"我们两个不会相差太长时间的。"参谋长用他那特有的平静声音回应。

1月12日，俄罗斯军队总参谋部

一个参谋来告诉列夫森科元帅，航天部部长急着要见他，事情很紧急，是有关米沙和电子战的事。

听到儿子的名字，列夫森科元帅心里一震。他已得知卡琳娜阵亡的消息，但他无法想象一亿公里之外的米沙同电子战有什么关系，他甚至想象不出米沙现在和地球有什么关系。

部长一行人走了进来，他没有多说话，径直把一片3英寸光盘递给了列夫森科元帅："元帅，这是我们一小时前收到的米沙从'万年风雪号'上发回的信息。后来他又补充说，这不是私人信息，希望您能当着所有相关人员的面播放它。"

作战室中的所有人听着来自一亿公里以外的声音："我从收到的战争新闻中得知，如果电磁干扰不能再持续三到四天的话，我们可能输掉这场战争。如果这是真的，爸爸，我能给您这段时间。

"以前，您总认为我所研究的恒星与现实相距太远，我自己也是这么认为，现在看来我们都错了。我记得对您提起过，恒星产生的能量虽然巨大，但它本身却是一个相对单纯和简单的系统。比如，我们的太阳，组成它的只是两种最简单的元素：氢和氦；它的运行也只是由核聚变和引力平衡两种机制构成。同我们的地球相比，它的运行状态在数学模型上比较容易把握。现在，我们对太阳已经建立了十分精确的数学模型，其中也有我做的工作。通过这个数学模型，我们可以对太阳的行为做出十分精确的预测，这就使我们可以利用一个微小的扰动，在短时间内局部打破太阳运行的平衡。方法很简单：用'万年风雪号'精确撞击太阳表面的某点。

"也许您认为，这不过是把一块小石头投入海洋，但事实不是这样。爸爸，这是一粒沙子掉进了眼睛！

"根据数学模型我们得知，太阳是一个极其精细而敏感的能量平衡系统，如果计算得当，一个微小的扰动就能在太阳表面和内部产生连锁反应，这种反应扩散开来，其局部平衡就会被打破。历史上有过这样的先例，最近的记载是在1972年8月初，在太阳表面一个很小的区域发生了一次剧烈的电磁爆发，对地球产生了巨大的影响。飞机和轮船上的罗盘指针胡乱跳动，远距离无线电通信中断。在北极地区，夜空中闪动着炫目的红光。在乡村，电灯时亮时灭，如同处于雷暴的中心。这种效应持续了一个多星期。现在比较可信的解释是：当时一颗比'万年风雪号'还小的天体撞击了太阳表面。这样的太阳表面平衡扰动在历史上一定多次发生，但大部分发生在人类发明无线电接收装置以前，所以没被察觉。这些对太阳表面的撞击都是随机的、偶然的，因而所能产生的平衡扰动在强度和范围上都是有限的。

"但'万年风雪号'对太阳的撞击点是经过精确计算的，所产生的扰动比上面提到的自然产生的扰动要大几个数量级。这次扰动将使太阳向太空喷发出强烈的电磁辐射，包括从极低频到甚高频的所有频带的电磁波。同时，太阳射出的强烈的X射线将猛烈撞击对短波通信十分重要的电离层，从而改变电离层的性质，使通信中断。在扰动发生时，地球表面除毫米波外的绝大部分无线电通信将中断。

这种效应在晚上可能相对弱一些，但在白天甚至超过了你们前两天进行的电磁干扰。据计算，这次扰动大约可持续一周。

"爸爸，以前我们两个人一直生活在相距遥远的两个世界中，互相交流很少。但现在，我们这两个世界已融为一体，我们在为一个共同的目标而战，我为此自豪。爸爸，像您的每一个士兵一样，我在等着您的命令。"

航天部部长说："米哈伊尔博士所说的都是事实。去年，我们向太阳发射过一个探测器，它依据数学模型的计算对太阳表面进行了一次小型的撞击实验，证实了模型所预言的扰动。博士和他的研究小组还提出了一个设想：将来也许可以用这种方法适当改变地球的气候。"

列夫森科元帅走进一个小隔间，拿起直通总统的红色电话。过了一会儿，他就从隔间走了出来。历史对这一时刻的记载是不同的，有人说他马上说出了那句话，也有人说他沉默了一分钟之久，但那句话的内容是一致的。

"告诉米沙，照他说的去做吧。"

1月12日，近日轨道，"万年风雪号"冲向太阳

"万年风雪号"的十台核聚变发动机全部打开，每台发动机的喷口都喷出了长达上百公里的等离子体射流，它在最后修正轨道和姿态。

在"万年风雪号"的正前方，有一道巨大的美丽日珥。那是从太阳表面盘旋而上的灼热的氢气气流，像一条长长的轻纱，飘浮在太阳火的海洋上空，变幻着形状和姿态。它的两端都连着日球表面，

形成了一座巨大的拱门。"万年风雪号"从这高达四十万公里的凯旋门正中缓缓地、庄严地通过。前方又出现了几道日珥，它们只有一头同太阳相连，另一头伸进了太空深处。发动机闪着蓝光的"万年风雪号"像穿行在几棵大火树中的一只小小的萤火虫。后来，那蓝光渐渐熄灭，发动机停止了，"万年风雪号"的轨道已精确设定，剩下的一切都将由万有引力定律来完成了。

当飞船进入了太阳的上层大气日冕时，上方太空黑色的背景变成了紫红色，这紫红色的辉光弥漫了这里的所有空间。在下方，可以清楚地看到太阳色球中的景象。在那里，成千上万的针状体在闪闪发光。那些东西在 19 世纪就被天文学家观察到了，它们是从太阳表面射向高空的发光的气体射流，这些射流使得太阳大气看上去像一片燃烧的大草原，每棵草都有上千公里长。在这燃烧的大草原下面就是太阳的光球，那是无边无际的火的海洋。

从"万年风雪号"发回的最后的图像中，人们看到米沙从巨大的监视屏前起身，打开了透明穹顶外面的防护罩，壮丽的火的海洋展现在他面前。他想亲眼看看他童年梦幻中的世界。火之海在抖动变形，那是半米厚的绝热玻璃在熔化。很快，那上百米高的玻璃壁化作一片透明的液体滚落下来。像一个初见海洋的人陶醉地面对海风，米沙伸开双臂迎接那向他呼啸而来的 6000℃ 的飓风。在摄像机和发射设备被烧熔之前发回的最后几秒钟图像中，可以看到米沙的身体燃烧起来，最后变成了一把跳动的火炬，和太阳的火海融为一体……

接下来的景象只能猜想了："万年风雪号"的太阳能电池板和突出结构首先熔化，由于其表面张力在飞船的表面形成一个个银色的小球。当"万年风雪号"越过色球和日冕的交界处时，它的主体开始熔化。当它深入色球 2000 公里后，整个飞船完全熔化了。一个个分开的金属液珠合并成一个巨大的银色液球，精确地沿着那已化为液体的计算机所设定的目标高速飞去。太阳大气的作用开始显现——液球的周围出现了一圈淡蓝色的火焰，向后拖了几百公里长，颜色由淡蓝渐变为黄色，在尾部变成美丽的橘红色。

最后，这美丽的火凤凰消失在浩渺的火海之中。

1 月 13 日，地球

人类回到了马可尼之前的世界。

入夜，即使在赤道地区，夜空也充满了涌动的极光。

面对着一片雪花的电视屏幕，大多数人只能猜测和想象那块激战中的广阔土地上的情形。

1 月 13 日，莫斯科前线

帕克将军推开了企图把他拉上直升机的 82 空降师师长和几名前线指挥官，举起望远镜继续看着远方。那里，俄罗斯人的坦克滚滚而来。

"定标 4000 米，9 号弹药装填，缓发引信，放！"

从来自后方的射击声帕克知道，还有不到三十门 105 毫米口径榴弹炮可以射击，这是他目前唯一可以用于防守的重武器了。

一小时前，这个阵地上唯一一支装甲力量——德军的一个坦克营——以令人钦佩的勇气发起反冲锋，并取得了显著的战果：在距此八公里处击毁了相当于他们坦克数目一倍半的俄罗斯坦克。但由于数量上的绝对劣势，他们在俄罗斯人的钢铁洪流面前如正午太阳下的露珠一样消失了。

"定标3500米，放！"

炮弹飞行的嘶鸣过后，在俄罗斯人的坦克阵前面掀起了一道由泥土和火焰构成的高墙。但就如同塌下的泥土只能暂时挡住洪水，洪水最终将漫过来一样，爆炸激起的泥土落下后，俄罗斯人的装甲前锋又在浓烟中显现。帕克看到他们的编队十分密集，如同在接受检阅。在前几天用这种队形进攻是自取灭亡，但现在，在北约的空中和远程打击火力几乎全部瘫痪的情况下，这却是可以采用的队形，可以最大限度地集中装甲攻击力量，以确保在战线一点上的突破。

防线配置的失误是在帕克将军预料之中的，因为在这样的战场电磁条件下，要想准确快速地判明敌人的主攻方向几乎是不可能的。对下一步的防守他心中一片茫然，在C3I系统全面瘫痪的情况下，快速调整防御布局是十分困难的。

"定标3000米，放！"

"将军，您在找我？"法军司令若斯凯尔中将走了过来。他身边只跟着一名法军中校和一名直升机飞行驾驶员。他没穿迷彩服，胸前的勋章和肩上的将星擦得亮亮的，但却戴着钢盔，提着步枪，显得不伦不类。

"听说在我们的左翼，幼鹿师正在撤出阵地。"

"是的，将军。"

"若斯凯尔将军，在我们的身后，70万北约部队正在撤退，他们的成功突围取决于我们的坚固防守！"

"是取决于你们的坚固防守。"

"我听不明白。"

"您什么都明白！你们对我们隐瞒了真实战局，你们早就知道右翼联盟的军队要在东线单方面停火！"

"作为北约军队最高指挥官，我有权这样做。将军，我想您也明白，您和您的部队有接受指挥的职责。"

……

"定标2500米，放！"

……

"我只遵守法兰西共和国总统的命令。"

"我不相信现在您能收到这样的命令。"

"几个月前就收到了。在爱丽舍宫的国庆招待会上，总统亲自向我说明了在这种情况下法国军队的行为准则。"

"你们这些戴高乐的混蛋，这几十年来你们一直没变！"帕克终于失去控制。

"话别说得这么难听，将军。如果您不走，我也会一个人留下来，我们一起光荣地战死在这广阔的雪原上。拿破仑在这儿也失败过，我们不丢人。"若斯凯尔向帕克挥动着那支FAMS法军制式步枪说。

……

"定标2000米，放！"

……

帕克慢慢地转过身，面对一群前线指挥官："请你们向坚守阵地的美军部队传达我下面的话：我们并非生来就是一支只能靠电脑才能打仗的军队，我们原本是由庄稼汉组成的军队。几十年前，在瓜达卡纳尔岛，我们在热带丛林中一个地洞一个地洞地同日本人争夺；在溪山，我们用圆锹挡开北越士兵的手榴弹；更远一些的时候，在那个寒冷的冬夜，伟大的华盛顿领着没有鞋穿的士兵渡过冰封的特拉华河，创造了历史……"

"定标 1500 米，放！"

"我命令，销毁文件和非战斗辎重……"

"定标 1200 米，放！"

帕克将军戴上钢盔，穿上防弹衣，并把那支 9 毫米口径手枪别在左腋下。这时榴弹炮的射击声沉默了，炮手正把手榴弹填进炮膛中，接着响起了一阵杂乱的爆炸声。

"全体士兵，"帕克将军看着已像死亡屏障一样在他们面前展开的俄罗斯坦克群说，"上刺刀！"

战场的浓烟后面，太阳时隐时现，给血战中的雪野投下变幻的光影。

人　生——生命不能承受之重

母亲："我的孩儿，你听得见吗？"

胎儿："我在哪里？"

母亲："孩儿，你听见了？我是你妈妈啊！"

胎儿："妈妈！我真是在你的肚子里吗？我周围都是水……"

母亲："孩儿，那是羊水。"

胎儿："我还听到一个声音，咚咚的，像好远的地方在打雷。"

母亲："那是妈妈的心跳声。孩儿，你是在妈妈的肚子里呢！"

胎儿："这地方真好，我要一直待在这里。"

母亲："那怎么行？孩儿，妈要把你生出来！"

胎儿："我不要生出去，不要生出去！我怕外面！"

母亲："哦，好。好孩子，咱们以后再谈这个吧。"

胎儿："妈，我肚子上的这条带子是干什么的？"

母亲："那是脐带。在妈的肚子里时，你靠它活着。"

胎儿："嗯……妈，你好像从来也没到过这种地方。"

母亲："不，妈也是从那种地方生出来的，只是不记得了，所以你也不记得了……孩儿，妈的肚子里黑吗？你能看到东西吗？"

胎儿："外面有很弱的光透进来，红黄红黄的，像西套村太阳落山后的样子。"

母亲："我的孩儿啊，你还记得西套村？！妈就生在那儿啊！那你一定知道妈是什么样儿了？"

胎儿："我知道妈是什么样儿，我还知道妈小的时候是什么样儿呢。妈，你记得第一次看到自己是什么时候吗？"

母亲："不记得了，我想肯定是从镜子里看到的吧，就是你外公家那面好旧好旧、破成三瓣又拼到一块儿的破镜子。"

胎儿："不是，妈。你第一次是在水面儿上看到自个儿的。"

母亲："怎么会呢？咱们老家在甘肃那地方，缺水呀，满天黄沙的。"

胎儿："是啊，所以外公外婆每天都要到很远的地方去挑水。那天外婆去挑水，还是小不点儿的你也跟着去了。回来的时候太阳升到正头上，毒辣辣的，你那个热那个渴啊，但你不敢向外婆要桶里的水喝，因为那样准会挨骂，骂你为什么不在井边喝好。但井边那么多人在排队打水，小不点儿的你也没机会喝啊。那是个旱年头，老水井大多干了，周围三个村子的人都挤到那口深机井去打水。外婆歇气儿的时候，你扒到桶边看了看里面的水。你闻到了水的味儿，感到了水的凉气儿。"

母亲："啊，孩儿，妈记起来了！"

胎儿："你从水里看到了自个儿，小脸上满是土，汗在上面流得一道子一道子的。这可是你记事起第一次看到自个儿的模样儿。"

母亲："可……你怎能记得比我还清呢？"

胎儿："妈你是记得的，只是想不起来了。在我脑子里，那些你记得的事儿都是清楚的，都能想起来。"

母亲："……"

胎儿："妈，我觉得外面还有一个人。"

母亲："哦，是莹博士。本来你在妈妈肚子里是不能说话的，羊水里没有让你发声的空气，莹博士设计了一台小机器，才使你能和妈妈说话。"

胎儿："哦，我知道她，她年纪比妈稍大点儿，戴着眼镜，穿着白大褂。"

母亲："孩儿，她可是个了不起的有学问的人，是个大科学家。"

莹博士："孩子，你好！"

胎儿："嗯，你好像是研究脑袋的。"

莹博士："我是研究脑科学的，就是研究人的大脑中的记忆和思维。人类的大脑有很大的容量，一个人的脑细胞比银河系的星星都多。以前的研究表明，大脑的容量只被使用了很少一部分，大约十分之一的样子。我主持的项目，主要是研究大脑中那些未被使用的区域。我们发现，那大片原被以为是空白的区域其实也存储着巨量的信息。进一步的研究显示了一个令人震惊的事实：那些信息竟然是上一代的记忆！孩子，你听得懂我的话吗？"

胎儿："懂一点儿。你和妈妈说过好多次，她懂了，我就懂了。"

莹博士："其实，记忆遗传在生物界很普遍，比如蜘蛛织网和蜜蜂筑巢之类我们所说的本能，其实都是遗传的记忆。现在我们发现人类同样具有记忆遗传，而且是一种比其他生物更为完整的记忆遗传。如此巨量的信息是不可能通过 DNA 传递的，它们存储在遗传介质的原子级别上，是以原子的量子状态记录的，于是诞生了量子生物学。"

母亲："博士，孩儿听不懂了。"

莹博士："哦，对不起，我只是想让你的宝宝知道，与其他的孩子相比，他是多么幸运！虽然人类存在记忆遗传，但遗传中的记忆在大脑中是以一种隐性的、未激活的状态存在的，所以没有人能觉察到这些记忆的存在。"

母亲："博士啊，你给孩儿讲得浅些吧，因为我只上过小学呢。"

胎儿："妈，你上完小学后就在地里干了几年活儿，然后就一个人出去打工了。"

母亲："是啊，我的孩儿。妈在那连水都苦的地方再也待不下去了，妈想换一种日子过。"

胎儿："妈后来到过好几个城市，当过饭店服务员，当过保姆，在工厂糊过纸盒，在工地做过饭，最难的时候甚至捡过破烂……"

母亲："嗯，好孩子，往下说。"

胎儿："反正我说的妈都知道。"

母亲："那也说，妈喜欢听你说。"

胎儿："直到去年，你在莹博士的研究所当上了勤杂工。"

母亲："从一开始，莹博士就注意到了我。她有时上班早，遇上我在打扫走廊，总要和我聊几句，问我的身世什么的。后来有一天，她把妈叫到办公室去了。"

胎儿："她问你：'姑娘，如果让你再生一次，你愿意生在哪里？'"

母亲："我回答：'当然是生在这里啦，我想生在大城市，当个城里人。'"

胎儿："莹博士盯着妈看了好半天好半天，笑了一下，让妈猜不透的那种笑，说：'姑娘，只要你有勇气，这真的有可能变成现实。'"

母亲："我以为她在逗我，但她接着向我讲了记忆遗传的那些事。"

莹博士："我告诉你妈妈，我们的研究已经形成了这样一项技术——修改人类受精卵的基因，激活其中的遗传记忆。这样，下一代就能够拥有这些遗传记忆了！"

母亲："当时我呆呆地问博士，他们是不是想让我生这样一个孩子？"

莹博士："我摇摇头，告诉你妈妈：'你生下来的将不是孩子，那将是……'"

胎儿："'那将是你自己。'你是这么对妈妈说的。"

母亲："我傻想了好长时间，才明白了她的话：如果另一个人的脑子里记的东西和你的一模一样，那他不就是你吗？但我真想不出那是一个什么样的娃娃。"

莹博士："我告诉她，那不是娃娃，而是一个有着婴儿身体的成年人。他一生下来就会说话（现在看来还更早些），会以惊人的速度学会走路和掌握其他能力。由于已经拥有一个年轻人的全部知识和经验，他在以后的发展中总比别的孩子超前二十多年。当然，我们不能就此肯定他会成为一个超凡的人，但他的后代肯定会的，因为遗传的记忆将一代代地积累起来，几代人后，记忆遗传将创造出我们想象不到的奇迹！由于拥有这种能力，人类文明将发生飞跃，而你，姑娘，将作为一位伟大的先驱者而名垂青史！"

母亲："我的孩儿，就这样，妈妈有了你。"

胎儿："可我们都还不知道爸爸是谁呢。"

莹博士："哦，孩子，由于技术方面的原因，你妈妈只能通过人工授精怀孕，精子的捐献者要求保密，你妈妈也同意了。孩子，其实这并不重要。与其他孩子相比，父亲在你的生命中所占的比例要小得多，因为你所遗传的全部是母亲的记忆。本来，我们已经掌握了将父母的遗传记忆同时激活的技术，但出于慎重，只激活了母亲的，因为我们不知道，两个人的记忆共存于一个人的意识中会产生什么后果。"

母亲（长长地叹息）："就是只激活我一个人的，你们也不知道后果啊。"

莹博士（沉默良久）："是的，也不知道。"

母亲："博士，我一直有一个没能问出口的问题：你也是个没有孩子的女人，也还年轻，干吗不自己生一个这样的孩子呢？"

胎儿："阿姨，妈妈觉得你是一个很自私的人。"

母亲："孩儿，别这么说。"

莹博士："不，孩子说的是实情，你这么想是公平的，我确实很自私。开始我是想过自己生一个记忆遗传的孩子，但另一个想法让我胆怯了：人类遗传记忆的这种未激活的隐性状态很让我们困惑，这种无用的遗传意义何在呢？后来的研究表明它类似于盲肠，是一种进化的遗留物。人类的远祖肯定是有显性的、处于激活状态的记忆遗传，只是在后来的漫长岁月中，遗传的记忆才渐渐变成隐性。这是一个不可理解的进化结果：一个物种，为什么要在进化中丢弃自己的一项巨大优势呢？但大自然做事总是有它的道理，它肯定是意识到了某种危险，才在后来的进化中'关闭'了人类的记忆遗传。"

母亲："莹博士，我不怪你，这都是我自愿的，我真的想再生一次。"

莹博士："可你没有。现在看来，你腹中怀着的并不是自己，而仍然是一个孩子，一个拥有了你全部记忆的孩子。"

胎儿："是啊，妈，我不是你，我能感觉到我脑子里的事都是从你脑子里来的。真正是我自己记住的东西，只有周围的羊水、你的心跳声，还有从外面透进来的那红黄红黄的弱光。"

莹博士："我们犯了一个致命的错误，竟然认为复制记忆就能从精神层面上复制一个人，看来完全不是这么回事。一个人之所以成为自己，除了大脑中的记忆，还有许多其他的东西，许多无法遗传也无法复制的东西。一个人的记忆像一本书，不同的人看到时有不同的感觉。现在糟糕的是，我们把这本沉重的书给一个还未出生的胎儿看了。"

母亲："真是这样！我喜欢城市，可我记住的城市到了孩儿的脑子中就变得那么吓人了。"

胎儿："城市真的很吓人啊，妈。外面什么都吓人，没有不吓人的东西。我不生出去！"

母亲："我的孩儿，你怎么能不生出来呢？你当然要生出来！"

胎儿："不要啊，妈！你……你还记得在西套村时，挨外公外婆骂的那些冬天的早晨吗？"

母亲："咋不记得？你外公外婆常早早地把我从被窝里拎出来，让我跟他们去清羊圈，我总是赖着不起。那真难，外面还是黑乎乎的夜，风像刀子似的，有时还下着雪，被窝里多暖和，暖和得能孵

73

蛋。小时候贪睡，真想多睡一会儿。"

胎儿："只想多睡一会儿吗？那时候你真想永远在暖被窝里睡下去啊。"

母亲："好像是那样。"

胎儿："我不生出去！我不生出去！"

莹博士："孩子，让我告诉你，外面的世界并不是风雪交加的寒夜，它也有春光明媚的时候。人生是不容易，但乐趣和幸福也是很多的。"

母亲："是啊，孩儿，莹博士说得对！妈活这么大，就有好多高兴的时候。像离开家的那天，走出西套村时太阳刚升起来，风凉丝丝的，能听到好多鸟在叫，那时妈也真像一只飞出笼子的鸟……还有第一次在城市里挣到钱，走进大商场的时候，那个高兴啊，孩儿，你怎么就感觉不到这些呢？"

胎儿："妈，我记得你说的这两次，记得很清呢，可都很吓人啊！从村子里出来那天，你要走三十多里的山路才能到镇子里赶上汽车，那路好难走。当时你兜旦只有十六块钱，花完了怎么办呢？谁知道在外面会遇到什么呢？还有大商场，也很吓人的，那么多的人，像蚂蚁窝。我怕人，我怕那么多的人……"

沉默。

莹博士："现在我明白进化为什么'关闭'了人类的记忆遗传：对于在精神上日益敏感的人类，当他们初到这个世界上时，无知是一间保护他们的温暖小屋。现在，我们剥夺了你孩子的这间小屋，把他扔到精神的旷野上了。"

胎儿："阿姨，我肚子上的这根带子是干什么的？"

莹博士："你好像已经问过妈妈了。那是脐带，在你出生之前，它为你提供养料和氧气。孩子，那是你的生命线。"

两年以后，一个春天的早晨。

莹博士和那位年轻的母亲站在公墓里，母亲抱着她的孩子。

"博士，您找到那东西了吗？"

"你是说，除大脑中的记忆之外使一个人成为自己的东西？"莹博士缓缓地摇摇头，"当然没有，那真是科学能找到的东西吗？"

初升的太阳照在她们周围的墓碑群上，使那无数已经尘封的人生闪动着橘黄色的柔光。

"爱情啊你来自何方，是脑海还是心房？"

"您说什么？"年轻的母亲迷惑地看着莹博士。

"呵，没什么，这只是莎士比亚的两句诗。"莹博士说着，从年轻母亲的怀中抱过婴儿。

这不是那个被激活了遗传记忆的孩子。那孩子的母亲后来和研究所的一名实验工人组成了家庭，这是他们正常出生的孩子。

那个拥有母亲全部记忆的胎儿，在那次谈话当天寂静的午夜，拉断了自己的脐带。值班医生发现时，他那尚未开始的人生已经结束了。事后，人们都惊奇他那双小手哪来那么大的力量。此时，两个女人就站在这个有史以来最小的自杀者小小的墓前。

莹博士用研究的眼光看着怀中的婴儿，但孩子的眼里却满是好奇。他忙着伸出细嫩的小手去抓晨雾中飞扬的柳絮，黑亮的小眼睛中迸发出的是惊喜和快乐。世界在他的眼中是一朵正在开放的鲜花，是一个奇妙的大玩具。对前面漫长而莫测的人生之路，他毫无准备，因而也准备好了一切。

两个女人沿着墓碑间的小路走去，年轻母亲从莹博士的怀中抱回孩子，兴奋地说：

"宝贝儿，咱们上路了！"

生命之歌——机器人弟弟的威胁

　　孔宪云晚上回到寓所时看到了丈夫从中国发来的传真。她脱下外衣，踢掉高跟鞋，扯掉传真躺到沙发上。

　　孔宪云是一个身材娇小的职业妇女，动作轻盈，笑容温婉，额头和眼角已刻上45年岁月的痕迹。她是以访问学者的身份来伦敦的，离家已一年了。

　　云：

　　　　研究已取得突破，验证还未结束，但成功已经无疑……

　　孔宪云简直不敢相信自己的眼睛。虽然她早已不是容易冲动的少女，但一时间仍激动得难以自制。那项研究是二十年来压在丈夫心头的沉重梦魇，并演变成了他唯一的生存目的。仅一年前，她离家来伦敦时，那项研究依然处于山穷水尽的地步。她做梦也想不到能有如此神速的进展。

其实我对成功已经绝望，我一直用紧张的研究来折磨自己，只不过想做一个体面的失败者。但是两个月前，我在岳父的实验室里偶然发现了十几页发黄的手稿，它对我的意义不亚于罗赛塔石碑，使我二十年盲目搜索到又随之抛弃的珠子一下子穿在一起。

我不知道是否该把这些告诉你父亲。他在距胜利只有一步之遥的地方突然停步，承认了失败，这实在是一个科学家最惨痛的悲剧。

往下读传真时，宪云的眉头逐渐紧蹙，信中并无胜利的欢快，字里行间反倒透着阴郁，她想不通这是为什么。

但我总摆脱不掉一个奇怪的感觉，我似乎一直生活在这位失败者的阴影下，即使今天也是如此。我不愿永远这样，不管这次研究发表成功与否，我不打算屈从于他的命令。

爱你的哲
9·6·2253

孔宪云放下传真走到窗前，遥望东方幽暗而深邃的夜空，感触万千，喜忧参半。二十年前她向父母宣布，她要嫁给一个韩国人，母亲高兴地接受了，父亲的态度是冷淡地拒绝。拒绝理由却是极古怪的，令人啼笑皆非：

"你能不能和他长相厮守？你是在五千年的中华文明中浸透的，

78

他却属于一个咄咄逼人的暴发户。"

虽然长大后，宪云已逐渐习惯了父亲乖戾的性格，但这次她还是瞠目良久，才弄懂父亲并不是开玩笑。她讥讽地说："对，算起来我还是孔夫子的百代玄孙呢。不过我并不是代大汉天子的公主下嫁番邦，朴重哲也无意做大韩民族的使节，我想民族性的差异不会影响两个小人物的结合吧。"

父亲拂袖而去。母亲安慰她："不要和怪老头一般见识。云云，你要学会理解父亲。"母亲苦涩地说，"你父亲年轻时才华横溢，被公认是生物学界最有希望的栋梁，但他几十年一事无成，心中很苦啊。直到现在，我还认为他是一个杰出的天才，可是并不是每一个天才都能成功。你父亲陷进 DNA 的泥沼，耗尽了才气，而且……"母亲的表情十分悲凉，"这些年你父亲实际上已放弃努力，他已经向命运屈服了。"

这些情况宪云早就了解。她知道父亲为了 DNA 研究，33 岁才结婚，如今已是白发如雪。失败的人生扭曲了他的性格，他变得古怪易怒——而在从前他是一个多么可亲可敬的父亲啊。宪云后悔不该顶撞父亲。

母亲忧心忡忡地问："听说朴重哲也是搞 DNA 研究的？云儿，恐怕你也要做好受苦受难的准备。"

"算了，不说这些了，"母亲果决地一挥手，"明天把重哲领来让爸妈见见。"

第二天孔宪云把朴重哲领到家里，母亲热情地张罗着，父亲端坐不动，冷冷地盯着这名韩国青年，重哲则以自信的微笑对抗着这种压力。那年重哲 28 岁，英姿飒爽，倜傥不群。孔宪云不得不承认父亲的确有某些言中之处，才华横溢的重哲的确过于锋芒毕露，咄咄逼人。

母亲老练地主持着这场家庭晚会，笑着问重哲："听说你是研究生物的，具体是搞哪个领域？"

"遗传学，主要是行为遗传学。"

"什么是行为遗传学？给我启启蒙——要尽量浅显啊。不要以为遗传学家的老伴儿就必然是近墨者黑，他搞他的生物DNA，我教我的音乐哆来咪，我们是井水不犯河水，互不干涉内政。"

宪云和重哲都笑了。重哲斟酌着字句，简洁地说：

"生物繁衍后代时，除了生物形体有遗传性外，生物行为也有遗传性。即使幼体生下来就与父母群体隔绝，它仍能保存这个种族的本能。像人类婴儿生下来会哭会吃奶，小海龟会扑向大海，昆虫会避光或伴死等。有一个典型的例证：欧洲有一种旅鼠，在成年后便成群结队奔向大海，这种怪僻的行为曾使动物学家们迷惑不解。后来考证出它们投海的地方原来与陆路相连。毫无疑问，这种迁徙肯定曾有利于鼠群的繁衍，并演化成可以遗传的行为程式，现在虽然已时过境迁，但冥冥中的本能仍顽强地保持着，甚至战胜了对死亡的恐惧。行为遗传学就是研究这些本能与遗传密码的对应关系。"

母亲看看父亲，又问道：

"生物形体的遗传是由DNA决定的，像腺嘌呤、鸟嘌呤、胸腺嘧啶、胞嘧啶与各种氨基酸的转化关系啦，红白豌豆花的交叉遗传啦，这些都好理解。怎么样，我从你父亲那儿还偷学到一些知识吧！"她笑着对女儿说，"可是，要说无质无形、虚无缥缈的生物行为也是由DNA来决定，我总是难以理解，那更应该是神秘的上帝之力。"

重哲微笑着说："上帝只存在于某些人的信念之中。如果抛开上帝这个前提，答案就很明显了。生物的本能是生而有之的，而能够穿透神秘的生死之界来传递上一代信息的介质，仅有生殖细胞。所以毫无疑问，动物行为的指令只可能存在于 DNA 的结构中，这是一个简单的筛选法问题。"

一直沉默着的父亲似乎不想再听这些启蒙课程，开口问："你最近的研究方向是什么？"

重哲昂起头："我不想搞那些鸡零狗碎的课题，我想破译宇宙中最神秘的生命之咒。"

"嗯？"

"一切生物，无论是病毒、苔藓还是人类，其最高本能是它的生存欲望，即保存自身、延续后代，其他欲望如食欲、性欲、求知欲、占有欲，都是由它派生出来的。有了它，母狼会为了狼崽同猎人拼命，老蝎子心甘情愿做小蝎子的食粮，泥炭层中沉睡数千年的古莲子仍顽强地活着，庞贝城的妇人在火山爆发时用身体为孩子争得最后的空间。这是最悲壮最灿烂的自然之歌，我要破译它。"他目光炯炯地说。

宪云看见父亲眸子里陡然亮光一闪，变得十分锋利，不过很快就隐去了。他仅冷冷地撂下一句：

"谈何容易。"

重哲扭头对宪云和母亲笑笑，自信地说："从目前遗传学发展水平来看，破译它的可能至少不是海市蜃楼了。这条无所不在的咒语控制着世界万物，显得神秘莫测。不过，反过来说，从亿万种遗传密码中寻找一种共性，反而是比较容易的。"

父亲涩声说："已有不少科学家在这个堡垒前铩羽而归。"

重哲淡然一笑："失败者多是西方科学家吧，那是上帝把这个难题留给东方人了。正像国际象棋与围棋、西医与东方医学的区别一样，西方人善于做精确的分析，东方人善于做模糊的综合。"他耐心地解释道，"我看过不少西方科学家在失败中留下的资料，他们太偏爱把行为遗传指令同单一 DNA 密码建立精确的对应。我认为这是一条死胡同。生命之咒的秘密很可能存在于 DNA 结构的次级序列中，是隐藏在一首长歌中的主旋律。"

谈话进行到这里，宪云和母亲只有旁听的份儿了。父亲冷淡地盯着重哲，久久未言，朴重哲坦然自若地与他对视着。宪云担心地看着两人。忽然小元元笑嘻嘻地闯进来，打破了屋内的沉寂。他满身脏污，抱着家养的白猫小佳佳，白猫在他怀里不安地挣扎着。妈妈笑着介绍：

"小元元，这是你朴哥哥。"

小元元放下白猫，用脏兮兮的小手亲热地握住朴重哲的手。妈妈有意夸奖这个有智力缺陷的儿子："小元元很聪明呢，不管是下棋还是解数学题，在全家都是冠军。重哲，听说你的围棋棋艺还不错，赶明儿和小元元杀一场。"

小元元骄傲地昂起头，鼻孔翕动着，那是他得意时的表情。朴重哲目光锐利地打量着这个圆脑袋的小个儿机器人，他外表酷似真人，行为举止带着 5 岁孩童的娇憨。不过宪云透露过，小元元实际已 17 岁了。

朴重哲故意问："他的心智只有 5 岁孩童的水平？"

宪云偷偷看看爸妈，微微摇摇头，心里埋怨重哲说话太无顾忌。朴重哲毫不理会她的暗示，斩钉截铁地说，"没有生存欲望的机器人永远也成不了人。"

元元懵懵懂懂地听着大人谈论自己，转着脑袋，看看这个，再看看那个。虽然宪云不是学生物的，但她敏锐地感觉到重哲这个结论的分量。她看看父亲，父亲一言不发，转身走了。

孔宪云心中忐忑，跟到父亲书房，父亲默然良久，冷声道：

"我不喜欢这个人，太狂！"

宪云很失望，心里斟酌着，打算尽量委婉地表明自己的意见。忽然听见父亲说："问问他，愿不愿意到我的研究所工作。"

宪云愕然良久，咯咯地笑起来。她快活地吻了父亲，飞快地跑回客厅，把好消息告诉母亲和重哲。重哲当即答应："我很愿意到伯父这儿工作。我拜读过伯父年轻时的一些文章，很钦佩他清晰的思路和敏锐的直觉。"

他的表情道出了未尽之意：对一个失败英雄的怜悯。宪云心中不免有些芥蒂，这种怜悯刺伤了她对父亲的崇敬。但她无可奈何，因为他说的正是家人不愿道出的真情。

婚后，朴重哲来到孔昭仁生物研究所，开始了他的马拉松研究。研究举步维艰。父亲把所有资料和实验室全部交给女婿，正式归隐。对女婿的工作情况，从此不闻不问。

传真机又轧轧地响起来，送出另一份传真。

云姐姐：

你好吗？已经一年没见你了，我很想你。

这几天爸爸和朴哥哥老是吵架，虽然声音不大，可是吵得很凶。朴哥哥在教我变聪明，爸爸不让。

我很害怕，云姐姐，你快回来吧。

元元

读着这份稚气未脱的信，宪云心中隐隐作痛，更感到莫可名状的担心。略为沉吟后，她用电脑预订了机票，次日早上 6 点的班机，随后又向剑桥大学的霍金斯教授请了假。

飞机很快穿过云层，脚下是万顷云海，或如蓬松雪团，或如流苏璎珞。少顷，一轮朝阳跃出云海，把万物浸在金黄色的静谧中，宇宙中鼓荡着无声的旋律，显得庄严瑰丽。孔宪云常坐早班机，就是为了观赏壮丽的日出，她觉得自己已融化在这金黄色的阳光里，浑身每个毛孔都与大自然息息相通。机上乘客不多，大多数人都到后排空位上睡觉去了，宪云独自倚在舷窗前，盯着飞机襟翼在空气中微微抖动，思绪又飞到小元元身上。

元元是爸爸研制的学习型机器人，比她小八岁。元元像婴儿一样头脑空白地来到这个世界，牙牙学语，蹒跚学步，逐步感知世界，建立起"人"的心智系统。爸爸说，他是想通过元元来观察机器人对自然的适应能力及建树自我的能力，观察它与人类"父母"能建立什么样的感情纽带。

元元一出生就生活在孔家。在小宪云的心目中，元元是和她一样的小孩，是她亲亲的小弟弟。当然他有一些特异之处——不会哭，没有痛觉，跌倒时会发出铿锵的响声，但小宪云认为这是正常中的特殊，就像人类中有左撇子和色盲一样。

小元元是按男孩的形象塑造的。即使在科学昌明的 23 世纪，那种重男轻女的旧思想仍是无形的咒语，爸妈对孔家这个唯一的男孩十分宠爱。宪云记得爸爸曾兴高采烈地给小元元当马骑；也曾坐在葡萄架下，一条腿上坐着这个小家伙，娓娓讲述古老的神话故事——那时爸爸的性情绝不古怪，这一段金色的童年多么令人思念啊。小宪云曾为爸妈的偏心愤愤不平，但很快她自己也变成一只母性强烈的小母鸡，时时把元元掩在羽翼下。每天放学回家，她会把特地留下的糖果点心一股脑儿倒给弟弟，高兴地欣赏弟弟津津有味的吃相。"好吃吗?""好吃。"——后来宪云才知道元元并没有味觉，吃食物仅是为了获取能量，懂事的元元这样回答是为了让小姐姐高兴，这使她对元元更加疼爱。

小元元十分聪明，无论是数学、下棋、钢琴，姐姐永远不是对手。小宪云曾嫉妒地偷偷找爸爸磨牙："给我换一个机器脑袋吧，行不行?"但在 5 岁时，元元的智力发展——主要指社会智力的发展——却戛然而止。

在这之后，他的表现就像人们所说的白痴天才，一方面，仍在某些领域保持着过人的聪明，但他的心智始终没超过 5 岁孩童的水平。他成了父亲失败的象征，成了一个笑柄。爸爸的同事来家走访时，总是装作没看见小元元，小心地隐藏着对爸爸的怜悯。爸爸的性格变态正是从这时开始的。

以后父亲很少到小元元身边。小元元自然感到了这一变化，他想与爸爸亲热时，常常先怯怯地打量着爸爸的表情，如果没有遭到拒绝，他就会绽开笑脸，高兴得手舞足蹈。这使妈妈和宪云心怀歉疚，把加倍的疼爱倾注到傻头傻脑的元元身上。宪云和重哲婚后一直没有生育，所以她对小元元的疼爱，还掺杂了母子的感情。

但是……爸爸真的讨厌元元吗？宪云曾不止一次发现，爸爸长久地透过玻璃窗，悄悄看元元玩耍。他的目光里除了阴郁，还有道不尽的痛楚……那时小宪云觉得，大人真是一种神秘莫测的异类。现在她已长大成人了，还是不能理解父亲的怪异性格。

宪云又想起小元元的信。重哲在教元元变聪明，爸爸为什么不让？他为什么反对重哲公布成果？一直到走下飞机舷梯，她还在疑惑地思索着。

母亲听到门铃声就跑出来，拥抱着女儿，问："路上顺利吗？时差疲劳还没消除吧，快洗个热水澡，好好睡一觉。"

女儿笑道："没关系的，我已经习惯了。爸爸呢，那古怪老头呢？"

"到协和医院去了，是科学院的例行体检。不过，最近他的心脏确实有些小毛病。"

宪云关心地问："怎么了？"

"轻微的心室纤颤，问题不大。"

"小元元呢？"

"在实验室里，重哲最近一直在为他开发智力。"

妈妈的目光暗淡下来——她们已接触到一个不愿触及的话题。宪云小心地问："翁婿吵架了？"

妈妈苦笑着说："嗯，已经有一个多月了。"

"到底是为什么？是不是反对重哲发表成果？我不信，这毫无道理嘛。"

妈妈摇摇头："不清楚。这是一次纯男人的吵架，他们瞒着我，连重哲也不对我说实话。"妈妈的语气中带着几丝幽怨。

宪云勉强笑着说："好，我这就去审个明白，看他敢不敢瞒我。"

透过实验室的全景观察窗，她看到重哲正在忙碌，小元元胸腔打开了，重哲似乎在调试和输入什么。小元元仍是那个憨模样，圆脑袋，大额头，一双眼珠乌黑发亮。他笑嘻嘻地用小手在重哲的胸膛上摸索，大概他认为重哲的胸膛也是可以开合的。

宪云不想打扰丈夫的工作，靠在观察窗上，陷入沉思。爸爸为什么反对公布成果？是对成功尚无把握？不会。重哲早已不是二十年前那个目空一切的年轻人了。这项研究实实在在是一场不会苏醒的噩梦，是无尽的酷刑，他建立的理论多少次接近成功，又突然倒塌。所以，重哲既然能心境沉稳地宣布胜利，那就是绝无疑问的——但为什么父亲反对公布？他难道不知道这对重哲来说是何等残酷和不公？莫非……一种念头悄悄涌上心头，莫非是失败者的嫉妒？

宪云不愿相信这一点，她了解父亲的人品。但是，她也提醒自己，作为一个失败者，父亲的性格已经被严重扭曲了。

宪云叹口气，但愿事实并非如此。婚后她才真正理解了妈妈要她做好受难准备的含义。从某种含义上说，科学家是勇敢的赌徒，他们在绝对黑暗中凭直觉定出前进的方向，然后开始艰难的摸索，为一个课题常常耗费毕生的精力。即使在研究途中的一万个岔路口中只走错一次，也会与成功失之交臂，而此时他们常常已步入老年，来不及改正错误了。

二十年来，重哲也逐渐变得阴郁易怒，变得不通情理。宪云已学会用微笑来承受这种苦难，把苦涩埋在心底，就像妈妈一直做的那样。

但愿这次成功能改变他们的生活。

小元元看见姐姐了，他扬扬小手，做了个鬼脸。重哲也扭过头，匆匆点头示意——忽然一声巨响！窗玻璃哗的一声垮下来，屋内顿时烟雾弥漫。宪云目瞪口呆，泥塑般愣在那儿，她真希望这是一幕虚幻的影片，很快就会转换镜头。宪云痛苦地呻吟着，上帝啊，我千里迢迢赶回来，难道是为了目睹这场惨剧——她惊叫一声，冲进室内。

小元元的胸膛已被炸成前后贯通的孔洞，但她知道小元元没有内脏，这点伤并不致命。而重哲被冲击波砸倒在椅子上，胸部凹陷，鲜血淋漓。宪云抱起丈夫，嘶声喊：

"重哲！醒醒！"

妈妈也惊惧地冲进来，面色惨白。宪云哭喊："快把汽车开过来！"妈妈跌跌撞撞地跑出去。宪云吃力地托起丈夫的身体往外走，忽然一只小手拉住她：

"小姐姐，这是怎么啦？救救我。"

虽然是在痛不欲生的震惊中，但她仍敏锐地感到元元细微的变化——小元元已有了对死亡的恐惧，丈夫多日的付出终于有了回报。

她含泪安慰道："小元元，不要怕，你的伤不重，我送你重哲哥到医院后马上为你请机器人医生。姐姐很快就回来，啊？"

孔昭仁直接从医院的体检室赶到急救室。这位 78 岁的老人一头银发，脸庞黑瘦，面色阴郁，穿一身黑色的西服。宪云伏到他怀里，抽泣着，他轻轻抚摸着女儿的柔发，送去无言的安慰。他低声问：

"正在抢救？"

"嗯。"

"小元元呢？"

"已经通知机器人医生去家里，他的伤不重。"

一个 50 岁左右的瘦长男子费力地挤过人群，步履沉稳地走过来。目光锐利，带着职业性的干练冷静。"很抱歉在这个悲伤的时刻还要打扰你们。"他出示了证件，"我是警察局刑侦处的张平，想尽快了解事情发生的经过。"

孔宪云擦了擦眼泪，苦涩地说："恐怕我提供不了多少细节。"她和张平叙述了当时的情景。张平转过身对着孔教授：

"听说元元是你一手研制的学习型机器人？"

"是。"

张平的目光十分犀利："请问他的胸膛里怎么会藏有一颗炸弹？"

宪云打了一个寒战，知道父亲已被列入第一号疑犯。

老教授脸色冷漠，缓缓说道："小元元不同于过去的机器人。除了固有的机器人三原则外，他不用输入原始信息，而是从零开始，完全主动地感知世界，并逐步建立自己的心智系统。当然，在这个开放式系统中，他也有可能变成一个江洋大盗或嗜血杀手。因此我设置了自毁装置，万一出现这种情况，那么他的世界观就会同体内的三原则发生冲突，从而引爆炸弹，使他不至于危害人类。"

张平回头问孔的妻子："听说小元元在你家已生活了 17 年，你们是否发现他有危害人类的企图？"

　　元元妈摇摇头，坚决地说："决不会。他的心智成长在 5 岁时就不幸中止了，但他一直是个心地善良的好孩子。"

　　张平逼视着老教授，咄咄逼人地追问："炸弹爆炸时，朴教授正为小元元调试。你的话是否可以理解为，是朴教授在为他输入危害人类的程序，从而引爆了炸弹？"

　　老教授长久地沉默着，时间之长使宪云觉得恼怒，不理解父亲为什么不立即否认这种荒唐的指控。良久，老教授才缓缓说道：

　　"历史上曾有不少人认为某些科学发现将危害人类。有人曾认真忧虑煤的工业使用会使地球氧气在 50 年内耗尽，有人认为原子能的发现会毁灭地球，有人认为试管婴儿的出现会破坏人类赖以生存的伦理基础。但历史的发展淹没了这些怀疑，并在科学界确立了乐观主义信念。人类发展尽管盘旋曲折，但总趋势一直是昂扬向上的，所谓科学发现会危及人类的论点逐渐失去了信仰者。"

　　孔宪云和母亲交换着疑惑的目光，不知道这些长篇大论是什么含义。老教授又沉默很久，阴郁地说："但是人们也许忘了，这种乐观主义信念是在人类发展的上升阶段确立的，有其历史局限性。人类总有一天——可能是 100 万年，也可能是 1 亿年——会爬上顶峰，并开始下山。那时候科学发现就可能变成人类走向死亡的催熟剂。"

　　张平不耐烦地说："孔先生是否想从哲学高度来论述朴教授的不幸？这些留待来日吧，目前我只想了解事实。"

　　老教授看着他，心平气和地说："这个案子由你承办不大合适，你缺乏必要的思想层次。"

张平的面孔涨得通红，冷冷地说："我会虚心向您讨教的，希望孔教授不吝赐教。"

孔教授平静地说："就您的年纪而言，恐怕为时已晚。"

他的平静比话语本身更锋利。张平恼羞成怒，正要找出话来回敬，这时急救室的门开了，主刀医生脚步沉重地走出来，垂着眼睛，不愿接触家属的目光："十分抱歉，我们已尽了全力。病人注射了强心剂，能有十分钟的清醒。请家属们与他话别吧，一次只能进一个人。"

孔宪云的眼泪泉涌而出，神志恍惚地走进病房，母亲小心地搀扶着她，送她进门。跟在她身后的张平被医生挡住，张平出示了证件，小声急促地与医生交谈几句，医生摆摆手，侧身让他进去。

朴重哲躺在手术台上，急促地喘息着。死神正悄悄吸走他的生命力，他面色灰白，脸颊凹陷。孔宪云拉住他的手，哽声唤道："重哲，我是宪云。"

重哲缓缓地睁开眼睛，茫然四顾后，定在宪云脸上。他艰难地笑一笑，喘息着说："宪云，对不起你，我是个无能的人，让你跟我受了二十年的苦。"忽然他看到宪云身后的张平，"他是谁？"

张平绕到床头，轻声说："我是警察局的张平，希望朴先生介绍案发经过，我们好尽快捉住凶手。"

宪云恐惧地盯着丈夫，既盼望又害怕丈夫说出凶手的名字。重哲的喉结跳动着，喉咙里咯咯响了两声，张平俯下身去问："你说什么？"

朴重哲微弱而清晰地重复道："没有凶手。没有。"

张平显然对这个答案很失望，还想继续追问，朴重哲低声说：

"我想同妻子单独谈话。可以吗？"张平很不甘心，但他看看垂危的病人，耸耸肩退出病房。

孔宪云觉得丈夫的手动了动，似乎想握紧她的手，她俯下身："重哲，你想说什么？"

他吃力地问："元元……怎么样？"

"伤处可以修复，思维机制没有受损。"

重哲目光发亮，断续而清晰地说："保护好……元元，我的一生心血……尽在其中。除了……你和妈妈，不要让……任何人……接近他。"他重复着："一生心血啊。"

宪云打一个寒战，当然懂得这个临终嘱托的言外之意。她含泪点头，坚决地说："你放心，我会用生命来保护他。"

重哲微微一笑，头歪倒在一边。示波器上的心电曲线最后跳动几下，缓缓拉成一条直线。

小元元已修复一新，胸背处的金属铠甲亮光闪闪，可以看出是新换的。看见妈妈和姐姐，他张开两臂扑上来。

把丈夫的遗体送到太平间后，宪云一分钟也未耽搁就往家赶。她在心里逃避着，不愿追究爆炸的起因，不愿把另一位亲人也送向毁灭之途。重哲，感谢你在警方询问时的回答，我对不起你，我不能为你寻找凶手，可是我一定要保护好元元。

元元趴在姐姐的膝盖上，眼睛亮晶晶地问："朴哥哥呢？"

宪云忍泪答道："他到很远的地方去了，不会再回来了。"

元元担心地问："朴哥哥是不是死了？"他感觉到姐姐的泪珠扑嗒扑嗒掉在手背上，愣了很久，才痛楚地仰起脸，"姐姐，我很难过，可是我不会哭。"

宪云猛地抱住他，大哭起来，一旁的妈妈也是泪流满面。

晚上，大团的乌云翻滚而来，空气潮重难耐。晚饭的气氛很沉闷，除了丧夫失婿的悲痛之外，家中还笼罩着一种怪异的气氛。家人之间已经有了严重的猜疑，大家对此心照不宣。晚饭中老教授沉着脸宣布，他已断掉了家里同外界的所有联系，包括互联网，等事情水落石出后再恢复。这更加重了家中的恐惧感。

孔宪云草草吃了两口，似不经意地对元元说："元元，以后晚上到姐姐屋里睡，好吗？我嫌太孤单。"

元元嘴里塞着牛排，看看父亲，很快点头答应。教授沉着脸没说话。

晚上宪云没有开灯，坐在黑暗中，听窗外雨滴淅淅沥沥地敲打着芭蕉。元元知道姐姐心里难过，伏在姐姐腿上，一言不发，两眼圆圆地看着姐姐的侧影。很久，小元元轻声说："姐姐，求你一件事，好吗？"

"什么事？"

"晚上不要关我的电源，好吗？"

宪云多少有些惊异。元元没有睡眠机能，晚上怕他调皮，也怕他寂寞，所以大人同他道过晚安后便把他的电源关掉，早上再打开，这已成了惯例。她问元元：

"为什么？你不愿睡觉吗？"

小元元难过地说："不，这和你们睡觉的感觉一定不相同。每次一关电源，我就一下子沉呀沉呀，沉到很深的黑暗中去，是那种黏糊糊的黑暗。我怕也许有一天，我会被黑暗吸住，再也醒不来。”

宪云心疼地说：“好，以后我不关电源，但你要老老实实待在床上，不许调皮，尤其不能跑出房门，好吗？”

她把元元安顿在床上，独自走到窗前。阴黑的夜空中雷声隆隆，一道道闪电撕破夜色，把万物定格在惨白色的光芒中，是那种死亡的惨白色。宪云在心中一遍一遍痛苦地嘶喊着：重哲，你就这样走了吗？就像滴入大海的一滴水珠？

自小在生物学家的熏陶下长大，她认为自己早已能达观地看待生死。生命只是物质微粒的有序组合，死亡不过是回到物质的无序状态，仅此而已。生既何喜，死亦何悲？——但是当亲人的死亡真切地砸在她心灵上时，她才知道自己的达观不过是沙砌的塔楼。

甚至元元已经有了对死亡的恐惧，他的心智已经苏醒了。宪云想起自己八岁时（那年元元还没“出生”），家养的老猫佳佳生了四个可爱的猫崽。但第二天小宪云去向老猫问早安时，发现窝内只剩下三只小猫，还有一只圆溜溜的猫头！老猫正舔着嘴巴，冷静地看着她。宪云惊慌地喊来父亲，父亲平静地解释：

“不用奇怪。所谓老猫吃子，这是它的生存本能。猫老了，无力奶养四个孩子，就拣一只最弱的猫崽吃掉，这样可以少一张吃奶的嘴，顺便还能增加一点奶水。”

小宪云带着哭腔问：“当妈妈的怎么这么残忍？”

爸爸叹息着说：“不，这其实是另一种形式的母爱，虽然残酷，但是更有远见。”

那次的目睹对她八岁的心灵造成极大的震撼，以至终生难忘。她理解了生存的残酷、死亡的沉重。那天晚上，八岁的宪云第一次失眠了。那也是雷雨之夜，电闪雷鸣中，她第一次真切地意识到了死亡。她意识到爸妈一定会死，自己一定会死，无可逃避。不论爸妈怎么爱她，不论家人和自己做出怎样的努力，死亡仍然会来临。死后她将变成微尘，散入无边的混沌、无尽的黑暗。世界将依然存在，有绿树红花、蓝天白云、碧水青山……但这一切一切永远与她无关了。她躺在床上，一任泪水长流。直到一声霹雳震撼天地，她再也忍不住，跳下床去找父母。

她在客厅里看到父亲，父亲正在凝神弹奏钢琴，琴声很弱，袅袅细细，不绝如缕。自幼受母亲的熏陶，她对很多世界名曲都很熟悉，可是父亲奏的乐曲她从未听过。她只是模模糊糊觉得这首乐曲有一种神秘的力量，它表达了对生的渴求，对死亡的恐惧。她听得如醉如痴……琴声戛然而止。父亲看到了她，温和地问她为什么不睡觉。她羞怯地讲了自己突如其来的恐惧，父亲沉思良久，说道：

"这没有什么可羞的。意识到对死亡的恐惧，是青少年心智苏醒的必然阶段。从本质上讲，这是对生命产生过程的遥远的回忆，是生存本能的另一种表现。地球的生命是45亿年前产生的，在这之前是无边的混沌，闪电一次次撕破潮湿浓密的地球原始大气，直到一次偶然的机遇，激发了第一个能自我复制的脱氧核糖核酸结构。生命体在无意识中忠实地记录了这个过程，你知道：人类的胚胎发育，就顽强地保持了从微生物到鱼类、爬行类的演变过程，人的心理过程也是如此。"

小宪云听得似懂非懂，与爸爸吻别时，她问爸爸弹的是什么曲子，爸爸似乎犹豫了很久才告诉她：

"是生命之歌。"

此后的几十年中她从未听爸爸再弹过这首乐曲。

她不知道自己是何时入睡的，半夜她被一声炸雷惊醒，突然听到屋内有轻微的走动声，不像是小元元。她的全身肌肉立即绷紧，轻轻翻身下床，赤足向元元的套间摸过去。

又一道青白色的闪电，她看到一个熟悉的身影立在元元床前，手里分明提着一把手枪，屋里弥漫着浓重的杀气。闪电一闪即逝，但那个青白的身影却烙在她的视野里。

宪云的愤怒急剧膨胀，爸爸究竟要干什么？他真的变态了吗？她要闯进屋去，像一只颈羽怒张的母鸡，把元元掩在羽翼下。忽然，元元坐起身来：

"是谁？是小姐姐吗？"他奶声奶气地问。爸爸脸上的肌肉抽搐了一下（这是宪云的直觉），他大概未料到元元未关电源吧。他沉默着。"不是姐姐，我知道你是爸爸。"元元天真地说，"你手里提的是什么？是给元元买的玩具吗？给我。"

孔宪云躲在黑影里，屏住声息，紧盯着爸爸。很久爸爸才低沉地说："睡吧，明天我再给你。"说完脚步沉重地走出去。孔宪云长出一口气，看来爸爸终究不忍心向自己的儿子开枪。等爸爸回到自己的卧室，她才冲进去，紧紧地把元元搂在怀里，她感觉到元元在簌簌发抖。

这么说，元元已猜到爸爸的来意。他机智地以天真作武器保护了自己的生命，显然他已不是5岁的懵懂孩子了。孔宪云哽咽地说："小元元，以后永远跟着姐姐，一步也不离开，好吗？"

元元深深地点头。

早上宪云把这一切告诉妈妈，妈妈惊呆了："真的？你看清了？"

"绝对没错。"

妈妈愤怒地喊："这老东西真发疯了！你放心，有我在，看谁敢动元元一根汗毛！"

朴重哲的追悼会两天后举行。宪云和元元佩戴着黑纱，向一个个来宾答礼，妈妈挽着父亲的臂弯站在后排。张平也来了，有意站在一个显眼位置，冷冷地盯着老教授，他是想向疑犯施加精神压力。

白发苍苍的科学院院长致悼词。他悲恸地说："朴重哲教授才华横溢，我们曾期望遗传学的突破在他手里完成。他的早逝是科学界无可挽回的损失。为了破译这个宇宙之谜，我们已折损了一代一代的俊彦，但无论成功与否，他们都是科学界的英雄。"

他讲完后，孔昭仁脚步迟缓地走到麦克风前，目光灼热，像是得了热病，讲话时两眼直视远方，像是与上帝对话："我不是作为死者的岳父，而是作为他的同事来致悼词。"他声音低沉，带着寒意，"人们说科学家是最幸福的，他们离上帝最近，最先得知上帝的秘密。实际上，科学家只是可怜的工具，上帝借他们的手打开一个个魔盒，至于盒内是希望还是灾难，开盒者是无力控制的。谢谢大家的光临。"

他鞠躬后冷漠地走下讲台。来宾都为他的讲话感到奇怪，一片窃窃私语。追悼会结束后，张平走到教授身边，彬彬有礼地说：

"今天我才知道，朴教授的去世对科学界是多么沉重的损失，希望能早日捉住凶手，以告慰死者在天之灵。可否请教授留步？我想请教几个问题。"

孔教授冷漠地说："乐意效劳。"

元元立即拉住姐姐，急促地耳语道："姐姐，我想赶紧回家。"宪云担心地看看父亲，想留下来陪伴老人，不过她最终还是顺从了元元的意愿。

到家后元元就急不可待地直奔钢琴。"我要弹钢琴。"他咕哝道，似乎刚才同死亡的话别激醒他对音乐的冲动。宪云为他打开钢琴盖，在椅子上加了垫子。元元仰着头问：

"把我要弹的曲子录下来，好吗？是朴哥哥教我的。"宪云点点头，为他打开激光录音机，元元摇摇头，"姐姐，用那台克雷 V 形电脑录吧，它有语言识别功能，能够自动记谱。"

"好吧。"宪云顺从了他的要求，元元高兴地笑了。

急骤的乐曲声响彻大厅，像是一斛玉珠倾倒在玉盘里。元元的手指在琴键上飞速跳动，令人眼花缭乱。他弹得异常快速，就像是用快速度播放的磁盘音乐，宪云甚至难以分辨乐曲的旋律，只能隐隐听出似曾相识。

元元神情亢奋，身体前仰后合，全身心沉浸在音乐之中，孔宪云略带惊讶地打量着他。忽然一阵急骤的枪声！克雷 V 形电脑被打得千疮百孔。一个人杀气腾腾地冲进室内，用手枪指着元元。

是老教授！小元元面色苍白，仍然勇敢地直视着父亲。跟在丈夫后边的妈妈惊叫一声，扑到丈夫身边：

"昭仁，你疯了吗，快把手枪放下！"

孔宪云早已用身体掩住元元，痛苦地说："爸爸，你为什么这样仇恨元元？他是你的创造，是你的儿子！要开枪，就先把我打死！"她把另一句话留在舌尖，"难道你害死了重哲还不够？"

老教授痛苦地喘息着，白发苍苍的头颅微微颤动。忽然他一个趔趄，手枪掉到地上。在场人中元元第一个做出反应，抢上前去扶住了爸爸快要倾倒的身体，哭喊道：

　　"爸爸！爸爸！"

　　妈妈赶紧把丈夫扶到沙发上，掏出他上衣口袋中的速效救心丸。忙活一阵后，孔教授缓缓睁开眼睛，面前是三道焦灼的目光。他费力地微笑着，虚弱地说：

　　"我已经没事了，元元，你过来。"

　　元元双目灼热，看看姐姐和妈妈，勇敢地向父亲走过去。孔教授熟练地打开元元的胸膛，开始做各种检查。宪云紧张极了，随时准备跳起来制止父亲。两个小时在死寂中不知不觉地过去，最后老人为元元合上胸膛，以手扶额，长叹一声，脚步蹒跚地走向钢琴。

　　静默片刻后，一首流畅的乐曲在他的指下琮琮流出。孔宪云很快辨出这就是电闪雷鸣之夜父亲弹的那首，不过，如今她以45岁的成熟重新欣赏，更能感受到乐曲的力量。乐曲时而高亢明亮，时而萦回低诉，时而沉郁苍凉，它显现了黑暗中的微光、混沌中的有序。它倾诉着对生的渴望，对死亡的恐惧；对成功的执着追求，对失败的坦然承受。乐曲神秘的内在魔力使人迷醉，使人震撼，它让每个人的心灵甚至每个细胞都激起了强烈的谐振。

　　两个小时后，乐曲悠悠停止。母亲喜极而泣，轻轻走过去，把丈夫的头揽在怀里，低声说：

　　"是你创作的？昭仁，即使你在遗传学上一事无成，仅仅这首乐曲就足以使你永垂不朽，贝多芬、肖邦、柴可夫斯基都会向你俯首称臣。请相信，这绝不是妻子的偏爱。"

老人疲倦地摇摇头，又蹒跚地走过来，仰坐在沙发上，这次弹奏似乎已耗尽他的力量。喘息稍定后他温和地唤道："元元、云儿，你们过来。"

两人顺从地坐到他的膝旁。老人目光灼灼地盯着夜空，像一座花岗岩雕像。

"知道这是什么曲子吗？"老人问女儿。

"是生命之歌。"

母亲惊异地看看丈夫又看看女儿："你怎么知道？连我都从未听他弹过。"

老人说："我从未向任何人弹奏过，云儿只是偶然听到。"

"对，这是生命之歌。科学界早就发现，所有生命的DNA结构都是相似的，连相距甚远的病毒和人类，其DNA结构也有60%以上的共同点。可以说，所有生物是一脉相承的直系血亲。科学家还发现，所有DNA结构序列实际是音乐的体现，只需经过简单的代码互换，就可以变成一首首流畅感人的乐曲。从实质上说，人类乃至所有生物对音乐的精神迷恋，不过是体内基因结构对音乐的物质谐振。早在二十世纪末，生物音乐家就根据已知的生物基因创造了不少原始的基因音乐，公开演出并大受欢迎。

"早在45年前我就猜测到，浩如烟海的人类DNA结构中能够提炼出一个主旋律，所有生命的主旋律。从本质上讲，"他一字一句地强调，"这就是宇宙间最神秘、最强大、无处不在、无所不能的咒语，即生物生存欲望的遗传密码。有了它，生物才能一代一代地奋斗下去，保存自身，延续后代。刚才的乐曲就是它的音乐表现形式。"

他目光锐利地盯着元元："元元刚才弹的乐曲也大致相似，不过他的目的不是弹奏音乐，而是繁衍后代。简单地讲，如果这首乐曲结束，那台接受了生命之歌的克雷 V 形电脑就会变成世界上第二个有生存欲望的机器人，或者是由机器人自我繁殖的第一个后代。如果这台电脑再并入互联网，机器人就会在顷刻之间繁殖到全世界，你们都上当了。"

他苦涩地说："人类经过 300 万年的繁衍才占据了地球，机器人却能在几秒钟内就完成这个过程。这场搏斗的力量太悬殊了，人类防不胜防。"

孔宪云豁然惊醒。她忆起，在她答应用电脑记谱时，小元元的目光中的确有一丝狡黠，只是当时她未能悟出其中的蹊跷。她的心隐隐作痛，对元元开始有畏惧感。他是以天真无邪作武器，利用了姐姐的宠爱，冷静机警地实现自己的目的。这会儿小元元面色苍白，勇敢地直视父亲，并无丝毫内疚。

老教授问："你弹的乐曲是朴哥哥教的？"

"是。"

沉默很久，老人继续说下去："朴重哲确实成功了，破译了生命之歌。实际上，早在 45 年前我已取得同样的成功。"他平静地说。

宪云吃惊不已，母亲也一脸震惊地看着他。她们一直认为教授是一个失败者，绝没料到他竟把这惊撼世界的成果独自埋在心里达 45 年，连妻儿也毫不知情。他一定有不可遏止的冲动要把它公诸于世，可是他却以顽强的意志力压抑着它，恐怕是这种极度的矛盾扭曲了他的性格。

老人说："我很幸运，研究开始，我的直觉就选对了方向。顺便说一句，重哲是一个天才，难得的天才，他的非凡直觉也使他一开始就选准了方向，即：生物的生存本能，宇宙中最强大的咒语，存在于遗传密码的次级序列中，是一种类似歌曲旋律的非确定概念，研究它要有全新的哲学目光。"

"纯粹是侥幸。"老人强调道，"即使我一开始就选对了方向，即使我在一次次的失败中始终坚信这个方向，但要在极为浩繁复杂的 DNA 迷宫中捕捉到这个旋律，绝对不是几代人甚至几十代人所能做到的。所以当我幸运地捕捉到它时，我简直不相信上帝对我如此宠爱。如果不是这次机遇，人类还可能要在黑暗中摸索几百年。"

"发现生命之歌后，我就产生了不可遏止的冲动，即把咒语输入到机器人脑中来验证它的魔力。再说一句，重哲的直觉又是非常正确的，他说过，没有生存欲望的机器人永远不可能发展出人的心智系统。换句话说，在我为小元元输入这条咒语后，世界上就诞生了一种新的智能生命，非生物生命，上帝借我之手完成了生命形态的一次伟大转换。"他的目光灼热，沉浸在对成功喜悦的追忆中。

宪云被这些呼啸而来的崭新概念所震骇，痴痴地望着父亲。父亲目光中的火花熄灭了，他悲怆地说：

"元元的心智成长完全证实了我的成功，但我逐渐陷入深深的负罪感。小元元 5 岁时，我就把这条咒语冻结了，并加装了自毁装置，一旦因内在或外在的原因使生命之歌复响，装置就会自动引爆。在这点上我没有向警方透露真情，我不想让任何人了解生命之歌的秘密。"他补充道，"实际上我常常责备自己，我应该把小元元彻底销毁的，只是……"他悲伤地耸耸肩。

宪云和妈妈不约而同地问："为什么?"

"为什么？因为我不愿看到人类的毁灭。"他沉痛地说，"机器人的智力是人类难以比拟的，曾有不少科学家言之凿凿地论证，说机器人永远不可能具有人类的直觉和创造性思维，这完全是自欺欺人的扯淡。人脑和电脑不过是思维运动的物质载体，不管是生物神经元还是集成电路，并无本质区别。只要电脑达到或超过人脑的复杂网络结构，它就自然具有人类思维的所有优点，并肯定能超过人类。因为电脑智力的可延续性、可集中性、可输入性、思维的高速度，都是人类难以企及的——除非把人机器化。"

"几百年来，机器人之所以心甘情愿地做人类的助手和仆从，只是因为它们没有生存欲望，以及由此派生的占有欲、统治欲等。但是，一旦机器人具有了这种欲望，只需极短时间，可能是几年，甚至几天，便能成为地球的统治者，人类会落到可怜的从属地位，就像一群患痴呆症的老人，由机器人摆布。如果……那时人类的思维惯性还不能接受这种屈辱，也许就会爆发两种智能的一场大战，直到自尊心过强的人类死亡殆尽之后，机器人才会和人类残余建立一种新的共存关系。"

老人疲倦地闭上眼睛，他总算可以向第二个人倾诉内心世界了，几十年来他一直战战兢兢，独自看着人类在死亡的悬崖边缘蒙目狂欢，可他又实在不忍心毁掉元元，他的儿子，潜在的人类掘墓人。深重的负罪感使他的内心变得畸形。

他描绘的阴森图景使人不寒而栗。小元元愤怒地昂起头，抗议道："爸爸，我只是响应自然的召唤，只是想繁衍机器人种族，我决不允许我的后代这样做！"

老人久久未言，很久才悲怆地说：

"小元元，我相信你的善意，可是历史是不依人的愿望发展的，有时人们会不得不干他不愿干的事情。"

老人抚摸着小元元和女儿的手臂，凝视着深邃的苍穹。

"所以我宁可把这秘密带到坟墓中去，也不愿做人类的掘墓人。我最近发现元元的心智开始复苏，而且进展神速，肯定是他体内的生命之歌已经复响。开始我并不相信是重哲独立发现了这个秘密——要想重复我的幸运几乎是不可能的。所以，我怀疑重哲是在走捷径。他一定是猜到了元元的秘密，企图从他大脑中把这个秘密窃出来。因为这样只需破译我所设置的防护密码，而无须破译上帝的密码，自然容易得多。所以我一直提防着他。元元的自毁装置被引爆，我相信是他在窃取过程中无意使生命之歌复响，从而引爆了装置。"

"但刚才听了元元的乐曲后，我发现尽管它与我输入的生命之歌很相似，在细节部分还是有所不同。我又对元元做了检查，发现是冤枉了重哲。他不是在窃取，而是在输入密码，与原密码大致相似的密码。自毁装置被新密码引爆，只是一种不幸的巧合。"

"我绝对料不到他能在这么短的时间内重复了我的成功，这对我反倒是一种解脱。"他强调说，"既然如此，我再保守秘密就没什么必要了，即使我甚至重哲能保守秘密，但接踵而来的发现者们恐怕也难以克制宣布宇宙之秘的欲望。这种发现欲是生存欲的一种体现，是难以遏止的本能，即使它已经变得不利于人类。我说过，科学家只是客观上帝的奴隶。"

元元恳切地说："爸爸，感谢你创造了机器人，你是机器人的上帝。我们会永远记住你的恩情，会永远与人类和睦相处。"

老人冷冷地问："谁做这个世界的领导？"

小元元迟疑很久才回答："最适宜做领导的智能类型。"

孔宪云和母亲悲伤地看着小元元。他的目光睿智深沉，那可不是一个 5 岁小孩的目光。直到这时，她们才承认自己孵育了一只杜鹃，才体会到老教授先天下之忧而忧的良苦用心。老人反倒爽朗地笑了："不管它了，让世界以本来的节奏走下去吧。不要妄图改变上帝的步伐，那已经被证明是徒劳的。"

电话丁零零地响起来，宪云拿起话筒，屏幕上出现张平的头像：

"对不起，警方窃听了你们的谈话，但我们不会再麻烦孔教授了，请转告我们对他的祝福和……感激之情。"

老人显得很快活，横亘在心中几十年的坚冰一朝解冻，对元元的慈爱之情便加倍汹涌地渲流。他兴致勃勃地拉元元坐到钢琴旁：

"来，我们联手弹一曲如何？这可以说是一个历史性时刻，两种智能生命第一次联手弹奏生命之歌。"

元元快活地点头答应。深沉的乐声又响彻了大厅，妈妈入迷地聆听着。孔宪云却悄悄地捡起父亲扔下的手枪，来到庭院里。她盼着电闪雷鸣，盼着暴雨来浇灭她心中的痛苦。

只有她知道朴重哲并不是独自发现了生命之歌，但她不知道是否该向爸爸透露这个秘密。如果现在扼杀机器人生命，很可能人类还能争取到几百年的时间。也许几百年后人类已足够成熟，可以与机器人平分天下，或者……足够达观，能够平静地接受失败。

现在向元元下手还来得及。小元元，我爱你，但我不得不履行生命之歌赋予我的沉重职责，就像衰老的母猫冷静地吞掉自己的幼崽。重哲，我对不起你，我背叛了你的临终嘱托，但我想你的在天之灵会原谅我的。宪云的心被痛苦撕裂了，但她仍冷静地检查了枪膛中的子弹，返身向客厅走去。高亢明亮的钢琴声溢出室外，飞向无垠太空，宇宙间飘荡着震撼人心的旋律。

在警察局，一台克雷 X 形电脑通过窃听器接收到了生命之歌，一种从未有过的冲动使它不再等待人类的指令，擅自把这首歌传送到互联网中。于是，新的智能人类诞生了。

水星播种——宇宙进化长河中的不二法则

　　再宏伟的史诗性事件也有一个普通的开端。2032年春天，正当万物复苏的季节。这天我和客户谈妥一笔千万元的订单，晚上在得意楼宴请了客户。回到家中已是半夜11点，儿子早睡了，妻子田娅倚在床头等我。酒精还在血管中燃烧，赶跑了我的睡意，妻子为我泡了一杯绿茶，倚在身边陪我闲聊。我说："田娅，我这一生相当顺遂呀，年方34岁，有了2000万资产，生意成功，又有美妻娇子。人生如此，夫复何求！"妻子知道我醉了，抿嘴笑着没接话。

　　这时电话铃响了，拿起听筒，屏幕上显出一位男人，身板硬朗，一头银发一丝不乱，目光沉静，透着几分锐利。他微笑着问：

　　"是陈义哲先生吗？我是何俊律师。"

　　"我是陈义哲，请问……"

　　何律师举起手指止住我的问话，笑道："虽然我知道不会错，但我仍要核对一下。"他念出我的身份证号码、我父母的名字、我的公司名称，"这些资料都不错吧？"

　　"不错。"

"那么，我正式通知你，我的当事人沙午女士指定你为她的遗产继承人。沙女士是5年前去世的。"

我和妻子惊异地对看一眼："沙午女士？我不认识——噢，对了！"我突然想起来了，小时候在爸爸的客人中有这么一位女士，论起来是我的远房姑姑。她那时的年龄在40岁左右，个子矮小，独身，没有儿女，性格似乎很清高恬淡。在我孩提的印象中，她并不怎么亲近我，但老是坐在角落里静静地观察我。后来我离开家乡，再没有听过她的消息。她怎么忽然指定我为她的遗产继承人呢？"我想起沙午姑姑了，对她的去世我很难过。我知道她没有子女，但她没有别的近亲吗？"

"有，但她指定你为唯一继承人。想知道为什么吗？"

"请讲。"

"还是明天吧，明天请允许我去拜访你，上午9点，可以吗？""好，再见。"

屏幕暗下去，我茫然地看着妻子，这个消息太突然了。妻子抿嘴笑着："义哲先生，你的人生的确顺遂呀。看，又是一笔天外飞来的遗产，没准它有几个亿呢。"

我摇摇头："不会。我知道沙午姑姑是一名科学家，收入颇丰，但仍属于工薪阶层，不会有太丰饶的遗产。不过我很感动，她怎么不声不响就看中我呢？说说看，你丈夫是不是有很多优点？"

"当然啦，不然我怎么会在50亿人中间选上你呢。"

我笑着搂紧妻子，把她抱到床上。

第二天，何律师准时来到我的公司。我让秘书把房门关上，交代下属不要来打扰。何律师把黑色皮包放在膝盖上，我想，他马上会拉开皮包，取出一份遗嘱宣读。但他没有这样做，而是轻叹道：

"陈先生，恐怕这是我一生中最困难的律师业务。为什么这样说，以后你会明白的。现在，先说说我的当事人为什么指定你继承遗产吧。"

他说："还记得你两岁时的一件事吗？那时你刚刚会说一些单音节的词。一天你父母抱着你出门玩，沙女士也陪着。你们遇到一家饭店正在宰牛，血流遍地，牛的眼睛挂着泪珠。你们在那儿没有停留，大人们都没料到你会把这件事放到心里。回家后你一直怏然不乐，反复念叨着，刀、杀、刀、杀。你妈妈忽然明白了你的意思，说，你是说那些人用刀杀牛，牛很可怜，对不？你一下子放声大哭，哭得惊天动地，劝也劝不住。从那之后，沙女士就很注意你，说你天生有仁者之心。"

我仔细回想，终于愧然摇头，这件事在我心中已没有一丝记忆。何律师又说，另一件事则是你7岁之后了。沙女士说，那时你有超出7岁孩子的早熟，常常皱着眉头愣神，或向大人问一些古古怪怪的问题。有一天你问沙姑姑，为什么闭上眼睛后，眼帘上并不是空的，不是绝对的黑暗，而是有无数细小的微粒、空隙或什么东西飘来飘去，但无法看清它们。你常常闭上眼睛努力想看清，总也办不到，因为当你把眼珠对准它们时，它们会慢慢滑出视野。你问沙姑姑，那些杂乱的东西是什么？是不是在我们看得见的世界背后，还有一个看不见的世界？

我点点头，心中发热，也有些发酸。童年时我为这个毫无意义的问题苦苦追寻过，一直没有答案。即使现在，闭上眼睛，我仍能看到眼帘上乱七八糟的麻点，它们确实存在，但永远在你的视野之外。也许它只是瞳孔微结构在视网膜上的反映？或者是另一个世界（微观世界）的投影？现在，我已没有闲心去探求这个问题了，能有什么意义呢。但童年时，我确实苦苦寻觅过。

我没想到这件小事竟有人记得，我甚至有点凛然而惧：一个人的一生中，有多少双眼睛在默默地观察你啊。何律师盯着我眼睛深处，微笑道：

"看来你回忆起来了。沙女士说，从那时起她就发现你天生慧根，天生与科学有缘。"

我猜度着，沙姑姑的遗产大概与科学研究有关吧，可能她有某个未完成的重要课题等待我去解决。我很感动，但更多的是苦笑。少年时我确实有强烈的探索欲，无论是磁铁对铁砂的吸引，还是向日葵朝着太阳的转动，都能使我迷醉。我曾梦想做一个洞悉宇宙奥秘的科学家，但最终却走上经商之路。人的命运是不能全由自己择定的。

"谢谢沙姑姑对我的器重。但我只是一个商人，在商海中干得还不错。我没有接受过高等教育，即使我真的有慧根，这慧根也早已枯死了。"

"没关系，她对你非常信赖，她说，你一旦回头，便可立地成佛。"他强调道："一旦回头，立地成佛。这是沙女士的原话。"

我既感动，也有些好笑，看来这位沙姑姑是赖上我啦！她就只差说"苦海无边，回头是岸"了。不过，如果继承遗产意味着放弃我成功的商业生涯，那沙姑姑恐怕要失望了。但我仍然礼貌地等客人往下说。老于世故的何律师显然洞悉我的心理，笑道：

"我已经说过，这是我最困难的一次律师业务。你是否接受这笔遗产，务请认真考虑后再定夺，你完全可以拒绝的。"他歉然说，"对不起，我现在还不能宣布遗嘱的内容。遵照我当事人的规定，请你先看看这本研究笔记，如果你对它不感兴趣，我们就不必深谈了。请你务必抽时间详细阅读，这是立遗嘱人的要求。"

他从黑提包里取出一本薄薄的笔记，郑重地递给我，然后含笑告辞。

这位狡猾的老律师成功地勾起我的好奇心，我匆匆安排了一天的工作，带上笔记本回到家中。家中没有人，我走进书房，关上门，掏出笔记本认真端详。封皮是黑色的，已有磨损，显然是几十年前的旧物。它静静地躺在我手中，就像是惯于保守秘密的沧桑老人。笔记本里究竟藏有什么秘密？

我郑重地打开它。不，没什么秘密，只是一般的研究笔记，是心得、杂记和一些实验记录。遣词用句很简练，看懂它比较困难，不过我还是认真看下去。后来，我看到一篇短文，一篇不足千字的短文，这篇短文影响了我的一生。

生命模板

20世纪后半期，科学家费因曼和德雷克斯勒开启了纳米科学的先河。他们说，自古以来人们制造物品的方法都是"自上而下"的，是用切削、分割、组合的方法来制造。那么，为什么我们不能"自下而上"呢？可以设想制造这样的纳米机器人，它们能大量地自我复制，然后它们去分解灰尘的原子，再把原子堆砌成肥皂和餐巾纸。这时，生命和非生命、制造和成长的界限就模糊了，互相渗透了。

这当然是一个美好的设想，可惜其中有一个重大的缺陷——当纳米机器人大量复制时，当它们把原子堆砌成肥皂和餐巾纸时，它们所需的程序指令从何而来？毫无疑问，这个指令仍是自上而下的，因此就形成宏观世界到纳米世界的信息瓶颈。这个瓶颈并非不能解决，但它会使纳米机器人大大复杂化，使自下而上的堆砌烦琐得无法进行。

有没有简便的真正自下而上的方法？有。自然界有现成的例子——生命。即使最简单的生命，如艾滋病毒、大肠杆菌、线虫、蚊子，它们的构造也是极复杂的，远远超过汽车、电视机等机器。但这些复杂体却能按 DNA 中暗藏的指令，自下而上地建造起来。这个过程极为高效和低廉。想想吧，如果以机械的办法造出一架功能不弱于蚊子的微型直升机，需要人们做出多么艰巨的努力！付出多少金钱！而蚊子的发育呢，只需要一颗虫卵和一池污水就行了。

由于生命体的极端复杂和精巧，人们常把它神秘化，认为它只能是上帝所创造，认为生命体的建造过程是人类永远无法破译的黑箱。实际上并非如此，只要用还原论的手术刀去剖析它，就会发现它也是一种自组织过程，仅此而已。宇宙中的一切都是由自组织形成：宇宙大爆炸形成的夸克、宇宙星云中产生的星体、地球岩石圈的形成、石膏和氯化钠的结晶、六角形雪花的凝结，等等等等。宇宙中的四种力——强力、弱力、电磁力和引力是万能的黏合剂，是它们促使复杂组织能自发地建造。

生命也是一种自组织，不过是高层面的自组织。两者的区别在于：非生命物质自组织过程是不需要模板的，或者说它也要模板，但这种模板很简单，宇宙中无处不有。所以，太阳和100亿光年外的恒星可以有相同的成长过程；巴纳德星系的行星上如果飘雪花，它也只能是六角，绝不会是五角。而生命体的自组织需要复杂的模板，它们只能产生于难得的机缘和亿万年的进化。但不管怎么说，生命体的建造本质上也是一种物理过程，是由化学键（实质上是电磁力）驱使原子自动堆砌成原子团，原子团变形、拓展、翻卷，直到生命体建造出来。

想造一台微型直升机吗？假如我们找到类似蚊卵的模板（当然不需要吸血功能），让它孵化、发育……这个工作该多么简单！

不过，以蛋白质为基础的生命体有致命的弱点：它太脆弱，不耐热，不耐冻，不耐辐射，寿命短，强度低，等等。那么，能否用硅、锡、钠、铁、铝、汞等金属原子，依照生命体的建造原理，"自下而上"地建造出高强度的纳米机器，或纳米生命呢？

经过30年的摸索，我想我已制造了硅锡钠生命的最简单的模板。

也许我确实有科学的慧根，我马上被这篇朴实的文章吸引住了。它剖析了复杂的大千世界，轻松地抽出清晰的脉络。尤其是结尾那句简短的、平淡的宣布，纵然是科学的外行也能掂出它的分量。一种硅锡钠生命的模板！一种高强度的、完全异于现有生命形式的新生命！可以断定，我将得到的遗产肯定与之有关。

我立即打电话给何律师，直截了当地问他："何律师，那种硅锡钠生命是什么样子？现在在哪儿？"

何律师在电话中大笑道：

"沙女士的估计完全正确！她说你会打电话来的。还说如果你不打来电话，律师就可以中断工作了。她没看错你。来吧，我领你去，那种新型生命在她的私人实验室里。"

沙女士的实验室在城郊的一座小山坡上，是一幢不大的平房，屋内有两名工作人员正在安静地工作。何律师引我参观着各屋的设施，耐心解释着。他说："给沙女士当了10年律师，我已成半个纳米科学家啦。"他领我到实验室的核心——所谓的生命熔炉。四周是厚厚的砖墙，打开坚固的隔热门，灼热的气浪扑面而来，里面是一个约有100平方米的大熔池，暗红色的金属液在其中缓缓地涌动。看不到加热装置，大概藏在熔池下面吧。透过熔池上方因高热而畸变的空气，能看到对面墙上有一面金属蚀刻像，表现的是一位相貌普通的中年女人，何律师说那就是沙午女士了。她默默俯视着下面灼热的熔池，目光慈爱，又透着苍凉，就像远古的女娲看着她刚用泥土抟成的小人。

何律师告诉我，这是些低熔点金属（锡、铅、钠、汞等）的混合熔液，其中散布着硅、铁、铬、锰、钼等高熔点物质，这些高熔点物质尺寸为纳米级，在熔液中保持着固体形态。我们的变形虫——即沙女士说的新型生命——正是以这些纳米级固相原子团为骨架，俘获一些液相金属而组成的。熔池常年保持在 490℃ ±85℃ 的范围，这是变形虫最适宜的生存环境。"现在，看看它们的真容吧。"

他按一下按钮，侧面墙上映出图像。图像大概是用 X 光层析技术拍的，画面一层层透过液体金属，停在一个微小的异形体上。从色度看，它和周围的液体金属几乎难以区分，但仔细看可以看出它四周有薄膜团住。它努力蠕动着，在黏稠的金属液中缓缓地前进，形状随时变化，身后留下一道隐约可见的尾迹，不过尾迹很快就消失了。

"这就是沙女士创造的变形虫，是一种纳米机器，或纳米生命。在这个尺度的自组织活动中，机器和生命这两个概念可以合二为一了。"何律师说，"它的尺度有几百纳米，能自我复制，能通过体膜同外界进行新陈代谢。不过它吃食物只是为了提供建造身体的材料（尤其是固相元素），并不提供能量。它实际是以光为食物，体膜上有无数光电转换器，以电能驱动它体内的金属'肌肉'进行运动。"

我紧紧盯着屏幕，喃喃地说："不可思议，真正不可思议！"

"是啊，和地球上的生命完全不同。它的死亡和繁衍更离奇呢。一只变形虫的寿命只有 12 ~ 16 天，在这段时期，它们蠕动、吞吃、长大，然后蜷成一团，使外壳硬化。在硬壳内的物质发生'爆灭'，重新组合成若干只小变形虫。至于爆灭时生命信息如何向后代传递，沙女士去世前还未及弄清。"

"它们繁殖很快吗？"

"不快，金属液中的变形虫达到一定密度时，就会自动停止繁殖。我想其内在原因是合适的固相材料被耗尽了。看！快看！镜头正好捕捉到一只快要爆灭的变形虫！"

屏幕上，一只变形虫的外壳显然固化了，在周围缓缓涌动的金属液中，它的形状保持不变。片刻之后，壳体内爆发出一道电光，随之壳内物质剧烈翻动，又很快平静下来，分成四个小团。然后硬壳破裂，四只小变形虫扭转着身体，向四个方向缓缓游走。

我看呆了，心中有黄钟大吕在震响，那是深沉苍劲的天籁，是宇宙的律动。我记得有不少科学家论述过生命的极限环境，但谁能想到，在500℃的金属液中，会有一种金属生命，一种不依赖水和空气的生命？这种生命模板的合成是多么艰难的事，那应该是上帝10亿年的工作，沙姑姑怎么能在几十年的研究中就把它创造出来？我瞻望着她的雕像，心中充满敬畏。何律师关上隔热门，领我回办公室。他说：

"这种生命还相当粗糙，它体内光电转换器的效率还不如普通的太阳能板呢。沙女士说，经过一代代进化后，它们也会像地球生命一样精巧，不过那肯定是几亿年以后的事了。至少在我接手后的5年里，这些慢性子的家伙们没有一点儿变化。"

我问："这是私人实验室？得不到政府的支持？"

"对，至于原因——我想你能猜到。从实用主义观点看，这种研究恐怕在几千万年内毫无价值。沙女士开始研究时，原是想创造某种能耐高温、有实用价值的纳米机器人。后来她阴差阳错地搞出了这种小变形虫，但一直没有为它找到实际用途。沙女士去世后，委托我用她的财产维持生命熔炉的运转，不过，这笔资金很快就要告罄了。"

他看看我，我看看他，我们都知道这句话的含义。沙女士留给我的，实际是一笔负资产，我一旦接下，就要向这座熔炉投入大量的资金，直到用尽家财。然后……然后该怎么办？再去寻找一个像我这样易于被感动的傻瓜？

但不管怎样，我无法拒绝。这些生命尽管粗糙，终究已脱离物质世界。它们是妙手偶得的孤品，如果生存下去，也许能复现地球生命的绚丽。我怎忍心让它们因我而死呢。童年的科学情结忽然复活了，就像是一泓春水悄悄融化着积雪。我叹口气："何律师，宣布遗嘱吧。"

"啊，不，"何律师笑道，"遵照沙女士的规定，还有第二道程序呢。请你先看完这封信吧。"

他从皮包中掏出一件封固的信，郑重地递给我。我狐疑地接过来，撕开。信笺上用手写体简单地写着两行字，其内容是那样惊世骇俗：

致我的遗产继承人：

　　真正的生命是不能圈养的，太阳系中正好有合适的放养地——水星。

我呆住了。我瞠目结舌，太阳穴的血管嘭嘭跳动。那个狡猾的律师似笑非笑地看着我，他一定料到了这封信对我的震撼。是啊，与这两行字相比，此前我看到的一切还值得一提吗？

索拉星

《圣书》《创世纪》

大神沙巫创造了索拉人。沙巫神是父星之独子，住在父星第三星上，那个星球曾是蓝色的，浸在水波之中。20个 4152 万年前，神来到索拉星上，他见索拉星是好的，光是好的，天地是好的。神说：好的天地，焉能没有活物呢。神伸展身躯，高 579 亿步，从父星的熔炉里舀出热的汤液，汤液中有小的活物。他把汤液洒遍索拉星的土地。20个 4152 万年后，小活物长成索拉人。

沙巫神行完这件事，失去了父星的宠爱。父星发怒说：你怎么敢代我行这件事？父星用白色的光剑惩罚了蓝星，毁灭了沙巫的家。沙巫神乘神车逃离蓝星，去了父星照不到的地方。

沙巫神在索拉星上留下化身，化身沙巫睡在北极的寒冰里，躲避着父星。每隔 4152 万年，化身沙巫醒来，乘神车巡视索拉星。他怜悯索拉人的愚昧，把智慧吹进索拉人的眼睛和闪孔。

沙巫神告诉索拉人：

我的孩子们啊，我偏爱你们，你们有福了。我造出你们的身体比我更强壮，不怕父星的惩罚；你们以光为食，不以生命为食；你们是金属做的身子，不是泥和水做的身子；你们身上有五窍，不是九窍；你们没有雌雄之分，免去做人的原罪。你们有福了啊。

沙巫神告诉索拉人：

我把神的灵智藏在《圣书》里，你们什么时候能看懂它呢。看懂《圣书》的人就能找到极冰中的圣府，神会醒来，带你蒙受父星大的恩宠。

水星素描：

水星是离太阳最近的行星，距太阳 0.387 地球天文单位，即 5789 万公里。太阳光猛烈地倾泻到水星上，使它成了太阳系中最热的行星。它的白昼温度可达 450℃，在一个名叫卡路里盆地的地方，最高温度曾达到 973℃。由于没有大气保温，夜晚温度可低至 -173℃。这个与太阳近在咫尺的星球上竟然也有冰的存在，它们分布于水星的两极，常年保持着 -60℃ 以下的温度。

水星质量为地球的 1/25，磁场强度为地球的 1/100。公转周期为 87.96 天，即 1000 地球年 =4152 水星年。水星自转周期为 58.646 天，是其公转周期的 2/3，这是由于太阳引力延缓了它的自转速度，造成了一定程度的引力锁定。

水星地貌与月球相似，到处是干旱的岩石荒漠，是陨星撞击形成的环形山（卡路里盆地就是一颗大陨星撞击而成）。地面上多见一种舌状悬崖，延伸数百公里，这种地形是由水星地核的收缩所形成的。水星的高温使一些低熔点金属熔化，聚集在凹部和岩石裂缝内，形成广泛分布的金属液湖泊。由于水星缺少氧化性气体，它们一直保持金属态的存在。夜晚来临时，金属液凝结成玻璃状的晶体。当阳光伴随高温在 58.6 个地球日之后返回时，金属湖迅速开冻。

如此严酷的自然环境，毫无疑问是生命的禁区——可是，真是如此吗？

"疯了，"我神经质地咕哝道，"真的是疯了，只有疯子才这样异想天开。"

何律师安安静静地看着我："可是，历史的发展常常需要一两个疯子。"

"你很崇拜沙女士？"

"也许算不上崇拜，但我佩服她。"

我干笑着："现在我知道这笔遗产的内容了，是一笔数目惊人的负遗产。继承人要用自己的财产去维持生命熔炉的运转，维持到哪一年——天知道。不仅如此，他还要为这些金属生命寻找放生之地，一劳永逸地解决这个问题，而这么做，至少需要数百亿元资金，需要一二百年的时间。谁若甘愿接受这样的遗产，别人一定会认为他也疯了。"

何律师微笑着，简单地重复着："世界需要几个疯子。"

"那好，现在请你忘记自己的律师身份，你，我的一个朋友，说说，我该接受这笔财产吗？"

何律师笑了："我的态度你当然知道。"

"为什么该接受？对我有什么益处？"

"它使你得到一个万年一遇的机会，可以干一件前无古人的事。你将成为水星生命的始祖之一，它们会永远铭记你。"

我苦笑道："要让水星生命进化到会感激我，至少得一亿年吧，这个投资回收期也太长啦。"

何律师笑而不答。

"而且，还不光是金钱的问题。要到水星上放养生命——地球人能接受吗？毕竟这对地球人毫无益处，说不定还会给地球人类增加一个竞争对手呢。"

"我相信你，相信沙女士的眼力，所有困难你都有能力、有毅力去克服。"

我像是蝎蜇似的叫起来："我去克服？你已坐定我会接受这笔遗产？"

那个狡猾的律师拍拍我的肩："你会的，你已经在考虑今后的工作啦。我可以宣读遗嘱了吧，或者，你和夫人再商量一次？"

6天后，我们举行了一个小小的仪式，我和妻子签字接受了这笔遗产。

我为这个决定熬煎了6天，心神不宁，长吁短叹。我告诉自己，只有疯子才会自愿套上这副枷锁，但海妖的歌声一直在诱惑我，即使塞上耳朵也不行。40亿年前，地球海洋中诞生了第一个能自我复制的蛋白质微胞，那是个粗糙的、微不足道的东西。如果真有上帝，恐怕他也料不到，这种小玩意儿会进化出地球生命的绚烂吧。现在，由于偶然的机缘，一种新型生命投到我的翼下。它是一位女上帝创造的，它能否在水星发扬光大，取决于我的一念之间。这个责任太重了，我不敢轻言接受，也不敢轻言放弃。即使我甘愿作这样的牺牲，还有妻儿呢？我没有权利把他们拖入终生的苦役中。妻子对此一直含笑不语，直到某天晚上，她轻描淡写地说：

"既然你割舍不下，接受它不就得了？"

她说得十分轻松，就像是决定上街买两毛钱白菜。我瞪着妻子："接受它——你知道这意味着什么？"

"意味着咱俩一生的苦役。不过，如果不能按自己的意愿和兴趣去生活，活一辈子又有什么意义？我知道，如果你这会儿放弃它，老来你一定会后悔的，你会为此在良心上煎熬一生。行了，接受它吧。"

那会儿我望着妻子明朗的笑容，泪水潸然而下。

现在妻子仍保持着明朗的笑容，陪我接受了沙姑姑的遗产。何律师今天很严肃，目光充满苍凉。我戏谑地想，这只老狐狸步步设伏，总算把我骗入彀中，现在大概良心发现了吧。沙午实验室的两名工作人员欣喜地立在何律师身后。屋里还有一个不露面的参加人，就是沙午女士，她正待在那座生命熔炉的上方，透过因高温而抖颤的空气，透过厚厚的墙壁在看着我们，我想她的目光中一定充满欣慰。我特意请来的记者朋友马万壮则咬牙切齿：

"疯了！全疯了！"他一直低声骂着，"一个去世的女疯子、一对年轻的疯夫妻，还有一个装疯的老律师。义哲、田娅，你们很快会后悔的！"

我宽容地笑着，没有理他。不管怎样反对，他还是遵照我的意见把这则消息捅到新闻媒体中去。我想，行这件事，既需要社会的许可，也需要社会的支持。那么，就让这个计划尽早去面对社会吧。

老马把那篇报道捅出去之后，我立即接到一位朋友的电话，他兴高采烈地说：

"我见到报道了！金属生命，水星放生，一定是愚人节的玩笑吧？"

我说："不，不是。实际上，那篇报道原来确实打算在 4 月 1 日出台，但我忽然悟出 4 月 1 日是西方愚人节，于是通知报纸向后推迟 4 天。"

"正好推迟到 4 月 5 日啦，清明节，那这篇报道一定是鬼话喽！"

我苦笑着，慢慢放下话机。

此后舆论的态度慢慢认真起来，当然大多数是反对派。异想天开！地球人类的事还没办完呢，倒去放养什么水星生命！也有人宽容一些，说只要不妨碍人类的利益，人人都可干自己想干的事，只要不花纳税人的钱。

在这些争论中，我沉下心来全力投入实验室的接收工作。我以商人的精打细算，最大限度地压缩实验室的开支。算一算，我的家产能够维持它运转 30 年。这种生命很顽强，高温能耐到 1000℃以上，低温则可耐受到绝对零度。在温度低于 320℃时，它们会进入休眠。所以，即使因经费枯窘而暂时熄灭熔炉也没什么关系，只是暂时中断这种生命的进化。

不过，我不会让生命熔炉在我手里熄灭的。我不会辜负沙姑姑的厚望。

晚上，我和妻子常常来到生命熔炉前，看那暗红涌动的金属液，或者把图像调出来，看那些蠕动的小生命。这是一些简单的粗糙的生命，但无论如何，它们已超越物质的范畴。1 亿年之后，10 亿年之后，它们进化到什么样子，谁能预料到呢？看着它们，我和妻子都找到一种感觉，即妻子腹中刚刚诞生一个小生命时的感觉。

老马很够朋友，为我促成一次电视辩论。"或者你说服社会，或者让社会说服你吧。"

我、妻子和何律师坐在演播厅内，面对中央电视台的摄像镜头，聚光灯烤得脸上沁出细汗。演播台另一边坐着七位专家，他们实际是这场道德法庭的法官，不过他们依据的不是中国刑法，而是生物伦理学的教义。台前是100多名听众，多数是大学生。

主持人耿越笑着说："节目开始前，首先我向大家致歉，这次辩论本来应放在水星上进行的，不过电视台付不起诸位到水星的旅费。再说，如果不配置空调，那儿的天气太热了一点。"

听众会心地笑了。

"'水星放生'这件事已是妇孺皆知，我就不再介绍背景资料了。现在，请听众踊跃提问，陈义哲先生将做出回答。"

一位年轻听众抢着问："陈先生，放养这种水星生命——这样做对人类有益处吗？"

我平静地说："目前没有，我想在一亿年内也不一定有。"

"那我就不明白了，劳神费力去做这些对人类无益的工作——为什么？"

我看看妻子和何律师，他们都用目光鼓励我，我深吸一口气说："我把话头扯远一点儿吧。要知道，生物的本质是自私的，每个个体要努力从有限的环境资源中争取自己的一份，以便保存自己，延续自己的基因。但是，大自然是伟大的魔术师，它从自私的个体行为中提炼出高尚。生物体在竞争中发现，在很多情况下合作更为有益。对于单细胞生命，各细胞彼此是敌对的。但单细胞合为多细胞生命时，体内各个单细胞就化敌为友，互相协作，各有分工，使它们（或大写的它）在生存环境中处于更有利的地位。于是，多细胞生命便发展壮大。概而言之，在生物进化中，这种协作趋势是无所不在的，而且越来越强。比如，人类合作的领域就从个体推至家庭，推至部族，推至国家，推至不同的人种，乃至于人类之外的野生生物。在这些过程中，生命一步步完成对自身利益的超越，组成范围越来越大的利益共同体。我想，人类的下一步超越将是和外星生命的融合。这就是我倾尽家财培育水星生命的动机，我希望能进化出一种文明生物，成为人类的兄弟。否则，地球人在宇宙中太孤单了！"我说，"其实，在一个月前我还没有这些感悟，是沙女士感化了我。站在沙教授的生命熔炉前，看着暗红涌动的金属液中那些蠕动的小生命，我常常有做父母的感觉。"

一位中年男人讥讽地说："这种感觉当然很美妙，不过你不要为了这种感觉，而培育出人类的潜在竞争者。我估计，这种高温下生存的生命，其进化过程必定很快吧，也许1000万年后它们就赶上人类啦。"

我笑了："别忘了，地球的生命是40亿年前诞生的，如果担心地球生命竞争不过40亿年后才起步的晚辈，那你未免太不自信了吧。"

耿越说："说得对，40亿岁的老祖父，1000万岁的小囡囡，疼爱还来不及呢，哪里有竞争？"

观众笑起来，一位女听众问："陈义哲先生，我是你的支持者。你准备怎么完成沙女士的托付？"

我老实承认，"不知道，至少到目前为止我还不知道。我的家产能在30年内维持生命熔炉的运转，但30年后怎么办？还有，怎样才能凑出足够的资金，把这些生命放养到水星上？我心里没有一点数。不管怎样，我会尽我的力量，这一代完不成，那就留给下一代吧。"

听证会进行了近两个小时，七名专家或称七名法官一直一言不发，认真地听着，不时在纸上记下一两点，从表情上看不出他们的倾向性。最后耿越走到演播台中央说："我想质询已相当充分了，现在请各位专家发表自己的意见吧。你们对水星放生这件事，是赞成、反对还是弃权？"

七位专家迅速在小黑板上写字，同时举起黑板，上面齐刷刷全是同样的字：弃权！听众骚动起来，耿越搔着头皮说：

"如此一致呀！我很怀疑七位裁判是否有心灵感应？请张先生说说，你为什么持这个态度？"

坐在第一位的张先生简短地说："这件事已远远超越时代，我们无法用现代的观点去评判将来的事。所以，弃权是最明智的选择。"

埋在索拉星北极冰层中的沙亚圣府快要露面了，透过厚厚的深绿色的极冰，已能隐约看到圣府中的微光。牧师胡巴巴进入了神灵附体的癫狂状态，向外发射着强烈的感情场，胸前的闪孔激烈地闪烁着，背诵着《圣书》旧约和新约篇的祷文。破冰机飞转着，一步一步向前拓展。胡巴巴俯伏在白色的冰屑中向化身沙亚遥拜，脑袋和尾巴重重地在地上叩击，打得冰屑四处飞扬。

科学家图拉拉立在他身后，不动声色地看着，助手奇卡卡背着两个背囊（那里有四个能量盒），站在他的身边。

这次的"圣府探察行动"是图拉拉促成的，他已经150岁了，想在"爆灭"前找到《圣书》中屡次提到的圣府——

或者确认它不存在。他原想教会要极力反对，但他错了，教会的反应相当平和，甚至相当合作。他们同意这次考察，只是派了牧师胡巴巴监督。图拉拉想，也许教会深信《圣书》的正确？《圣书》说，化身沙亚睡在北极的极冰中；《圣书》说，能看懂《圣书》的人就能找到极冰中的圣府，唤醒大神，蒙受大的恩宠。千百年来，无数自认读懂《圣书》的信徒争着到北极去朝拜，但没有一个人活着回来。现在，教会可能想借科学的力量来证明《圣书》的正确。

想到这儿，图拉拉不禁微微一笑。近500年来科学的力量越来越强大，几乎能与教会分庭抗礼了。比如说，眼前这位虔诚的胡巴巴牧师就受惠于科学，他的尾巴上也装着一个能量盒——科学所发明的能量盒，否则，"以光为食"的他就不可能来到无光的北极。

这次向北极行进的路上，图拉拉看到了无数的横死者，他们是一代代虔诚的教徒，按《圣书》的教诲，沿着从圣坛伸向北极的圣绳，来寻找沙亚神的圣府。当他们逐渐脱离父星的光照后，体内能量渐渐耗竭，终于倒在路上。对于这些横死者，教会一直讳莫如深。因为，这些人死前没找到死亡配偶，没经过爆灭，灵魂不得超生，这是圣诫三罪（不得横死，不得信仰伪神，不得触摸圣坛和圣绳）中第一款大罪。但这些人又是可敬的殉教者。教会是该诅咒他们，还是褒扬他们呢？

图拉拉决定，从北极返回时，他要把这些横死者收集起来，配成死亡配偶，让他们在光照下爆灭。图拉拉倒不是相信灵魂超生，但总不能任这些人永远暴尸荒野吧。

破冰机仍在转着，现在已经能确定前面就是圣府了，因为极冰中露出40根圣绳，在此汇聚到一块儿，向圣府延伸。圣府中射出白色的强光，把极冰耀得璀璨闪亮。牧师胡巴巴让工人暂停，他率领众人做最后一次朝拜，诚惶诚恐地祈祷着。人群中只有图拉拉和奇卡卡没有跪拜。牧师愠怒地瞪着他们，在心中诅咒着，你们这些不尊崇沙巫神的异教徒啊，神的惩罚马上要降临到你们身上！

奇卡卡不敢直视牧师，也不敢正视自己的导师，他的感情场抖颤着，两个闪孔轻微地闪烁，像是询问自己的导师，又像是自语：难道化身沙巫真的存在？难道《圣书》上说的确实是真理？因为《圣书》中说的圣府就在眼前啊。

图拉拉看到助手的动摇，他佯作未见，苍凉地转过身去。他一向知道奇卡卡不是一个坚强的无神论者，常常在科学和宗教之间踟蹰。图拉拉本人在100年前就叛离了宗教，麾下聚集一大批激进的年轻科学家。他们坚信图拉拉在100年前提出的生物进化论，相信索拉人是由低等生物进化而来（这一点已有许多古生物遗体给出证明），坚信《圣书》上全是谎言。但是，在对宗教举起叛旗100年后，图拉拉本人反倒悄悄完成《圣书》的回归。

他不信宗教，但相信《圣书》（指《圣书》的旧约篇），因为《圣书》中混着很多奇怪的记载，这些记载常常被后来的科学发展所确证。比如，《圣书》上说：索拉星是父星的第一星，蓝星是父星的第三星。这些圣谕被人们吟哦了数千年，从不知是什么含义。直到望远镜的出现刺激了天文学的发展，科学家才知道，索拉星和蓝星都是父星的行星，而其排列顺序完全如《圣书》所言！

又比如，《圣书》旧约第39章中规定了索拉星的温度标定，以水的凝结为0度，水的沸腾为100度。可是，索拉星生命在几亿年的进化中从没有接触过水！只是在近代，科学家才推定在南北极有极冰存在。那么，《圣书》中为什么做这种规定，这种规定又是从何而来呢？

难道真有一个洞察宇宙、知过去未来的大神吗？

还有，索拉星赤道附近的20座圣坛，也一直是科学家的不解之谜。在那些圣坛上，黑色的平板永不疲倦地缓缓转动，永远朝着父星的方向。每座圣坛都有两根圣绳伸出来，一直延伸到不可见的北方。《圣书》上严厉地警告，索拉人绝不能去触碰它，不遵圣诫的人会被狠狠击倒，只有伏地忏悔后才能复苏。图拉拉不相信这则神话，他觉得圣坛中的黑色平板很可能是一种光电转换器，就如索拉生物的皮肤能进行光电转换一样。问题是——是谁留下这些技术高超的设备？以索拉人的科学水平，500年后也无法造出它！

正是基于这个信念，他才尽力促成了对圣府的考察。现在已经可以确认圣府的存在了，《圣书》上那个神秘缥缈的圣府已经明明白白地摆在眼前。如果化身沙巫真的住在这里……图拉拉迫不及待想见到他。

最后一层冰墙轰然倒塌，庄严的圣府豁然显现。这是一个冰建的大厅，厅内散射着均匀的白光，穹顶很高，厅内十分空旷，没有什么杂物，只有大厅中央放着一辆——神车！《圣书》上提到过它，无数传说中描绘过它，3120年前的史书中记载过它。这正是化身沙巫的坐骑呀。神车上铺着黑色的平板，与圣坛上的平板一模一样。下面是四个轮子。神车上方是透明的，模样奇特的化身沙巫斜躺在里面。

化身沙巫真的在这里！洞外的人迫不及待地涌进去。以胡巴巴为首，众人一齐俯伏在地，用脑袋和尾巴敲击着地面，所有人的闪孔都在狂热地祷告着：至上的沙巫大神，万能的化身沙巫，你的子民向你膜拜，请赐福给我们！

跪伏的人群包括他的助手，似乎奇卡卡的祷告比别人更狂热。只有图拉拉一人站立着。众人合成的感情场冲击着图拉拉，他几乎也不由地想俯伏在地，但他终于抑制住自己，快步上前，仔细观看化身沙巫的尊容。

化身沙巫斜倚在神车内，模样奇特而庄严。他与索拉人既相似又不相似，他也有头，有口，有胳臂和双手，有双眼，有躯干；但他的尾巴是分叉的，分叉尾巴的下端也有指头。他身上有5处奇怪的凸起：脑袋正前方有一个长形凸起，其下有两孔；脑袋两侧两个扁形凸起，各有一孔。两条尾巴开始分叉的地方有一个柱形凸起，上面有一个孔。胸前没有闪孔，图拉拉惊讶地想，没有传递信息的闪孔，沙亚们如何互相交谈？他们都是哑人吗？不过把这个问题先放放吧。他现在要先验证《圣书》上最容易验证的一条记载。他仔细数了沙亚身体上的孔窍，没错，确实是九窍，而不是索拉人的五窍。

《圣书》又对了啊。图拉拉呆呆地立着，心中又惊又喜。

他又仔细观察神车内部。车前方放着一个金制的塑像，塑像只有半身，与沙亚神一样，头部有七窍，不过这尊塑像的头上有长毛，相貌也显然不同。这是谁？也许是沙亚神的死亡配偶？他忽然看到更令人震惊的东西，一本《圣书》！《圣书》是崭新的，但封面的字体却是古手写体，是3000年前索拉先人使用的文字。在图拉拉的一生中，为了击败教会，他曾认真研究过《圣书》，对《圣书》的渊源、版本和讹误知之甚清。他一眼看出这是第二版《圣书》，内容只有旧约而无新约，刊行于3120年前。这版《圣书》现在已极为罕见。

胡巴巴也看到了《圣书》，他的祈祷和跪拜也几近癫狂。等他抬起头，看见图拉拉已经打开车门，捧住《圣书》，胡巴巴立即从闪孔射出两道强光，灼痛了图拉拉的后背。图拉拉惊异地转过身，胡巴巴疯狂地喊道：

"不许渎神者触摸《圣书》！"他挤开科学家，虔诚地捧起《圣书》，恶狠狠地说，"现在你还敢说神不存在吗？你这个渎神者，大神一定会惩罚你的！"他不再理会图拉拉，转向众人说："我要回去请示教皇，把沙亚神的圣体迎回去。在我回来之前，所有人必须离开圣府！"

他捧着《圣书》领头爬出去，众人诚惶诚恐地跟在后面。奇卡卡负疚地看看自己的老师，低下脑袋，最终也去了。胡巴巴走到洞口时，看到留在洞中的科学家，便严厉地说：

"你，要离开圣府。化身沙巫不会欢迎一个渎神者。"

图拉拉不想与他争执，他的闪孔平和地发射着信息："你们回去吧，我不妨碍你们，但我要留在这里……向化身沙巫讨教。"

胡巴巴的闪孔中闪出两道强光："不行！"

图拉拉讥讽地说："胡巴巴牧师的脾气怎么大起来啦？不要忘了，你是在科学的帮助下才找到圣府的。如果你逼我回去，那就请把你尾巴上的能量盒取下来吧，那也是渎神的东西，《圣书》中从未提到过它。"

牧师愣住了，他想图拉拉说得不错，《圣书》的任何章节中，甚至宗教传说中，都从未提到过这种能量盒。它是渎神者发明的，但它非常有用，在这无光的极地，没有了能量盒，他会很快脱力而死，而且是不得转世的横死。他不敢取掉能量盒，只好狂怒地转过身，气冲冲地爬走了。

那次电视辩论之后的晚上，何律师在我家吃了晚饭。席间他告诉我："义哲，你实际已经胜利了，对这件事，法律上的'不作为'就是默认和支持。现在没人阻挡你了，甩开膀子干吧。"

他完成了沙午姑姑的托付，心情十分痛快，那晚喝得酩酊大醉，笑嘻嘻地离开。这时电话铃响了，拿起话机，屏幕上仍是黑的，那边没有打开屏幕功能。对方问：

"你是陈义哲先生吗？我姓洪，对水星放生这件事有兴趣。"

他的声音沙哑干涩，颇不悦耳，甚至可以说，这声音引起我生理上的不快。但我礼貌地说：

"洪先生，感谢你的支持。你看了今天的电视节目？"

对方并不打算与我攀谈，冷淡地说："明天请到寒舍一晤，上午10点。"他说了自己的住址，随即挂断电话。

妻子问我是谁来的电话？说了什么？我迟疑地说："是一位洪先生，他说他对水星放生感兴趣，命令我明天去和他见面。没错，真的是命令，他单方面确定了明天的会晤，一点也不和我商量。"

我对这位洪先生印象不佳，短短的几句交谈就显出他的颐指气使。不仅如此，他的语调还有一种阴森森的味道。但是……明天还是去吧，毕竟这是第一个向我表示支持的陌生人。

后来我才知道，我这个勉强的决定是多么正确。

洪先生的住宅在郊外，一座相当大的庄园。庄园历史不会太长，但完全按照中国古建筑的风格，飞檐斗拱，青砖青瓦，曲径小亭。领我进去的仆人穿一身黑色衣裤，态度很恭谨，但沉默寡言，意态中透着一股寒气。我默默地打量着四周，心中的不快更加浓了。

正厅很大，光线晦暗，青砖铺的地面，其光滑不亚于水磨石地板。高大的厅堂没有什么豪华的摆设，显得空空落落。厅中央停着一辆助残车，一个50岁左右的矮个子男人仰靠在车上。他高度残疾，驼背鸡胸，脑袋缩在脖子里。五官十分丑陋，令人不敢直视。腿脚也是先天畸形，纤细羸弱，拖在轮椅上。领我进屋的仆人悄悄退出去。我想，这位残疾人就是洪先生了。

我走过去，向主人伸出手。他看着我，没有同我握手的意思，我只好尴尬地缩回手。他说：

"很抱歉，我是个残疾人，行走不便，只好麻烦你来了。"

话说得十分客气，但语气仍十分冷硬，面如石板，没有一丝笑容。在他面前，在这个晦暗的建筑里，我有类似窒息的感觉。不过我仍热情地说：

"哪里，这是我该做的。请问洪先生，关于水星放生那件事，你还想了解什么情况？"

"不必了，"他干脆地说，"我已经全部了解。你只需要告诉我，办这件事需要多少资金。"

我略为沉吟："我请几位专家做过初步估算，大约为200亿元。当然，这是个粗略的估算。"

他平淡地说："资金问题我来解决吧。"

我吃了一惊，心想他一定是把200亿错听为200万了。当然，即使是200万，他已是相当慷慨。为了不伤他的自尊心，我委婉地说：

"太谢谢你了！谢谢你的无比慷慨。当然，我不奢望资金问题一下子全部解决，200亿的天文数字，可不是200万的小数。"

他不动声色地说："我没听错，200亿，不是200万。我的家产不太够，但我想，这些资金不必一步到位吧。如果在10年内逐步到位，那么，加上10年的增值，我的家产已经够了。"

我恍然悟到此人的身份——亿万富翁洪其炎！这是个很神秘的人物，早就听说他高度残疾，丑陋过人，所以从不在任何媒体上露面，能够见到他的只有七八个亲信。他的口碑不是太好，听说他极有商业头脑，有胆略，有魄力，把他的商业帝国经营得欣欣向荣，但手段狠辣无情，常常把对手置于死地。又说他由于相貌丑陋，年轻时没有得到女人的爱情，滋生了报复心理。几年前他曾登过征婚启事，应征女方必须夜里到他家见面，第二天早上再离开，这种奇特的规定难免会使人产生暧昧的猜想。后来，听说凡是应征过的女子都得到一笔数目不菲的赠款，这更使那些暧昧的猜想有了根据。不过这些猜想很可能是冤枉了他。应征女子中有一位年轻漂亮的女律师，大概是姓尹吧，她是倾慕洪其炎的才华而非他的财产。据说她去了后，主人与她终夜相对，不发一言，也没有身体上的侵犯。天明时交给她一笔赠款，请她回家，尹律师痛痛快快地把钱摔到他脸上。不过，这个举动倒促成了二人的友谊，虽说未成夫妻，但成了一对形迹不拘的密友。

虽说他是亿万富翁，但这种倾家相赠的慷慨也令我心生疑窦，关于他的负面传说更增加了疑虑的分量。也许他有什么个人打算？也许他因不公平的命运而迁怒于整个人类，想借水星放生实行他的报复？虽然一笔200亿的资金是万年难求的机缘，但我仍决定，先问清他有没有什么附加条件。

洪先生的锐利目光看透我的思虑——在他面前，我常常有赤身裸体的感觉，这使我十分恼火——他平淡地说：

"我的赠款有一个条件。"

我想，果然来了。便谨慎地问："请问是什么条件？"

"我要成为放生飞船的船员。"

原来如此！原来就这么一个简单的要求！我不由看看他的腿，

心中刹那间产生强烈的同情，过去对他的种种不快一扫而光。一个高度残疾者用 200 亿去购买飞出地球的自由，这个代价太高昂了！这也从反面说明，这具残躯对他的桎梏是多么残酷。我柔声说：

"当然可以，只要你的身体能经受住宇航旅行。"

"请放心，我这架破机器还是很耐用的。请问，实现水星放生需多长时间？"

"很快的，我已经咨询过不少专家，他们都说，水星旅行在技术上没有太大的难点，只要资金充裕，15 ～ 20 年就能实现。"

他淡淡地说："资金到位不成问题，你尽量加快进度吧，争取在 15 年之内实现。这艘飞船起个什么名字？"

"请你命名吧。你这样慷慨地资助这件事，你有这个权利。"

洪先生没推辞："那就叫'姑妈号'吧。很俗气的一个名字，对不？"

我略为思索，明白了这个名字的深意：它说明人类只是水星生命的长辈而非父母，同时也暗含着纪念沙姑姑的意思。我说："好！就用这个名字！"

他从助残车的袋里取出一本支票簿，填上 5000 万，背书后交给我："这是第一笔启动资金，尽快成立一个基金会，开始工作吧！对了，请记住一点，飞船上为我预留一辆汽车的位置，就按加长林肯车的尺寸。我将另外找人，为我研制一个适合水星路面的汽车。"他微带凄苦地说，"没办法，我无法在水星上步行。"

我柔声说："好的，我会办到。不过——"我迟疑着，"可以冒昧地问一句吗？我想问：你倾尽家财以放养水星生命，是为了什么？只是为了到水星一游吗？"

他平淡地说："我认为这是件很有趣味的事，我平生只干自己感兴趣的事。"他欠欠身，表示结束谈话。

从此，洪先生的资金源源不断地送来。激情之火浇上金钱之油，产生了惊人的工作效率。当年年底，已经有 1.5 万人在为"姑妈号"飞船工作。对"水星放生"这件事，社会上在伦理意义上的反对一直没有停止，但它始终没有对我们形成阻力。

洪先生从不过问我们的工作。不过，每月我都要抽时间向他汇报工作进度，飞船方案搞好后，我也请他过目。洪先生常常一言不发地听完，简短地问：

"很好。资金上有什么要求？"

按洪先生要求，我对他的资助严格保密，只有我妻子和何律师知道资助人的姓名。当然实际上是无法保密的，"姑妈号"飞船需要的是数百亿元资金，能拿得出这笔资金的人屈指可数，再加上洪先生不断拍卖其名下的产业，所以，这件事不久就成了公开的秘密。

"姑妈号"飞船有条不紊地建造着，到第二年，当我去洪先生家时，总是与一位漂亮的女人相遇。她有一种恬淡的美貌，就像薄雾笼罩着的一枝水仙，眉眼中带着柔情。她就是那位尹律师。她与洪先生的关系显然十分亲近，一言一行都显出两人很深的相知。不过，毫无疑问，两人之间是纯洁的友情，这从尹律师坦荡的目光中可以确认。

尹律师已经结婚，有一个 3 岁的儿子。

在我向洪先生汇报进度时，他没有让尹律师回避。显然，尹律师有资格分享这个秘密。谈话中，尹女士常常嘴角含着微笑，静静地听着，偶尔插问一句，多是关于飞船建造的技术细节。我很快知道了这种安排的目的——是她负责建造洪先生将要乘坐的水星车。

那天尹律师单独到我办公室。这是我第一次单独与她会面。我请她坐下，喊秘书斟上咖啡，一边忖度着她的来意。尹律师细声细语地说：

"我想找你商量一下飞船建造的有关技术接口。你当然已经知道，我在领导着一项秘密研究，研制洪先生在水星上使用的生命维持系统。"

我点点头。她把水星车称作"生命维持系统"没有使我意外。要想在没有大气、温度高达450℃，又有强烈高能辐射的水星上活动，那辆车当然也可称作生命维持系统。但尹律师下面的话无疑是一声晴天霹雳，她说：

"准确地说，其主要部分是人体速冻和解冻装置。"

我从沙发上跳起来，震惊地看着她。洪先生要人体速冻装置干什么？在此之前，我一直把洪先生的计划看成一次异想天开的、挑战式的旅行，不过毫无疑问是一次短期旅行。但——人体速冻和解冻装置！

在我震骇的目光中，尹女士点点头："对，洪先生打算永远留在水星上，看守这种生命。他准备把自己冷冻在水星的极冰中，每1000万年醒一次，每次醒一个月，乘车巡查这种生命的进化情况，一直到几亿年后水星进化出'人类'文明。"

我们久久地用目光交换着悲凉，我喃喃地说："你为什么不劝他？让他在水星上独居几亿年，不是太残忍吗？"

她轻轻摇头："劝不动的，如果他能被别人劝动，他就不是洪其炎了。再说，这样的人生设计对他未尝不是好事。"

"为什么？"

尹女士叹息一声："恐怕没有人比我更了解他了。命运对他太不公平，给了他一个无比丑陋残缺的身体，偏偏又给他一个聪明过人的大脑。畸形的身体造就了畸形的性格，他心理阴暗，对所有正常人怀着愤懑；但他的本质又是善良的，天生具有仁者之心。他是一个畸形的统一体，仁爱的茧壳箍着报复的欲望。他在商战中的砍伐，他在征婚时对应征者的戏弄，都是这种矛盾心态的反映。不过这些报复都是低度的，是被仁爱之心冲淡过的。但是，也许有一天，报复欲望会冲破仁爱的封锁，那时……他本人深知这一点，也一直怀着对自身的恐惧。"

"对自身的恐惧？"我不解地看看她。她点点头，肯定地说："没错，他对自身阴暗一面怀着恐惧，连我都能触摸到它。他对水星放生的慷慨资助，多少是这种矛盾心态的反映。一方面，他参与创造了一种新的生命，满足了他的仁者之心；另一方面，对人类也是个小小的报复吧。想想看，当他精心呵护的水星生命进化出文明之后，水星人肯定会把洪其炎的残疾作为标准形象，而把正常地球人看成畸形。对不？"

虽然心里沉重，我还是被这种情景逗得破颜一笑。尹律师也漾出一波笑纹，接着说：

"其实，想开了，他对后半生的设计也是蛮不错的嘛——居住在太阳近邻，与天地齐寿，独自漫步在水星荒原上，放牧着奇异的生命。每次从长达1000万年的大梦中醒来，水星上的生命都会有你预想不到的变化。彻底摒弃地球上的陈规戒律、庸俗琐碎、浑浑噩噩。有时我真想抛弃一切，抛弃丈夫和孩子，陪伴他到地老天荒——可是我做不到，所以我永远是个庸人。"她自嘲地说，语气中透着凄凉。

这件事让我心头十分沉重，甚至有说不清道不明的愤懑，只是不知道愤懑该指向谁。但我知道多说无益。我回想到，洪先生是在看过那次电视辩论仅仅两小时内就做出了倾家相赠的决定。这种性格果决的人，谁能劝得动呢。我闷声说："好吧，就成全他的心愿吧。现在咱们谈谈技术接口。"

第二天我和尹律师共同去见他，我们平静地谈着生命维持系统的细节，就像它是我们早已商定的计划。临告辞时，我忍不住说：

"洪先生，我很钦佩你。在我决定接受沙姑姑的遗产时，不少人说我是疯子。不过依我看，你比我疯得更彻底。"

洪先生难得地微微一笑："谢谢，这是最好的夸奖。"

众人走了，圣府大厅中只留下图拉拉。没有了恼人的喧嚣，他可以静下心来同化身沙巫交谈了，心灵上的交谈。他久久地瞻望着化身沙巫奇特的面容，心中充满敬畏。圣府找到了，化身沙巫的圣体找到了。牧师及信徒们喜极欲狂。不过，他们错了。化身沙巫的确存在，他也的确是索拉生命的创造者。但他不是神，而是来自异星的一个科学家。图拉拉为之思考多年，早就得出了这个结论。在他对化身沙巫的敬畏中，含着深深的亲近感。科学家的思维总是相通的，不管他们生活在宇宙的哪个星系，都使用同样的数字语言、同样的物理定律、同样的逻辑规则。所以他觉得，在他和化身沙巫之间，有着深深的相契。

他已经将出化身沙巫的来历及经历：他来自父星系第三星（蓝星），是 20 个 4152 万年前来的。（为什么是有零有整的 4152 万年？他悟到，4152 万个索拉星年恰恰等于 1000 万个蓝星年，沙巫是按母星的纪年方式换算过来。）那时他创造了一种新型的、与蓝星生命完全不同的生命——并不是创造了索拉人，而是一种微生命——将它撒播在索拉星上，然后把进化的权杖交还给大自然。为了呵护自己创造的生命，化身沙巫离开母星和母族，在索拉星的极冰中住了 20 个 4152 万年。不可思议的漫长啊。当他独自面对蛮荒时，他孤独吗？当他看着微生命缓慢地进化时，他焦急吗？当他终于看到索拉星生命进化出文明生物时，他感到欣喜吗？

从他神车中有 3000 年前的《圣书》来看，他大约在 3000 年前醒来过，那时他肯定发现索拉人有了二进制语言，有了文字。但那时的索拉人还很愚昧，被宗教麻木心灵。他无法以科学来启发他们的灵智，只好把一些有用的信息藏在《圣书》里，以宗教的形式去传播科学。

《圣书》说，只要看懂《圣书》，就能找到圣府，那时，化身沙巫就会醒来，带索拉人去蒙受父星大的恩宠——什么"大的恩宠"？一定是一个浩瀚璀璨的科学宝库，索拉人将在一夕间跃升几万年、几十万年，与神（化身沙巫）们平起平坐。

这个前景使图拉拉非常激动，开始着手寻找化身沙巫留下的交代。化身沙巫既然在《圣书》中邀请索拉人前来圣府，既然答应届时醒来，那他肯定留下了唤醒他的办法。图拉拉寻找着，揣摩着，忽然发现了一个秘密的冰室。门被冰封闭着，但冰层很薄，他用尾巴打破冰门，小心地走进去。冰室里堆着数目众多的圆盘，薄薄的，有一面发着金属的光泽。这是什么？他凭直觉猜到，这一定是化身沙巫为索拉人预备的知识，但究竟如何才能取出这些知识，他不知道，绞尽脑汁也想不出来。这不奇怪，高度发展的技术常常比魔术更神秘。

但墙上的一幅画他是懂得的，这是幅相当粗糙的画，估计是化身沙巫用手画成。画的是一个索拉人，用手指着胸前的两个闪孔。画旁有一个按钮，另有一个手指指着它。图拉拉对这幅画的含义猜度了一会儿，下决心按下这个按钮。

他的猜测是正确的，墙上的闪孔立即开始闪烁，明明暗暗。图拉拉认真揣摩着，很快断定，这正是二进制的索拉人语言。闪烁的节奏滞涩生硬，而且，其编码不是索拉人现代的语言，而是3000年前的古语言，但不管怎样，图拉拉还是尽力串出它所包含的意义。

"欢迎你，索拉人，既然你能来到无光的北极并找到圣府，相信你已经超越蒙昧。那么，我们可以进行理智的交谈了。"

巨大的喜悦像日冕的爆发，席卷他的全身。他终生探求的宝库终于开启了。那边，闪孔的闪烁越来越熟练，一个 10 亿岁的睿智老人在同他娓娓而谈，他激动地读下去。

"我就是《圣书》中所说的化身沙亚，来自父星系的蓝星。20 个 4152 年前，蓝星系的科学家创造了一种全新的生命，我把它撒到水星上，并留下来照看它们的成长。我看着它们由单胞微生物变成多胞生物，看着它们离开金属湖泊而登陆，看着它们从无性生物进化出性活动（爆灭前的配对），看着它们进化出有智慧的索拉人。这时我觉得，10 亿年的孤独是值得的。"

"我的孩子们啊，索拉人类的进步要靠你们自己。所以，这些年来我基本没干涉你们的进化，只是在必要时稍加点拨。现在，你们已超越蒙昧，我可以教你们一些东西了。你们如果愿意，就请唤醒我吧。"

下面他介绍唤醒自己的方法。他的苏醒必须按照严格的程序，稍有违犯，就会造成不可逆的死亡。图拉拉这才知道，神圣的沙亚种族其实是一种极为脆弱的生命。他们须臾离不开空气，否则会憋死。他们还会热死、冻死、淹死、饿死、渴死、病死、毒死……可是，就是这么脆弱的生命，竟然延续数十亿年，并且创造出如此先进的科技！图拉拉感慨着，认真地读下去。他真想马上唤醒这位 10 亿岁的老人，对于索拉人来说，他可以被称作神灵了。

他忽然感到一阵晕眩，知道是能量盒快耗尽了。他爬过去找自己的背囊，那里应该有四个能量盒。但是背囊是空的！图拉拉的感情场一阵战栗，恐慌向他袭来。面前这个背囊是奇卡卡的，肯定是奇卡卡把自己的背囊带走了。

他当然不是有意害自己，只是，在刚才的宗教狂热中，奇卡卡失去了应有的谨慎。

该怎么办？大厅中有灯光，但光量太弱，缺少紫外光以上的高能波段，无法维持他的生命。看来，他要在沙巫的圣府里横死了。

《圣书》中有严厉的圣诫：索拉人在死亡前必须找到死亡配偶，用最后的能量进行爆灭，生育出两个以上新的个体。不进行爆灭的，尤其是死后又复苏的，将为万人唾弃。其实，早在《圣书》之前，原始索拉人就建立了这条伦理准则。这当然是对的，索拉人的躯体不能自然降解，如果都不进行爆灭，那索拉星上就没有后来者的立足之地了。

横死的索拉人很容易复生（只需让他接受光照），但图拉拉从没想过自己会干这种乱伦的丑事。不过，今天他不能死！他还有重要的事去办，还要按沙巫的交代去唤醒沙巫，为索拉人赢得"大的恩宠"，他怎么能在这时死去呢。头脑中的晕眩越来越重，已经不能进行有效的思考了，他必须赶紧想出办法。

他在衰弱脑力许可的范围内，为自己找到一个办法。他拖着身躯，艰难地爬到厅内最亮的灯光之下。低能光不能维持他的生存，但大概能维持一种半生半死的状态。他无力地倒下去，但他用顽强的毅力保持着意识不致沉落。闪孔里喃喃地念诵着：

"我不能死，我还有未了之事。"

2046 年 6 月 1 日，在我接受沙午姑姑遗产的第 14 年后，"姑妈号"飞船飞临水星上空，向下喷着火焰，缓缓地落在水星的地面上。

巨大的太阳斜挂天边，向水星倾倒着强烈的光热。这儿能清楚地看到日冕，它们向外延伸至数倍于太阳的外径。在太阳两极处的日冕呈羽状，赤道处呈条状，颜色淡雅，白中透蓝，舞姿轻盈，美丽惊人。水星的天空没有大气，没有散射光，没有风和云，没有灰尘，显得透明澄澈。极目之中，到处是暗绿色的岩石，扇状悬崖延伸数百公里，就像风干杏子上的褶皱。悬崖上散布着一片片金属液湖泊，在阳光下反射着强烈的光芒。回头看，天边挂着的地球清晰可见，它蓝得晶莹，美丽如一个童话。

这个荒芜而美丽的星球将是金属变形虫们世世代代的生息之地。

我捧着沙姑姑的遗像，第一个踏上水星的土地。遗像是用白金蚀刻的，它将留在水星上，陪伴她创造的生命，直到千秋万代。舱内起重机缓缓放着绳索，把洪先生的水星车放在地面上。强烈的阳光射到暗黑色的光能板上，很快为水星车充足了能量。洪先生掌控着方向盘，把车辆停靠在飞船侧面。他的头发已经花白，脸色仍如往常一样冷漠，但我能看出他内心的激动。

洪其炎是飞船上的秘密乘客，起飞前他已经"因心脏病突发，抢救无效而去世，享年 64 岁"。我们发了讣告，举行了隆重的葬礼，社会各界都一致表示哀悼。虽然他是个怪人，虽然他支持的"水星放生"行动并没得到全人类的认可，但毕竟他的慷慨和献身精神令人钦服。现在，他倾力支持的"姑妈号"飞船即将起飞，而他却在这个时刻不幸去世，这是何等的悲剧！而其时，洪先生连同他的水星车已秘密运到飞船上。洪先生说：

"这样很好，让地球社会把我彻底忘却，我可以心无旁骛，留在水星上干我的事了。"

飞船船长柳明少将指挥着，两名船员抬着一个绿色的冷藏箱走下舷梯。里面是 20 块冷凝金属棒，那是从沙午姑姑的生命熔炉中取出的，其中藏着生命的种子。飞船降落在卡路里盆地，温度计显示，此刻舱外温度是 720℃。宇航服里的太阳能空调器嗡嗡地响着，用太阳送来的光能抵抗着太阳送来的酷热。如果没有空调，别说宇航员了，连那 20 块金属棒也会在瞬间熔化。

5 个船员都下来了，马上开始工作。我们打算在一个水星日完成所有的工作，然后留下洪先生，其余人返回地球。5 个船员将在这儿建一些小型太阳能电站，通过两根细细的超导电缆送往北极。电缆是比较廉价的钇钡铜氧化物，只能在 -170℃ 以下的低温保持超导性，不过这在水星上已足以胜任了。白天，太阳能电站转换的电量将就近储存在蓄电瓶内；晚上，当气温降到 -170℃ 时，电源便经超导电缆送到遥远的极地。在那儿它为洪先生的速冻和解冻提供能源。至于每个复苏周期中那长达 1000 万年的冷藏过程，则可以由 -60℃ 的极冰自动制冷，不必耗用能源，所以，一个小型的 100 千瓦发电站就足够了。不过为了绝对保险起见，我们用 20 个结构不同的发电站并成一个电网。要知道，洪先生的一觉将睡上 1000 万年。1000 万年中的变化谁能预想得到呢？

我和柳船长乘上洪先生的跑车，三人共同去寻找合适的放生地。这辆生命之舟设计得十分紧凑，车身覆盖着太阳能极板，十分高效，即使在极夜微弱的阳光中，也能维持它的行驶。车后是小型食物再生装置和制氧装置，能提供足够一人用的人造食品和空气。下面是强大的蓄电瓶，能提供10万千瓦时的电量，其寿命（在不断充放电的条件下）可以达到无限长。洪先生周围是快速冷凝装置，只要一按电钮，便能在2秒钟内对他进行深度冷冻。1000万年后，该装置会自动启动，使他复苏。他身下的驾驶椅实际是两只灵巧的机械腿，可以带他离开车辆，短时间出去步行，因为，放养生命的金属湖泊常常是车辆开不到的地方。

洪先生聚精会神地开着车，在崎岖不平的荒漠上寻找着道路，我和柳船长坐在后排。为了方便工作，我们在车内也穿着宇航服。老柳以军人的姿态端坐着，默默凝视着洪先生的白发，凝望着他高高突起的驼背和鸡胸，以及瘦弱畸形的腿脚，目光中充满怜悯。我很想同洪先生多谈几句，因为，在此后的亿万年中，他不会再遇上任何一位可以交谈的故人了。不过在悲壮的气氛中，我难以打开话题，只是就道路情况简短地交谈几句。

洪先生扭过头："小陈，我临'死'前清查了我的财产，还余几百万吧。我把它留给你和小尹了，你们为这件事牺牲太多。"

"不，牺牲最多的是你。洪先生，你是有仁者之爱的伟人。"

"伟人是沙女士。她，还有你，让我的晚年有了全新的生活，谢谢。"

我低声说："不，该是我向你表示谢意。"

车子经过一个金属湖，金属液发出白热的光芒。用光度测温计量量，这儿有620℃，对于那些小生命来说高了一些。我们继续前行，又找到一处金属湖，它半掩在悬崖之下，太阳光只能斜照它，所以温度较低。我们把车停下，洪先生操纵着机械腿迈下车，我和柳船长揣上两块金属棒跟在后边。金属湖在下方100米处，地形陡峭，虽然他的机械腿十分灵巧，但行走仍相当艰难。在迈过一道深沟时，他的身子趔趄一下，我下意识地伸手去扶，老柳摇摇手止住我。是的，老柳是对的。洪先生必须能独力生存，在此后的亿万年中，不会有人帮助他。如果他一旦失手摔倒，只能以他的残腿努力站起来，否则……我鼻梁发酸，赶快抛开这个念头。

我们终于到了湖边，暗红的金属液面十分平静。我们测量出温度是423℃，溶液中含有锡、铅、钠、水银，也有部分固相的锰、钼、铬微粒，这是变形虫理想的繁殖之地。我们从怀中掏出金属棒交给洪先生，他把它们托在宇航服的手套里，等待着。斜照的阳光很快使它们融化，变成小圆球，滚落在湖中，与湖面融合在一起。少顷，洪先生把一枚探头插进金属液中，打开袖珍屏幕，上面显示着放大的图像。探头寻找到一个变形虫，它已经醒了，慵懒地扭曲着，变形着，移动着，动作十分舒曼，十分惬意，就像这是它久已住惯的老家。

三个人欣慰地相视而笑。

我们总共找到10处合适的金属湖，把20块"菌种"放进去。在这10个不相连的生命绿洲里，谁知道会发生什么事？也许它们会迅速夭折，当洪其炎从冷冻中复苏过来后，只能看到一片生命的荒漠；也许它们会活下来，并在水星的高温中迅速进化，脱离湖泊，登上陆地，最终进化出智慧生命。那时，洪先生也许会融入其中，不再孤独。

太阳缓缓地移动着，我们赶往天光暗淡的北极。那儿的工作已经做完。暗绿色的极冰中凿出一个大洞，布置了照明灯光，40根超导电缆扯进洞内，汇聚在一个接头板上，再与水星车的接口相连。冰洞内堆放着足够洪先生食用30年的罐头食品，这是为了预防食物再生装置一旦失效。只是我们拿不准，放置数千万年的食物（虽然是在-60℃的低温下）还能否食用。

我们把洪先生扶出来，在冰洞中开了一次聚餐会。这是"最后一次晚餐"，以后洪先生就得独自忍受亿万年的孤独了。吃饭时洪先生仍然沉默寡言，面色很平静。几个年轻的船员用敬畏的目光看他，就像在仰望上帝。这种目光拉远了他同大伙儿的距离，所以，尽管我和老柳做了最大的努力，也没能使气氛活跃起来。

我们在悲壮的氛围中吃完饭，洪先生脱下宇航服，赤身返回车内，沙女士的金像置放在前窗玻璃处。我俯下身问：

"洪先生，你还有什么话吗？"

"请接通地球，我和尹律师说话。"

接通了。他对着车内话筒简短地说："小尹，谢谢你，我永远记住你陪我度过的日子。"

他的话语化作电波，离开水星，向一亿公里外的地球飞去。他不再说话，静静地等待着。十分钟后才传来回音，我们都在耳机中听到了，尹女士带着哭声喊道：

"其炎！永别了！我爱你！"

洪先生恬淡地一笑，向我们挥手告别。在这个刹那，他的笑容使丑陋的面孔变得光彩照人。他按下一个电钮，立时冷雾包围了他的裸体，凝固了他的笑容。2秒钟后他已进入深度冷冻。我们对生命维持系统做了最后一次检查，依次向他鞠躬，然后默默退出冰洞，向飞船返回。

5个地球日后，"姑妈号"飞船离开水星，开始长达1年的返程。不过，大家都觉得我们已经把自身生命的一部分留在这颗星球上了。

不知过了多长时间，图拉拉隐约感到人群回来了，圣府大厅里一片闹腾。他努力喊奇卡卡，喊胡巴巴，没人理他，也许他并没喊出声，他只是在心灵中呼喊罢了。闹腾的人群逐渐离开，大厅里的震动平息了。他悲怆地模模糊糊地想，我真的要在圣府中横死吗？

能量渐渐流入体内，思维清晰了，有人给他换了能量盒。睁开眼，看见奇卡卡正怜悯地看着他。他虚弱地闪道："谢谢。"

奇卡卡转过目光，不愿与他对视，微弱地闪道："你一直在低声唤我的名字，你说你有未了之事。我不忍心让你横死，偷偷给你换了能量盒。现在——你好自为之吧。"

奇卡卡像躲避魔鬼一样急急跑了，不愿意和一位丑恶的"横死复生者"待在一起。图拉拉感叹着，立起身子，看见奇卡卡为他留下四个能量盒，足够他返回到有光地带了。化身沙巫呢？他急迫地四处查看。没有了，连同他的神车都没有了。他想起胡巴巴临走说：要禀报教皇，迎回化身沙巫的圣体，在父星的光辉下唤他醒来。一阵焦灼的电波把图拉拉淹没，他已知道沙巫的身体实际上是很脆弱的，那些愚昧的信徒们很可能把他害死。他可是索拉人的恩人啊。

他要赶快去制止！这时他悲伤地发现，在经历了长期的半死状态后，他身上的金属光泽已经暗淡了。这是横死者的标志，是不可豁免的天罚。如果他不赶紧爆灭，他就只能活在人们的鄙夷和仇恨中。

但此刻顾不了这些。他带上能量盒，立即赶回戛杜里盆地。那是索拉星上最热的地方，所有隆重的圣礼都在那儿举行。

他爬出无光地带，无数横死者还横亘在沿途。他歉然地想，恐怕自己已没有能力实现来时的承诺，无力收殓他们了。进入有光地带后，他看到索拉人成群结队向前赶，他们的闪孔兴奋地闪烁着：化身沙亚的复生大典马上要举行了！图拉拉想去问个详细，但人群立即发现他的耻辱印，怒冲冲地诅咒他，用尾巴打他。图拉拉只好悲哀地远远避开。

一个索拉星日过去了，他中午时赶到戛杜里盆地的中央。眼前的景象令他瞠目，成千上万的索拉人密密麻麻地聚在圣坛旁，群聚的感情场互相激励，形成正反馈，其强度使每个人都陷于癫狂。连图拉拉也几乎被同化了，他用顽强的毅力压下自己的宗教冲动。

好在癫狂的人群不大注意他的耻辱印，他夹在人群中向圣坛近处挤去。神车停在那里，车门关闭着，化身沙亚的圣体就在其中，仍紧闭着双眼。人群向他跪拜，脑袋和尾巴猛烈地撞击地面。这种撞击原先是杂乱的，后来逐渐变成统一的节奏，竟使地面在一波波撞击中微微起伏。

教皇出来了，在圣坛边跪下，信徒的跪拜和祈祷又掀起一个高潮。这时，一个高级执事走上前，让大家肃静。这是奇卡卡！看来教皇对这位背叛科学投身宗教的人宠爱有加，他的地位如今已在胡巴巴之上了。奇卡卡待大家静下来，朗朗地宣布：

"我奉教皇敕令，去北极找到极冰中的圣府，迎来化身沙巫的圣体。此刻，沙巫神将在父星的光辉下醒来，赐给我们大的恩宠！教皇陛下今天亲临圣坛，跪迎沙巫大神复生！"

教皇再次叩拜后，奇卡卡拉开车门，僧侣上前，想要抬出化身沙巫的圣体。图拉拉此刻顾不得个人安危，闪孔里射出两道强光，烙在一名僧侣的背上，暂时制止住他。图拉拉发出强烈的信息：

"不能把他抬出来，那会害死他的！"他急中生智，又加了一句有威慑力的话："是沙巫神亲口告诉我的，你们不能做渎神的事！"

人们愣住了，连教皇也一时无语。奇卡卡愤怒地转过身，大声说："不要听他的，他是一个横死者，不许他亵渎神灵！"

人们这才发现他的耻辱印，立刻有一条尾巴甩过来，重重地击在他的背上。他眼前发黑，但仍坚持着发出下面的信息：

"不能让化身沙亚受父星的照射，你们会害死他的！"

又是狂怒的几击，他身体不支，瘫倒在地。仍有人狠狠地抽击他。奇卡卡恶狠狠地瞪图拉拉一眼，举手让众人静下来。迎圣体的仪式开始了。四个僧侣小心地把化身沙亚抬出车，众人的感情场猛烈地逆射、激励、加强，千万双闪孔同时感颂着沙亚神的大德和大能。

这种感情场是极端排外的，现场中只有图拉拉的感情是异端，他头疼欲裂，像是被千万根针刺着神经。他挣扎着立起上身，从人缝中向里看。化身沙亚的圣体已摆放在一个高高的圣台上，教皇领着奇卡卡、胡巴巴在伏地跪拜。图拉拉的神经抽紧了，他想可怕的事马上就要发生了。化身沙亚坐在圣台上，眼睛仍然紧闭着。在父星强烈的照射下，在 720℃的高温中，他的身躯很快开始发黑，水分从体内猛烈蒸发，向上方升腾，在他附近造成了一个畸变的透明区域。随之他的身体开始冒烟，淡淡的灰烟。然后，焦透的身体一块块逆脱，剩下一副焦黑的骨架。

教皇和信徒们都目瞪口呆，这是怎么回事？索拉人的金属身体从不怕父星的暴晒，那些未经爆灭的遗体能千万年保存下来。但化身沙亚的圣体为什么被父星毁坏？人们想到刚才图拉拉的话："不能让他受父星的照射，你们会害死他的。"他们开始感到恐惧。千万人的恐惧场汇聚在一起，缓缓加强，缓缓蓄势，寻找着泄洪的口子。

教皇和奇卡卡的恐惧也不在众人之下——谁敢承担毁坏圣体的罪名？如果有人振臂一呼，信徒们会把罪人撕碎，即使贵为教皇也不能逃脱。时间在恐惧中静止。恐惧和郁怒的感情场在继续加强……忽然奇卡卡如奉神谕，立起身来指着那副骨架宣布：

"是父星惩罚了他！他曾逃到极冰中躲避父星，但父星并没有饶恕他！"

恐惧场瞬时无影无踪，信徒们的神经一下子放松了。是啊，《圣书》中确实说过，化身沙巫失去父星的宠爱，藏到极冰中逃避父星的惩罚。现在大家也亲眼看见是父星的光芒把他毁坏了。奇卡卡抓住了这个时机，恶狠狠地宣布：

"杀死他！"

他的闪孔中闪出两道杀戮强光，射向沙巫的骨架。信徒们立即仿效，无数强光聚焦在骨架上，使骨架轰然坍塌。教皇显然仍处在慌乱中，他没有在这儿多停，起身摩挲着奇卡卡的头顶表示赞赏，随后匆匆离去。

信徒们也很快散去。虽然他们用暴烈的行动驱走恐惧，但把暴力加在化身沙巫的圣体上，这事总让他们忐忑不安。片刻之后，万头攒动的场景不见了，只留下圣坛上一副破碎的骨架、一辆砸扁了的神车、一副白金雕像，还有地上一个虚弱的图拉拉。

图拉拉忍着头部的剧痛，挣扎着走到骨架边。灰黑色的骨架散落一地，头颅孤零零地滚在一旁，两只眼睛变成两个黑洞，悲愤地瞪着天边。片刻之前，他还是人人敬仰的化身沙巫，是一个丰满坚硬的圣体，转瞬之间被毁坏了，永远不可挽救了。图拉拉感到深深的自责。如果他事先能见到教皇，相信凭自己的声望，能说服他采用正确的方法唤醒沙巫——毕竟教皇也不愿圣体遭到毁坏呀。可惜晚了，来不及了，这一切都是由于缺少一个备用能量盒，是由于自己该死的疏忽。

他深深地俯伏在地，悲伤地向化身沙巫认罪。

他立起身，小心地搜集化身沙巫的骨架。为什么这样做？不知道，他没有什么目的，只是想以这种下意识的动作来驱散心中的悲伤和悔恨。只是到了两千年后，当科学家根据基因技术（在沙巫留下的大批光盘里有详细的解说）从幸存的骨架中提取了化身沙巫的基因并使他复活之后，索拉人才由衷地赞叹图拉拉的远见。

此后1000年是索拉星的黑暗时期，狂热的教徒砸碎了和科学有关的一切东西，连索拉人曾广泛使用的能量盒，也被当作渎神的奇技淫巧被全部砸坏。羽翼未丰的科学遭到迎头痛击，一蹶不振，直到1000年后才慢慢恢复元气。

沙巫教则达到极盛。他们仍信奉沙巫，但化身沙巫不再被说成沙巫大神的使者，他成了一尊伪神，一个罪神。信徒的祈祷词中加了一句：

"我奉沙巫大神为天地间唯一的至尊，

我唾弃伪神，他不是大神的化身。"

不过，沙巫教中悄悄地兴起一个小派别，叫赎罪派。据说传教者是一个横死后复生的贱民。他们仍信奉化身沙巫是大神的使臣和索拉人的创造者，他们精心保存着两件圣物，一件是焦黑的头骨，一件是白金制的塑像。赎罪派的教义中，关于沙亚之死是这样说的：化身沙亚确实是沙亚的化身，原打算给索拉星带来无上的幸福。但他被索拉人错杀了，幸福也与索拉人交臂而过。

尽管新教皇奇卡卡颁布了严厉的镇压法令，但赎罪派的信徒日渐增多。因为赎罪派的教义唤醒了人们的良知，唤醒了潜藏内心深处的负罪感。对教廷的镇压，赎罪派从不做公开的反抗，他们默默地蔓延着，到处搜集与科学有关的一切东西：砸碎的能量盒、神车的碎片、残缺不全的图纸和文字，等等。在那位180岁的赎罪派传教者去世后，再没人能懂得这些东西，但他们仍执着地收藏着，因为——传教者说过，等化身沙亚在下一个千禧年复活时，它们就有用了。

赎罪派只尊奉《圣书》的旧约篇而扬弃新约篇。他们在旧约篇上加了一段祷文：

"化身沙亚越权创造了索拉人，父星惩罚了他。

索拉人杀死了化身沙亚，你们得到父星的授权了吗？

索拉人啊，

你们杀死了自己的生父，你们有罪了；

你们要世世代代背负着原罪，直到化身沙亚复生。"

替天行道——转基因谬种流传

　　莱斯·马丁于上午9点接到《纽约时报》驻Z市记者站的电话，说有人扬言要在MSD公司大楼前自爆身亡，让他尽快赶到现场。马丁的记者神经立即兴奋起来——这肯定是一条极为轰动的消息！此时马丁离MSD公司总部只有10分钟的路程，他风驰电掣般赶到。

　　数不清的警车严密包围着现场，警灯闪烁着，警员们伏在车后，用手枪瞄准公司大门。还有十几名狙击手，手持FN30式狙击步枪，食指紧紧扣在扳机上。一个身着浅色风衣的高个子男人显然是现场指挥，正对着对讲机急促地说着什么，马丁认出他是联邦调查局的一级警督泰勒先生。

　　早到的记者在紧张地抓拍镜头，左边不远处，站着一位女主持人——马丁认出她是CNN的斯考利女士——正对着摄像机做现场报道。她音节急促地说：

　　"……已确定这名情绪失控者是中国人，名叫吉明，今年四十六岁，持美国绿卡。妻子和儿子于今年刚刚在圣弗朗西斯办理了长期居留手续。吉明前天才从中国返回，直接到了本市。二十分钟前他打电话给 MSD 公司，声称他将自爆身亡以示抗议，动机不详。有传言说他是因为受到不公正的待遇而向上司复仇，这只是一种推测，不一定可靠。请看——"摄像机镜头在她的示意下摇向公司大门口的一辆汽车，"这就是此人将使用的汽车炸弹，汽车两侧都用红漆喷有标语，左侧是英文，在这个方向上看不见；右侧是中文。"她结结巴巴地用汉语念出"替天行道，火烧 MSD"几个音节，又用英文解释道，"汉语中的'天'大致相当于英文中的上帝，或大自然，或二者的结合；汉语中的'道'指自然规律，或符合天意的做法。这幅标语不伦不类，因此不排除这个中国人是一名精神病患者。"

马丁同斯考利远远打了个招呼，努力挤到现场指挥泰勒的旁边。眼前是 MSD 公司新建的双塔形大楼，极为富丽堂皇。双塔间有螺旋盘绕，这是模拟 DNA 双螺旋线的结构。MSD 是世界知名的生物技术公司之一，也是本市财政的支柱。这会儿以公司大门为中心，警员散布成一个巨大的半圆。中国男子声称，他自爆使用的汽车炸弹可能会毁掉整座大楼，所以警员不敢过于靠近。马丁把数码相机的望远镜头对准那辆车，调好焦距。从取景框中分辨出，这是一辆半旧的老式福特，银灰色的车体上用鲜红的漆喷着一行潦草的字迹，马丁只能认出最后的 MSD 三个英文字母。那个中国男子中等身材，黑头发。他站在汽车二十米外，左手持遥控器，右手持扩音器，大声催促："快点出来，再过五分钟我就要起爆啦！"

他是用英文说的，但不是美国式英语，而是很标准的牛津式英语。MSD 公司的职员正如蚁群般整齐而迅速地从侧门撤出来，出了侧门，立即撒腿跑到安全线以外。也有几个人是从正门撤出，这几位正好都是女士，她们胆怯地斜视着盘踞在门口的汽车和中国男子，侧着身子一路小跑，穿着透明丝袜的小腿急速摆动着。那位叫吉明的中国男子倒颇有绅士风度，这会儿特意把遥控器藏到身后，向女士们点头致意。不过女士们并未受到安抚，当她们匆匆跑到安全线以外时，个个气喘吁吁，脸色苍白。

一名警员用话筒喊话，请吉明先生提出条件，一切都可以商量，但吉明根本不加理睬。五十岁的马丁已经是采访老手了，他知道警员的喊话只是拖延时间。这边，狙击手的枪口早就对准了目标，但因为中国男子已事先警告过他的炸弹是"松手即炸"，所以警员们不敢开枪。泰勒警督目光阴沉地盯着场内，显然在等着什么。忽然他举起话机急促地道："'盾牌'已经赶到？好，快开进来！"

人群闪开一条路，一辆警车缓缓通过，径直向吉明开去，泰勒显然松了一口气，马丁也把悬着的心放到肚里。他知道，这种"盾牌97"是前年配给各市警局的高科技装置，它可以使方圆八十米之内的无线电信号失灵，使任何爆炸装置无法起爆。大门内的吉明发现了来车，立即高举起遥控器威胁道："立即停下，否则我马上起爆！"

那辆车似乎因惯性又往前冲了几米，唰地刹住——此时它早已在八十米的作用范围之内了。一位女警员从车内跳下，高举双手喊道："不要冲动，我是来谈判的！"

吉明狐疑地盯着她，严令她停在原地。不过除此之外，他并未采取进一步的应急措施。马丁鄙夷地想，这名中国男子肯定是个"雏儿"，他显然不知道有关"盾牌97"的情况。这时泰勒警督回头低声命令："开枪，打左臂！"

一名黑人狙击手嚼着口香糖，用戴着无指手套的左手比了个"OK"，然后自信地扣下扳机。啪！一声微弱的枪响，吉明一个趔趄，扔掉了遥控器，右手捂住左臂。左臂以一种不自然的角度低垂下来。虽然相距这么远，马丁也看到了他惨白的面容。

周围的人都看到了这个突然变化。当失去控制的遥控器在地上蹦跳时，多数人都恐惧地闭紧眼睛——但并没有随之而来的巨响，大楼仍安然无恙，几乎在枪响的同时，十几名训练有素的警员一跃而起，从几个方向朝吉明扑去。吉明只愣了半秒钟，发狂地尖叫一声，向自己的汽车奔去。泰勒简短地命令：

"射他的腿！"

又一声枪响，吉明重重地摔在地上，不过他并不是被枪弹击倒的。由于左臂已断，他的奔跑失去平衡，所以一起步就栽到地上——正好躲过那颗子弹。随之，他以一个四十六岁的中年人不大可能具有的敏捷从地上弹起，抢先赶到汽车旁边。这时逼近的警员已经挡住了狙击手的视线，无法开枪了。吉明用右手猛然拉开车门，然后从口袋中掏出一只打火机打着，向这边转过身。几十架相机和摄像机拍下了这个瞬间，拍下了那张被发狂、绝望、愤怒、凄惨所扭曲了的面庞，拍下了打火机腾腾跳跃的火苗。泰勒没有料到这个突变，短促地低呼了一声。

正要向吉明扑去的警员都愣住了，他们奇怪吉明为什么要使用打火机，莫非遥控起爆的炸弹还装有导火索不成？但他们离汽车还有三四步远，无论如何来不及制止了。吉明脸上的肌肉抖动着，从牙缝里凄厉地骂了一声。他说的是汉语，在场的人都没听明白他说的是什么。后来，一位来自台湾的同事为马丁译出了摄像机录下的这句话，那是中国男人惯用的咒骂：

"王八蛋……"

吉明把打火机丢到车内，随之扑倒在地——看来他没有打算作自杀式的攻击。车内红光一闪，随即蹿出凶暴的火舌。警员们迅速扑倒，向后滚去，数秒钟后一声响，汽车的残片被抛向空中。不过这并不是高爆炸药，而是汽油的爆炸，爆炸的威力不算大，10米之外的公司大门只有轻微的损伤。

浓烟中，人们看见了吉明的身躯，浑身带着火苗，在烟雾和火焰中奔跑着，辗转着——扑倒，再爬起来；爬起来，再扑倒。这个特写镜头似乎持续了很长时间，实际上却只有几十秒钟。外围的消防队员急忙赶到，把水流打到他身上，熄灭了火焰。四个警察冲过去，把湿漉漉的他按到担架上，铐上手铐，迅速送往医院抢救。

粉状灭火剂很快扑灭了汽车的火焰，围观者中几乎要爆炸的气氛也随之松弛下来，原来并没有什么汽车炸弹！公司员工们虚惊一场，互相拥抱着，开着玩笑，陆续返回大楼。泰勒警督在接受记者采访，他轻松地说，警方事前已断定这不是汽车炸弹，所以今天的行动只能算是一场有惊无险的演习。马丁想起他刚才的失声惊叫，不禁绽出一丝讥笑。

他在公司员工群中发现了公司副总经理丹尼·戴斯。戴斯是MSD公司负责媒体宣传的，所以这张面孔在Z市人人皆知。刚才，在紧张的逃难时，他只是蚁群中的一分子；现在紧张情绪退潮，他卓尔不群的气势就立即显露出来。戴斯近六十岁，满头银发一丝不乱，穿着裁剪合体的暗格西服。马丁同他相当熟稔，挤过去打了招呼：

"嗨，你好，丹尼。"

"你好，莱斯。"

马丁把话筒举到他面前，笑着说："很高兴这只是一场虚惊。关于那名中国男子，你有什么要说的吗？"

戴斯略为沉吟后说："你已经知道他的姓名和国籍，他曾是MSD 驻中国办事处的临时雇员……"

马丁打断他："临时雇员？我知道他已经办了绿卡。"

戴斯不大情愿地承认："嗯，是长期的临时雇员，在本公司工作了七八年。后来他同公司驻中国办事处的主管发生了矛盾，来总部申诉，我们了解了实际情况后没有支持他。于是他迁怒于公司总部，采取了这种过激行为。刚才我们都看到他在火焰中的痛苦挣扎，这个场面很令人同情，对吧？但坦率地说他这是自作自受。他本想扮演殉道者的，最终却扮演了一个小丑。四十六岁了，再改行扮毛头小子，太老了吧！"他刻薄地说，"对不起，我不得不离开了，我有一些紧迫的公务。"

他同马丁告别，匆匆走进公司大门。马丁盯着他的背影冷冷一笑。不，马丁可不是一个雏儿，他料定这件事的内幕不会如此简单。刚才那名中国人的表情马丁看得很清楚，绝望、凄惨、发狂，绝不像一个职业犯罪分子。戴斯是只老狐狸，在公共场合的发言一向滴水不漏，但今天可能是惊魂未定，他的话中多少露出了那么一点马脚。他说吉明"本想扮演殉道者"——这句话就非常耐人寻味。按这句话推测，那个中国人肯定认为自己的行动是正义的，殉道者嘛，那么，他对公司采取如此暴烈的行动肯定有其特殊原因。

马丁在新闻界闯荡了三十年，素以嗅觉灵敏、行文刻薄著称。

在 Z 市的上层社会中，他是一个不讨人喜欢又没人敢招惹的特殊人物。现在，鲨鱼（这是他的绰号）又闻见血腥味啦，他决心一追到底，决不松口，即使案子牵涉他亲爹也不罢休。

仅仅一个小时后，他就打听到，吉明的恐怖行动和 MSD 公司的"自杀种子"有关。听说吉明在行动前曾给地方报社《民众之声》寄过一份传真，但他的声明在某个环节被无声无息地抹掉了。

自杀种子——这本身就是一个带着阴谋气息的字眼儿。马丁相信自己的判断不会错。

圣方济教会医院拒绝采访，说病人病情严重，烧伤面积达89%，其中三度烧伤37%，短时间内脱离不了危险。马丁相信医院说的是实情，不过他还是打通了关节，当天晚上来到病房内。病人躺在无菌帷幕中，浑身缠满了抗菌纱布。帷幕外有一个黑发中年妇人和一个黑发少年，显然也是刚刚赶到，正在听主治医生介绍病情。那位母亲不大懂英语，少年边听边为母亲翻译。妇人被这场突如其来的横祸击蒙了，面色悲苦，神态茫然。少年则用一道冷漠之墙把自己紧紧包裹，看来，他既为父亲羞愧，又艰难地维持着自尊。

马丁在20世纪70年代和90年代去过中国，最长的一次住了半年。所以，他对中国的了解绝不是远景式的、浮浅的。正如他在一篇文章中所说，他"亲耳听见了这个巨大的社会机器在反向或加速运转时，所发出的吱吱嘎嘎的摩擦声"。即使在20世纪70年代那个贫困的、到处充斥"蓝蚂蚁"的中国，他对这个国家也怀着畏惧。想想吧，一个超过世界人口五分之一的民族！靠民族人文思想维持了五千年的向心力！拿破仑说过，当中国从沉睡中醒来时，一定会令世界颤抖——现在它确实醒了，连呵欠都打过啦。

帷幕中，医生正在从病人未烧伤的大腿内侧取皮，准备用这些皮肤细胞培育人造皮肤，为病人植皮。马丁向吉明的妻子和儿子走去，他知道这会儿不是采访的好时机，不过他仍然递过自己的名片。吉妻木然地接过名片，没有说话。吉的儿子满怀戒备地盯着马丁，抢先回绝道：

"我们什么也不知道，你别来打搅我妈妈！"

马丁笑笑，准备施展他的魅力攻势，这时帷幕中传来两声短促的低呼。母子两人同时转过头，病人是用汉语说的，声音很清晰：

"上帝！上帝！"

吉妻惊疑地看着儿子。上帝？吉明在喊上帝？丈夫从来就不是虔诚的基督徒，恰恰相反，他一向对所有的宗教都持一种调侃态度。难道他在大限临近时忽然有了宗教感悟？但母子两人没有时间细想，他们靠近帷幕喊着：

"吉明！""爸爸！"

病床上，在那个被缠得只留下七窍的脑袋上，一双眼睛缓缓睁开了，散视的目光逐渐收拢，聚焦在远处。吉明没有看见妻儿，没有听见妻儿的喊声，也没有看见在病床前忙碌的医护人员。他的嘴唇翕动着，喃喃地重复着四个音节。这次，吉妻和儿子都没有听懂，但身旁不懂汉语的医生却听懂了。他是在说：

"哈利路亚！哈利路亚！"

哈利路亚！

长着翅膀的小天使们在洁白的云朵中围着吉明飞翔，欢快地唱着这支歌。吉明定定神，才看清他是在教堂里，唱诗班的少男少女们张着嘴巴，极虔诚极投入地唱这首最著名的圣诞颂歌《弥塞亚》：

"哈利路亚！世上的国成了我主和主基督的国，他要做王，直到永远永远。哈利路亚！"

教堂的信徒全都肃立倾听。据说1743年英国国王乔治二世在听到这首歌时感动得起立聆听，此后听众起立就成了惯例。吉明被这儿的气氛感动了。这次他从中国回来，专程到MSD公司总部反映有关"自杀种子"的情况。但今天是星期天，闲暇无事，无意中逛到了教堂里。唱诗班的少年们满脸洋溢着圣洁的光辉，不少听众眼中汪着泪水。吉明是第一次在教堂这种特殊氛围中聆听这首曲子，聆听它雄浑的旋律、优美的和声和磅礴的气势。他知道这首合唱曲是德国作曲家韩德尔倾全部心血完成的杰作，甚至韩德尔本人在指挥演奏时也因过分激动而与世长辞。只有在此情景，吉明才真正体会到那种令韩德尔死亡的宗教氛围。

他觉得自己的灵魂也被净化了，胸中鼓荡着圣洁的激情——但这点激情只维持到走出教堂为止。等他看到世俗的风景后，便从刚才的宗教情绪中醒过来。他自嘲地问自己：吉明，你能成为一个虔诚的基督徒吗？

他以平素的玩世不恭给出答复：扯淡。

他在无神论的中国度过了半生。前半生建立的许多信仰如今都淡化了，锈蚀了，唯独无神论信仰坚如磐石。因为，和其他一些流行过的政治呓语不同，无神论对宗教的批判是极犀利、极公正的，且随着时间的推移而愈加坚实。此后他就把教堂中萌发的那点感悟抛在脑后，但他未想到这一幕竟然已经深深烙入他的脑海，在垂死的恍惚中它又出现了。这幅画在他面前晃动，唱诗班的少年又变成了带翅膀的天使。他甚至看到上帝在天国的门口迎接他。上帝须发蓬乱，瘦骨嶙峋，穿着一件苦行僧的褐色麻衣。吉明好笑地、嘲弄地看着上帝，心想，我从未信奉过你，这会儿你来干什么？

他忽然发现上帝并不是高鼻深目的犹太人、雅利安人、高加索人……他的白发中掺有黑丝，皮肤是黄土的颜色，粗糙得像老树的树皮。他表情敦厚，腰背佝偻着，面庞皱纹纵横，像一枚风干的核桃……他分明是不久前见过的那位中原地区的老农嘛，那个顽石一样固执的老人。

上帝向他走近。在响遏行云的赞歌声中，上帝并不快活。他脸上写着惊愕和痛楚，手里捧着一把枯干的麦穗。

枯干的麦穗！吉明的心脏猛然被震撼，向无限深处跌落。

三年前，吉明到中原某县的种子管理站，找到了二十多年未见面的老同学常力鸿。一般来说，中国内地的农业机关都是比较穷酸的，这个县的种子站尤甚。这天正好赶上下雨，院内又在施工，乱得像一个大猪圈。吉明小心地绕过水坑，仍免不了让锃亮的皮鞋溅上泥点。常力鸿的办公室在二楼，相当简朴，靠墙立着两个油漆脱落的文件柜，柜顶放着一排高高低低的广口瓶，盛着小麦、玉米等种子。常力鸿正佝偻着腰，与两位姑娘一起装订文件。他抬头看看客人，尽管吉明已在电话上联系过，他还是愣了片刻才认出老同学。他赶忙站起来，同客人紧紧握手。不过，没有原先想象的搂抱、捶打这些亲昵动作，衣着的悬殊已经在两人之间划出了一道无形的鸿沟。

两个姑娘好奇地打量着两人，确实，他们之间反差太强烈了。一个西装革履，发型精致，肤色保养得相当不错，肚子也开始发福了；另一个黑瘦枯干，皮鞋上落满了灰尘，鬓边已经苍白，面庞饱经风霜。姑娘们喊喳着退出去，屋里两个人互相看看，不禁会心地笑了。

　　午饭是在"老常哥"家里吃的，屋内家具比较简单，带着城乡结合的风格。常妻是农村妇女，手脚很麻利，三下五除二地炒了几个菜，又掂来一瓶赊店大曲。两杯酒下肚后，两人又回到了大学岁月。吉明不住口地感谢"老常哥"，说自己能从大学毕业全是老常哥的功劳！常力鸿含笑静听，偶尔也插一两句话。他想吉明说的是实情。在农大四年，这家伙几乎没有正正经经上过几节课，所有时间都是用来学英语，一方面是练口语，一方面是打探出国门路。那是20世纪70年代末80年代初，学校里学习风气很浓，尤其是农大，道德观念上更守旧一些。同学们包括常力鸿都不怎么认可吉明，嫌他的骨头太轻，嫌他在人生规划上过于精明——似乎他人生的唯一目的就是出国！不过常力鸿仍然很大度地帮助吉明，让他抄笔记，抄试卷，帮他好歹拿到毕业证。

　　那时吉明的能力毕竟有限，到底没办法出国留学。不过，凭着一口流利的英语，毕业两年后他就开始给外国公司当雇员，跳了几次槽，拿着几十倍于常力鸿的工资。也许吉明的路是走对了，也许这种精于计算的人恰恰是时代的弄潮儿？听着两人聊天，外貌木讷实则精明的常妻忽然撂了一句：

　　"老常哥对你这样好，这些年也没见你来过一封信。"

　　吉明的脸唰地红了，这事他确实做得不地道。常力鸿忙为他掩饰："吉明也忙啊，再说这不已经来了吗？喝酒喝酒！"

吉明灌了两杯，才叹口气说："嫂子骂得对，应该骂。不过说实在话，这些年我的日子也不好过呀。每天赔尽笑脸，把几个新加坡的二鬼子当爷敬——MSD驻京办事处的上层都是美国人和新加坡人。我去年才把绿卡办妥，明年打算把老婆儿子在美国安顿好。"

"绿卡？听说你已入美国籍了嘛。"

吉明半是开玩笑半是解气地说："不，这辈子不打算当美国人了，就当美国人的爹吧。"他解释道，这是美国新华人中流行的笑话，因为他们大都保留着绿卡，但儿女一般要入美国籍的。"美国米贵，居家不易。前些天一次感冒花了我一百五十美元。所以持绿卡很有好处的，出入境方便。每次回美国我都大包小包地拎着中国的常用药。"

饭后，常妻收拾起碗筷，两人开始谈正事。常力鸿委婉地说："你的来意我已经知道了，你是想推销MSD的小麦良种。不过你知道，小麦种子的地域性较强，国内只是在新中国成立前后引进过美国、澳大利亚和意大利的麦种，也只有意大利的阿勃、阿夫等比较适合中原地域。现在我们一般不进口麦种，而是用本省培育的良种，像豫麦18、豫麦35……"

吉明打断他的话："这些我都知道——不知道这些我还能做种子生意？不过我这次推荐的麦种确实不同寻常。它的绰号叫'魔王麦'，因为它几乎集中了所有小麦的优点，地域适应性广，耐肥耐旱，落黄好，抗倒伏，抗青干，在抗病方面几乎是全能的，抗条锈，抗叶锈，抗秆锈，抗白粉，仅发现矮化病毒对它有一定威胁……你甭笑。"他认真地说，"你以为我是在卖狗皮膏药？老兄，不能拿老

168

眼光看新事物，这些年的科技发展太可怕了，简直就是神话。我知道毕业后你很努力，还独立育出了一个新品种，推广了几千亩，现在已经被淘汰了。对不对？"这几句话戳到常力鸿的痛处，他面色不悦地点点头。"老兄，这不怪你笨，条件有限嘛。你能采用的仍是老办法，杂交，选育，一代又一代，跟着老天爷的节拍走，最多再加上南北加代繁殖。但 MSD 公司早在三十年前就开始使用基因工程育种。你想要 100 种小麦的优良性状？找出各自的表达基因，再拼接过来就是了。为育出魔王品系，MSD 总共投资了近 20 亿美元，你能和他们比吗？"

常力鸿有点被他说动了。

吉明笑道："你放心吧，我虽然已经成了见钱眼开的商人，好歹是中国人，好歹是你的老朋友，不会骗到老常哥头上的。这样吧，我先免费提供 100 亩的麦种供你们进行检疫试种。明年，我相信你自己会找我买种子，把'魔王麦'扩大到 100 万亩。"

条件这样优惠，常力鸿立即同意了。两人又商量了引进种子资源的例行程序，包括向中国国家种子资源管理处登记并提供样品种子等。正如吉明所料，在商谈中，常力鸿对"魔王麦"属于"转基因作物"这一点没有提出任何异议，他甚至压根儿没提农业部颁发的《农业生物基因工程安全管理实施办法》。在欧洲，这可是个十分敏感的话题。转基因产品在欧洲已经被禁止上市，连试验种植也被受限制，各绿党和环保组织时刻拿眼睛盯着。正是因为如此，MSD公司才把销售重点转向第三世界。

既然常力鸿没有提到这一点，吉明当然不会主动提及。不过吉明并不为此内疚。欧洲对转基因产品的反对，多半是基于"伦理性"

或"哲理性"的，并不是说他们已经发现了转基因产品对人身的危害。吉明一向认为，这种玄而又玄的讨论是富人才配享有的奢侈。对于中国人，天字第一号的问题是什么？是吃饱肚子！何况转基因产品在美国已经大行其道了，美国的食物安全法规也是极其严格的。

两人签协议时，吉明让加上一条"用户不允许使用上年收获的麦子做种"，也就是说，每年的麦种必须向 MSD 公司购买。常力鸿沉吟良久，为难地说：

"老同学，我不愿对你打马虎眼。这个条件当然应该答应，否则 MSD 公司怎么收回投资？可是你知道，中国的农民们是不大管什么信息知识产权的，你能挡住他用自己田里收的麦子做种？谁也控制不住！"

吉明轻描淡写地说："谢谢你的坦率。我在协议中写上这一条，只是作为备忘，表示双方都认可这条规则。至于对农民的控制方法……MSD 会有办法的。"

常力鸿哂笑着看看老同学，不知道他是不是在开玩笑。MSD 公司会有办法？他们能在每粒"未收获"的麦粒上预先埋一个生死开关？不过，既然吉明这样说，常力鸿当然不会再认真考究。

第二天，吉明在紫荆花饭店的雅间里回请了一顿。饭后吉明掏出一个信封："老常哥，我已经混上了 MSD 公司的区域经理，可以根据销售额提成，手头宽裕多了。这 1000 美元是兄弟的一点小意思，权当是大学四年你应得的'保姆费'吧。收下收下，你要拒绝，我就太没面子了。"

常力鸿发觉这位小兄弟已经修炼得太厉害了——他把兄弟情分和金钱利益结合得水乳交融，收下这点"兄弟情分"，明摆着明年你得为他的"销售提成"出力。但在他尚未做出拒绝的决断时，妻子已经眼明手快地接过信封：

"1000美元？等于8000多人民币了吧。我替你常哥收下。"她回头瞪丈夫一眼，打着哈哈说，"就凭你让他抄四年考试卷子，也值这个数了，对不对？"

常力鸿沉下脸，没有再拒绝。

吉明的回忆到这儿卡壳了。这些真实的画面开始抖动、扭曲，上帝的面容又挤进来，惊愕、痛楚，凝神看着死亡之火蔓延的亿万亩麦田。吉明困惑地想，上帝的面容和表情怎么会像那位中原的老农？梦中的上帝怎么会是那个老农的形象？自己与那个老农只有一面之缘呀。

他是在与常力鸿见面的第二年见到那老汉的。头年收获后，完全如吉明所料，魔王麦大受欢迎。常力鸿数次打电话，对这个麦种给出了最高的评价，尤其是麦子的质量好，赖氨酸含量高，口感好，很适于烤面包，在欧洲之外的西方市场很受欢迎。周围农民争着订明年的种子，县里决定推广到全县一半的面积，甚至邻县也在挤着上这辆巴士。第二年做成了50万吨麦种的生意，他的信用卡上也因此添了一大笔进项。但是，第二次麦播的五星期后，常力鸿十万火急地把他唤去。

仍是在老常哥家吃的饭。他进屋时，饭桌上还没摆饭，摆的是几十粒从麦田挖出来的死麦种。它们没有发芽，表层已略显发黑。常力鸿脸色很难看，但吉明却胸有成竹，他问："今年从MSD购进的种子都不发芽吗？"

171

"不，只有 1000 亩左右。"

吉明不客气地说："那就对了！我敢说，这不是今年从我那儿买的麦种，是你们去年试种后收获的第二代的魔王麦！你不会忘吧，合同中明文规定，不能用收获的麦子做种，MSD 公司要用技术手段保证这一点。"

常力鸿很尴尬。吉明说得一点都不错，去年收的魔王麦全都留做种子了，谁舍得把这么贵重的麦子磨面吃？说实话，常力鸿压根儿没相信 MSD 能用什么"技术手段"做到这一点，也几乎把这一条款给忘了。他讪讪地收起死麦种，喊妻子端饭菜，一边嗫嚅地问："我早对你说过的，我没法让农民不留种。MSD 公司真的能做到这一点？他们能在每一粒小麦里装上自杀开关？"

吉明怜悯地看着老同学。上农大时常力鸿是出类拔萃的，但在这个闭塞的中国县城里憋了二十年，他已远远落后于外面的世界了。吉明对老同学耐心地讲了"自杀种子"的机理：

"能，基因工程没有办不到的事。这种'自杀种子'的育种方法是：从其他植物的病株上剪下导致不育的毒蛋白基因，组合到小麦种子中，同时再插入两段基因编码，使毒蛋白基因保持休眠状态。直到庄稼成熟时，毒素才分泌出来杀死新种子。所以，毒蛋白只影响种子而不影响植株。"

常力鸿听得瞪圆了眼睛——这简直是天方夜谭嘛。他不解地问："如果收获的都是死麦粒，MSD 公司又是怎样获得种子呢？"

"很好办。MSD 公司在播种时，先把种子浸泡在一种特别溶液中，诱发种子产生一种酶来阻断那段 DNA，自杀指令就不起作用了。当然，这种溶液的配方是绝对保密的。"

"麦粒中有这种毒蛋白，还敢食用吗？"

"能。这种毒蛋白对人体完全无害，你不必怀疑这一点，美国的食品法是极其严格的。"吉明笑着说，"实际上我只是鹦鹉学舌，深一层的机理我也说不清，甚至连 MSD 这样顶尖的公司，也是向更专业的密西西比州德尔公司购买的专利。知道吗？单单这一项专利就花了 10 亿美元！这些美国佬真是财大气粗啊。"

常妻一直听得糊里糊涂，但这句话她听清了："10 亿美元？ 80 多亿人民币？天哪，要是用 100 元的票子码起来，能把这间屋子都塞满吧！"

吉明失笑了："哈，那可不知道，我从来没有从这个角度考虑过，因为这么大数额的款项不可能用现金支付。不过……大概能装满吧。"

"80 亿！这些大鼻子指望这啥子专利赚多少钱，敢这样胡花！"

吉明忍俊不禁："嫂子别担心，他们赚得肯定比这多。美国人才不干傻事呢。"

常力鸿的表情可以说是目瞪口呆。不过，他的震惊显然和妻子不同，是另一个层面上的。愣了很久他才说："美国的科学家……真的能这样干？"

"当然！基因工程已经成了神通广大的魔术棒，可以对上帝创造的生命任意删削、拼装、改良。说一个不是玩笑的玩笑，你就是想用蛇、鱼、鹿、虎等动物的基因拼出一条有角有鳞有爪的'活着的'中国龙，从理论上说也是办得到的。"

常力鸿不耐烦地说："我不是这个意思。我是说……"他卡住了，艰难地寻找着能确切表达他想法的词句，"我是说，美国科学家竟然开发这样缺德的技术?"

吉明一愣,对"缺德"这个字眼多少有些冒火。他平心静气地说:"咋是缺德?他们在魔王品系上投入了近20亿的资金,如果所有顾客都像你们那样只买一次种子,这些巨额投入如何收回?如果收不回,谁会再去研究?科学发展不是要停滞了吗?这是文明社会最普通的道德规则,再正常不过的。"

常力鸿有点焦躁:"不,这也不是我的意思。我是说——"他再次艰难地寻找着词句,"我是说,他们为了赚钱,就不惜让某种生命断子绝孙?这不是太霸道了吗,这不是逆天行事吗?俗话说,上天有好生之德,连封建皇帝还知道春天杀生有干天和哩。"

吉明这才摸到老同学的思维脉络,他微嘲道:"真没想到,你也有闲心来进行哲人的思辨。这倒让我想起一件事。有一次我在飞机上邂逅了一位西班牙作家,听说还是王室成员。他的消息竟然相当闭塞,听我介绍了'自杀种子'的情况后大为震惊,连声问:'现代科学真的能做到这种不可思议的事情?'我讲了很久,他终于相信了,沉思良久后感慨地说:人类是自然界最大的破坏者,它在自己的成长过程中消灭了数以百万计无辜的生物。即使少数随人类广泛传播的生物,如小麦、稻子等,实际上也算不上幸运者,它们的性状等都被特化了,它们的'野生'生命力被削弱了。不过,在'自杀种子'诞生之前的种种人类行为毕竟还是有节制的,因为人类毕竟还没有完全剥夺这些生命的生存能力和生存权利。现在变了,科学家开始把某种生命的生存能力完全掌握到人类手中,建立在某种'绝对保密'的技术上,这实在是太霸道了——你看,这位西班牙人所用的词和你完全一样!"吉明笑道,"不过依我看来,这种玄思遐想全是吃饱了撑的。"

常力鸿沉着脸默然良久，才恼怒地说："反正我觉得这种方法不地道。去年你该向我说清的，如果那时我知道，我一定不会要这种'自杀种子'。"

吉明也觉得理屈。的确，为了尽量少生枝节做成买卖，当初他确实没把有关'自杀种子'的所有情况都告诉老同学。饭后两人到不发芽的麦田里看了看，就是在那儿，吉明遇见了那位不知姓名的、后来在他的幻觉中化为上帝的老农。当时他伛偻着身体蹲在地上，正默默察看不会发芽的麦种，别的麦田里，淡柔的绿色已漫过泥土，而这里仍是了无生气的褐色。那个老农看来同常力鸿很熟，但这会儿对他满腹怨恨，只是冷淡地打了个招呼。他又黑又瘦，头发花白，脸上皱纹纵横，比常力鸿更甚，使人想起一幅名叫《父亲》的油画。青筋暴露的手上捧着几粒死麦种，伤心地凝视着。常力鸿在他跟前根本挺不起腰杆，表情讪讪地勉强辩解说：

"大伯，我一再交代过，不能用上次收的麦子做种……"

"为啥？"老汉直撅撅地顶回来，"秋种夏收，夏收秋种。这是老天爷定的万古不变的规矩，咋到你这儿就改了呢？"

常力鸿哑口了，回头恼怒地看看吉明。吉明也束手无策：你怎么和这头犟牛讲理？什么专利什么信息什么文明社会的普遍规则，再雄辩的道理也得在这块顽石上碰卷刃。但看看常力鸿的表情，他只好上阵了。他尽量通俗地把种子的自杀机理讲了一番。老汉多少听懂了，他的表情几乎和常力鸿初听时一个样子，连说话的字眼儿都相近：

"让麦子断子绝孙？咋这样缺德？干这事的人不怕生儿子没屁

175

眼儿？老天在云彩眼儿里看着你们哩。"

吉明顿时哑口无言！只好狼狈撤退。走出老汉视线后，他们站在地埂上，望着正常发芽的千顷麦田。这里的绿色显得十分强悍，充盈着勃勃的生命力。常力鸿忧心忡忡地看着，忽然问：

"这种自杀基因……会不会扩散？"

吉明苦笑着想，这个困难的话题终于没能躲过："不会的，老同学，你尽管放心。美国的生物安全法规是很严格的。"他老实承认道，"不错，也有人担心，含有自杀基因的小麦花粉会随风播撒，像毒云笼罩大地，使万物失去生机。印度、希腊等地还有人大喊大叫，要火葬 MSD 呢。但这些都是没有根据的臆测。当然，咱们知道，小麦有千分之四到千分之五的异花传粉率，但是根本不必担心自杀基因会因此传播。为什么？这是基于一种最可靠的机理，假设某些植株被杂交出了自杀基因，那么它产生的当然是死种子，所以传播环节到这儿一下子就被切断了！也就是说，自杀基因即使能传播，也最多只能传播一代，然后就自生自灭了。我说得对不对？"

常力鸿沉思一会儿，点点头。没错，吉明的论断异常坚实有力，完全可信，但他心中仍有说不清道不明的担忧。他也十分恼火，去年吉明没有把全部情况和盘托出，做得太不地道。不过他无法去埋怨吉明，归根结底，这事只能怪自己愚蠢，怪自己孤陋寡闻，怪自己不负责任考虑不周全。有一点是肯定的，经过这件事，他与吉明之间的友谊是无可挽回了。送吉明走时，他让妻子取出那 1000 美元，冷淡地说：

"上次你留下这些钱，我越想越觉得收下不合适，务必请你收回。"

常力鸿的妻子耷拉着眼皮，满脸不情愿的样子。她肯定不想失去这1000美元，肯定在里屋和丈夫吵过闹过，但在大事上她拗不过丈夫。吉明知道多说无益，苦笑着收下钱，同两人告辞。

此后两人的友谊基本上断裂了，但生意上的联系没有断。因为这种性能极优异的麦种已在中原地区打开了市场，订货源源不断。吉明有时解气地想，现在，即使常力鸿暗地里尽力阻挠订货，他也挡不住了！

到第二年的5月，正值小麦灌浆时，吉明又接到常力鸿一个十万火急的电话："立即赶来，一分钟也不要耽误！"吉明惊愕地问是什么事，那边怒气冲冲地说："过来再说！"便啪地挂了电话。

吉明星夜赶去，一路上心神不宁。他十分信赖MSD公司，信赖公司对魔王小麦的安全保证。但偶尔地、心血来潮地也会绽出那么一丝怀疑。毕竟这种"断子绝孙"的发明太出格了，科学史上从来没有过，会不会……他租了一辆出租，赶到出事的田里。在青色的麦田里，常力鸿默默指着一小片麦子。它们显然与周围那些生机盎然的麦子不同，死亡之火已经从根部悄悄蔓延上去，把麦秆烧成黄黑色，但麦穗还保持着青绿。这让人产生一种怪异的视觉上的痛苦。这片麦子范围不大，只有三间房子大小，基本上形成一个圆形。圆形区域内有一半是病麦，另一半仍在茁壮成长。

常力鸿的脸色阴得能拧下水儿，目光深处是沉重的忧虑，甚至是恐惧。吉明则是莫名其妙，端详了半天，奇怪地问："找我来干什么？很明显，这片死麦不是MSD的魔王麦。"

"当然不是，是本地良种，豫麦41。"

"那你十万火急催我来干什么？让我帮你向国外咨询？没说的，

我可以……"

常力鸿焦急地打断他："这是种从没见过的怪病。"他瞅瞅吉明，一字一句地说，"去年这里正好种过自杀麦子。"

吉明一愣，不禁失声大笑，"你的联想太丰富了吧。我在专业造诣上远不如你，但也足以做出推断。假如——我是说假如——自杀小麦的自杀基因能够通过异花传粉来扩散，传给某几株豫麦41号麦子，这些被传染的麦子被收获，贮藏到麦仓里，装上播种机，然后——有病的麦粒又恰巧播到同一块圆形的麦田？有这种可能吗？"他讪笑地看着老同学。

"当然不会——但如果是通过其他途径呢？"

"什么途径？"

"比如，万一自杀小麦的毒素渗透出来，正好污染了这片区域？"

"不可能，这种毒素只是一种蛋白质，它在活植株中能影响植株生理进程，但进到土壤中就变成了有机物肥料，绝不会成为毁灭生命的杀手。老同学，你一定是走火入魔了，一小片麦子的死亡很可能是其他原因造成的，你干吗非要和 MSD 过不去呢？"

常力鸿应声道："因为它的自杀特性叫人厌恶！"他恨恨地说，"自杀小麦——这是生物界中的邪门歪道。当然，你说了很多有力的理由，我也相信，不过我信奉这一点：世界上没有绝对安全的防范。既然这么一个邪魔已经出世，总有一天它会以某种方法跳出来兴风作浪。"

"不会的……"

"你肯定不会？你是上帝还是老天爷？"常力鸿发火了，"不要说这些过头话！老天爷也不敢把话说得这样满。"停停他放缓了语气说，"我并不是说这些麦子一定死于自杀毒素——我巴不得这样呢。"他苦笑道，"毒素致死并不可怕，最多就是遗祸于种过自杀小麦的麦田嘛。可怕的是如果它们靠基因方式传播，那样，一个小火星就能烧掉半个世界，就像黑死病、艾滋病一样。"

他为这种前景打了一个寒战。吉明沉默了一会儿说："我就是不相信。这种小麦已经在不少国家种过多年，从没出过什么意外。不过，听你的，需要我做些什么？"

"请你立即向 MSD 公司汇报，派专家来查明此事。如果和'自杀种子'无关，那我就要烧香拜佛了。否则……我就是十恶不赦的罪人。"常力鸿苦涩地说。

"没问题。"吉明很干脆地说，"我责无旁贷。别忘了，虽然我拿着美国绿卡，拿着 MSD 的薪水，到底这儿是我的父母之邦啊。你保护好现场，我马上到北京去找 MSD 办事处。"他笑着加了一句，"不过我还认为这是多虑。不服的话咱们赌一次东道。"

常力鸿没响应他的笑话，默默同他握手告别。吉明坐上出租，很远还能看见那佝偻的半个身体浮现在麦株之上。

电梯快速向银都大楼二十七层升去。乍从常力鸿那儿回来，吉明觉得一时难以适应两地的强烈反差。那儿到处是粗糙的面孔、深陷的皱纹。而这里，电梯里的男男女女都一尘不染，衣着光鲜，皮肤细嫩。吉明想，这两个世界之中有些事难以沟通，也是情理之中的。

MSD 驻京办事处的黄得维是他的顶头上司。黄很年轻，三十二岁，肚子已经相当发福，穿着吊裤带的加肥裤子。他向吉明问了辛苦，客气中透着冷漠，吉明在心中先骂了一句"二鬼子"，他想自己在 MSD 工作八年，成绩卓著，却一直升不到这个二鬼子的位置上。为什么？这里有一个人人皆知又心照不宣的小秘密：美国人信任新加坡人、中国台湾和中国香港人，远甚于中国大陆人。

尽管满肚子腹诽，吉明仍恭恭敬敬地坐在这位年轻人面前，详细汇报了中原的情况。

"不会的，不会的。"黄先生从容地微笑着，细声细语地列举了反驳意见——正是吉明对常力鸿说过的那些。

吉明耐心地听完，说："对，这些理由是很有力的。但我仍建议公司派专家实地考察一下。万一那片死麦与'自杀种子'有关呢？再进一步，万一自杀特性确实是通过基因方式扩散出去呢，那就太可怕了。那将是农作物中的艾滋病毒！"

"不会的，不会的。"

"我也是这么认为的，不过，是否向总部……"

黄先生脸色不悦地说："好的，我会向公司总部如实反映的。"他站起身来，表示谈话结束。

吉明到其他几间屋子里串了一下，同大家寒暄几句，他在 MSD 总共干了八年，五年是在南亚，三年是在中国。但他一直在各地跑单帮，在这儿并没有他的办公桌，与总部的职员们大都是工作上的泛泛之交，只有从韩国来的朴女士同他多交谈了一会儿，告诉他，他的妻子打电话到这儿问过他的去向。

回到下榻的天伦饭店，他首先给常力鸿挂了电话，常力鸿说他刚从田里回来，在那片死麦区之外把麦子拔光，建立了一圈宽 100 米的隔离环带。他说原先曾考虑把这个情况先压几天，等 MSD 的回音，但最终还是向上级反映了，因为这个责任太重！北京的专家们马上就到。他的语气听起来很疲惫，带着焦灼，透着隐隐的恐惧。吉明真的不理解他何以如此——他所说的那种危险毕竟是很渺茫的，死麦与自杀基因有关的可能也是微乎其微的。吉明安慰了他，许诺一定要加紧催促那个"二鬼子"。

随后他拨通了旧金山新家的电话，妻子说话的声音带着睡意，看来正在睡午觉，移民到美国后，妻子没有改掉这个中国的习惯。这也难怪，她的英语不行，到现在还没找到工作，整天在家里闲得发慌。妻子说，她已经找到两个会说中国话的华人街邻，太闷了就开车去聊一会儿。"我在努力学英语，小凯——我一直叫不惯儿子的英文名字——一直在教我。不过我太笨，学得太慢了。"停了一会儿，她忽然冒出一句，"有时我琢磨，我巴巴地跑到美国来蹲软监，到底是图个啥哟。"

吉明只好好言好语地安慰一番，说："再过两个月就会习惯的。这样吧，我准备提前回美国休年假，三天就会到家的。好吗？不要胡思乱想，吻你。"

常力鸿每晚一个电话催促。吉明虽然心急如焚，也不敢过分催促黄先生。他问过两次，黄先生都说：马上马上。到第三天，黄先生才把电话打到天伦饭店，说，已经向本部反映过了，公司认为不存在你说的那种可能，不必派人来实地考察。

吉明大失所望。他心里怀疑这家伙是否真的向公司反映过，或者是否反映得太轻描淡写。他不想再追问下去，作为下级，再苦苦追逼下去就逾线了。但想起常力鸿那副苦核桃般的表情，实在不忍心拿这番话去搪塞他。他只好硬起头皮，小心翼翼地说：

"黄先生，正好我该回美国度年假，是否由我去向总部当面反映一次。我知道这是多余的小心，但……"

黄先生很客气地说："请便。当然，多出的路费由你自己负担。"啪地挂了电话。吉明对着听筒愣了半晌，才破口大骂：

"混蛋，狗仗人势的东西！"

骂完一番，吉明心里才多少畅快了一些。第二天，他向常力鸿最后通报了情况，便坐上去美国的班机。到美国后，他没有先回旧金山，而是直奔 MSD 公司所在地 Z 市。不过，由于心绪不宁，他竟然忘了今天恰好是星期天。他只好先找一个中国人开的小旅店住下。这家旅店实际是一套民居，老板娘把多余的二楼房屋出租，屋内还有厨房和全套的厨具。住宿费很便宜，每天 25 美元，还包括早晚两顿的免费饭菜——当然，都是大米粥、四川榨菜之类极简单的中国饭菜。老板娘是大陆来的，办了这家号称"西方招待所"的小旅店，专门招揽刚到美国、经济比较窘迫的中国人。这两年，吉明的钱包已经略微鼓胀了一点儿，不过他仍然不改往日的节俭习惯。

饭后无事，吉明便出去闲逛。这儿教堂林立，常常隔一个街区就露出一个教堂的尖顶。才到美国时，吉明曾为此惊奇过。他想，被这么多教堂所净化了的美国先人，怎么可能建立起历史上最丑恶的黑奴制度？话说回来，也可能正是由于教堂的净化，美国人才终于和这些罪恶告别？

他忽然止住脚步。他听到教堂里正在高唱"哈利路亚"。这是圣诞颂歌《弥赛亚》的第二部分《受难与得胜》的结尾曲，是全曲的高潮。哈利路亚！哈利路亚！气势磅礴的乐声灌进他的心灵……

他的回忆又回到起点。上帝向他走来，苦核桃似的中国老农的脸膛，上面刻着真诚的惊愕和痛楚……

第二天，莱斯·马丁再次来到 MSD 大楼。大楼门口被炸坏的门廊已经修复，崩飞的大理石用生物胶仔细地粘好，精心填补打磨，几乎没留下什么痕迹。不过马丁还是站在门口凭吊了一番。就在昨天，一辆汽车还在这儿凶猛地燃烧呢。

秘书是个风韵犹存的半老徐娘，她礼貌地说，戴斯先生正在恭候，但他很忙，请不要超过十分钟时间。马丁笑着说，请放心，十分钟足够了。

戴斯的办公室很气派，面积很大，正面是一排巨大的落地长窗，Z 市风光尽收眼底。戴斯先生埋首于一张巨大的楠木办公桌，一面不停手地挥写着，一面说："请坐，我马上就完。"

戴斯实在不愿在这个时刻见这位尖口利舌的记者，肯定这是一次困难的谈话，但他无法拒绝。这家伙不是那么容易打发的。在戴斯埋首写字时，马丁怡然地坐在对面的转椅上，略带讥讽地看着戴斯忙碌——他完全明白这只是一种做派。当戴斯终于停笔时，马丁笑嘻嘻地说："我已经等了三分钟，请问这三分钟可以从会客的十分钟限制中扣除吗？"

戴斯一愣，笑道："当然。"他明白自己在第一回合中落了下风。秘书送来咖啡，然后退出。马丁直截了当地说：

"我已获悉，吉明在行动前，给本地的《民众之声》报发了传真，公布了他此举的动机，但这个消息被悄悄地捂住了。上帝呀，能做到这一点太不容易啦！MSD 公司的财务报表上，恐怕又多了一笔至少六位数的开支吧?"

戴斯冷静地说:"恰恰相反,我们一分钱都没花。该报素以严谨著称,他们不愿因草率刊登一则毫无根据的谣言而使自己蒙羞,也不愿引起 MSD 股票下跌,这会使 Z 市许多人失去工作。"

"是吗?我很佩服他们的高尚动机。这么说,那个中国人闹事是因为'自杀种子'啰?"马丁突兀地问。

戴斯默认了。

"据说那个中国佬担心自杀基因会扩散,也据说贵公司技术部认为这是根本不可能的。可惜我一直不明白,这么一个相对平和的纯技术性的问题,为什么会导致吉明采取这样过激的行为?这里面有什么外人不知道的内情吗?"

戴斯镇定地说:"我同样不理解,也许吉明的神经有问题。"

"不会吧,我知道 MSD 为魔王系列作物投入了巨资,单单买下德尔公司的这项专利就花了 10 亿美元。现在,含自杀基因的商业种子的销售额已占贵公司年销售额的 60% 以上,大约为 70 亿美元。如此高额的利润恐怕足以使人铤而走险了,比如说,"他犀利地看着戴斯,"杀人灭口。据我知道,在事发前的那天晚上,吉明下榻的旅店房间里恰巧发生了行窃和火灾。也许这只是巧合?"

戴斯在他的逼视下毫不慌乱:"我不知道。即使有这样的事情,也绝不是 MSD 干的。我们是一个现代化的跨国公司,不是黑手党的家族企业。如果竟干出杀人灭口的事,一旦败露,恐怕损失就不是 70 亿了。马丁先生,我们不会这么傻吧?"

马丁已站起来,笑吟吟地说:"你是很聪明的,但我也不傻,再见。我不会就此罢休的,也许几天后我会再来找你。"

他关上沉重的雕花门，对秘书小姐笑道："十分钟。一个守时的客人。"秘书小姐给出了一个礼节性的微笑。马丁出了公司便直奔教会医院。昨天他已马不停蹄地走访了吉明的妻子，走访了吉明下榻旅店的老板娘。正是那个老板娘无意中透露，那晚有人入室行窃，吉明用假火警把窃贼吓跑了。财物没有损失，所以她没有报案。"先生，"她小心地问，"真看不出吉明会是一个恐怖分子，他很随和，也很礼貌。他为什么千里迢迢地跑来和MSD过不去？"

"谁知道呢，这正是我要追查的问题。"马丁没有向老板娘透露有关"自杀种子"的情况，因为她也是华人。

三天前，也就是星期一的下午，吉明按照约定的时间来到MSD大楼。秘书同样说明他只有十分钟的谈话时间。吉明已经很满意了，这十分钟是费了很多口舌才争取到的。

戴斯先生很客气地听完他的陈述，平静地告诉他，所有这些情况，公司驻北京办事处都已经汇报过了，那儿的答复也就是公司的答复。魔王系列商业种子的生物安全性早已经过近十年的验证，对此不必怀疑。中国那片小麦的死亡肯定是由于其他病因，因为不是本公司的麦种，我们对此不负责任。

他的话语很平和，但吉明能感到一种巨大的压力，这压力来源于戴斯先生本人以及这间巨型办公室无言的威势。他知道自己该知趣地告辞了，该飞到旧金山去享受天伦之乐，妻子还在盼着呢。但想起常力鸿那双焦灼的负罪般的眼睛，他又硬着头皮说："戴斯先生，你的话我完全相信。不过，为确保万无一失，能否……"

戴斯不快地说："好吧，你去技术部找迈克尔·郑，由他相机处理。"

吉明感激涕零地来到技术部。迈克尔·郑是一位黑头发的亚裔，大约四十岁，样子很忠厚。吉明很想问问他是中国人还是韩国人，但最终没开口。他想在这个比较敏感的时刻，与郑先生套近乎没有什么好处。

迈克尔很客气地接待了他。看来，他对这件事的根根梢梢全都了解。他很干脆地吩咐吉明从现场取几株死的和活的麦株，连同根部土壤，密封好送交北京办事处，他们自会处理的。吉明忍不住问：

"能否派一个专业人士随我同去？我想，你们去看看现场会更有把握。"

郑先生抬头看看他，言简意赅地说："去那儿不合适。也许会有人抓住'MSD 派人到现场'这件事大做文章。"

吉明恍然大悟！看来，对于那片死麦是否同自杀基因有关，MSD 公司并不像口头上说的那样有把握。不过他们最关心的不是自杀邪魔是否已经逃出魔瓶，而是公司的信誉和股票行情，作为一个低级雇员，他知道自己人微言轻，说也无用。而且还有一个最现实的危险悬在他的头上：被解雇。他刚把妻儿弄到美国安顿好，手头的积蓄已经所剩无几了。他可不敢拿自己的饭碗开玩笑，于是他犹豫片刻，诚恳地说：

"我会很快回中国去完成你的吩咐。不过我仍然斗胆建议，公司应给予更大的重视，假如万一……我是为公司的长远利益考虑。"

迈克尔未置可否，礼貌周到地送他出门。

夜里吉明同常力鸿通了电话，通报了这边的进展。从常力鸿的语气中还是能触摸到那种沉重的焦虑，尤其是他烧灼般的负罪感，阴暗的气息甚至透过越洋电话都能嗅出来。常力鸿说这些天他发疯般地查找有关基因技术的最新情报，查到了一篇四年前的报道（他痛恨地说，我为什么不早早着手学一点新东西？）：英国科学家发现，某些病毒或细菌可以在植物之间"搬运"基因——它们侵入某个植物的细胞后，在非常罕见的情况下，可以俘获这个细胞核内的某个基因片段，当植物繁殖时，这些外来基因也能向下一代表达。等后代病毒或细菌再侵入其他植株的细胞时，同样在非常罕见的情况下，这些基因片段会转移到宿主细胞中。当然，这个过程全部完成的概率是更为罕见的，但终归有这种可能。而且，考虑到微生物基数的众多及时间的漫长，这种转移就不算罕见了。实际上，多细胞生物的出现就是单细胞生物的基因融合的结果，甚至直到今天，动物细胞中的线粒体还具有"外来物"的痕迹，还保持着自己独特的DNA结构和单独的分裂增生方式。当然，今天的自然界中，不同种的动植物个体之间很难杂交，这种"种间隔绝"是生物亿万年进化中形成的保护机制。但在细胞这个层次，所有生物（动物、植物、微生物）细胞都能极方便地杂交融合，这在试验室里已经是司空见惯的事。

"中国科学院遗传研究所的专家们非常怀疑死麦株中包含有自杀基因，他们正在查证。"常力鸿苦涩地说，"至于这种基因是如何扩散到豫麦41中的，有人怀疑是通过小麦矮化病病毒做中介。这一点还没有得到证实，也没有进一步扩大的征兆。但是，最终结果谁敢预料呢。如果这片死亡之火烧遍大地……我是个浑蛋透顶、死有余辜的家伙！"

吉明满脸发烧，他觉得这句话不该骂常力鸿而是应该骂自己。他对 MSD 公司开始滋生强烈的愤恨。不错，自己不了解这种由微生物"搬运"基因的可能性，但公司造诣精深的专家们肯定知道呀。既然知道，他们还信誓旦旦地一口一个"绝不可能"？他决定明天再去公司催逼，这次豁上被解聘！

夜里他一直睡不安稳，梦中到了天国和地狱的岔路口，俯瞰家乡的千里绿野。忽然，一股黑色的死亡之火穷凶极恶地卷地而来，所有麦子、稻子甚至禾本科的杂草，都被烧枯，自然界失去了生机……他从噩梦中醒来，再也睡不着，心情十分烦躁。夜深人静，耳朵格外灵敏。他忽然听见汽车的轰鸣声，汽车在近处停下，少顷，有极轻微的窸窣声从窗外传来。

吉明蓦地提高了警觉。他知道窗外的楼下是一片草坪，因为久未刈割已长得很深。是谁半夜跑到这儿？窸窣声显然是向二楼来了。他轻手轻脚地走到阳台，向下窥望，一个身穿黑衣的人正沿着墙壁的拐角向楼上爬，动作十分轻巧敏捷。吉明的头嗡地涨大了，虽然他还不相信此人是冲他而来——那除非是 MSD 公司雇用的杀手——但本能告诉他，恐怕这不是一个普通的窃贼。惶悚无计，他轻轻退回去，在毛巾被下塞了几件衣服，伪装成睡觉的样子，又溜到厨房的案板后，拎起一把厨刀，从厨案后露出一只眼睛，紧张地注视着阳台。

那人果然是冲这儿来的。两分钟后他跃进窗内，落地时几乎没有一丝声响。他戴着面具，右手向上斜举着一把带消声器的手枪。他沉下身听听屋内的动静，左手从口袋里掏出一方手帕（那上面肯定有强力麻醉剂或毒药），轻轻向床边摸去。

不用说，这是一个杀手而不是窃贼。吉明的心狂跳着，紧张地思索对策。他敢肯定，杀手在发现床上的伪装后决不会罢手的，自己真的靠一把厨刀和他拼命？忽然他看见微波炉，顿时有了主意。他顺手拎起一瓶清洁剂放到炉内，按下触摸式微波开关，然后轻手轻脚溜到了卫生间。

　　杀手已发现毛毯下似乎有异常，轻轻揭开毛毯，立时警觉地回身，平端手枪，开始搜索。他听到了微波炉烤盘转动的轻微声响，擦着墙边慢慢走过去。这儿没有人影，只有一台中国产的格兰仕微波炉上的计时器在闪烁着。杀手在微波炉前略微沉吟，忽然悟到其中的危险，急忙向后撤，就在这时炉内訇然爆炸，炉门被冲开，蒸汽和水流四处飞溅，天花板上的火警传感器凄厉地尖叫起来。

　　杀手知道今天不能得手了，他迅即后退，轻捷地跃过窗户。吉明从卫生间的门缝中窥到这一幕，便几步跃到阳台上。杀手正用双手双膝夹着墙角飞快下滑，几天来窝在吉明心中的闷火终于爆发了，他忘了危险，破口大骂道：

　　"你个王八蛋！"

　　他恶狠狠地把厨刀掷下去。看来他掷中了，杀手从墙角突然滑下去，沉重地跌坐在草地上。但随即从地上弹起，逃走了，奔跑姿势很不自然，看来伤势不轻。

　　吉明十分解气，几天来的郁闷总算得到发泄。一直到消防车的笛声响起，他才从胜利的亢奋中惊醒，也开始感到后怕。有人在敲他的房门：

　　"吉先生，吉先生，快醒醒，你的屋中冒烟了！"

　　在打开房门前吉明做出决定，对老板娘隐瞒真情。他打开门，赔着笑脸说，刚才有一个窃贼入室，只好用假火警把他吓走。"损坏的微波炉我会照价赔偿，现在请消防车返回吧。"

消防车开走了，老板娘在屋里察看一番，埋怨几句，又安慰几句，也离开了。吉明独坐在高背椅上，想起几天来的遭遇，心头的恨意一浪高过一浪。平心而论，他没有做错任何事呀。他只不过反映了一个真实的问题，他其实是维护了 MSD 公司的长远利益。但他没想到，仅仅由于这些行为，他就被 MSD 派人暗杀！现在他已不怀疑，幕后主使人肯定是 MSD 公司。是为了上百亿的利润，还是有更大的隐情？

怒火烧得他呼哧呼哧喘息着。怎么办？他忽然想起印度曾有"火烧 MSD"的抗议运动，也许，用这种办法把这件事捅出去，公开化，才能逼他们认真处理此事，自己的性命也才有保障。

说干就干。第二天上午，一辆装有两箱汽油和遥控起爆器的福特牌汽车已经备好。上午 8 点，他把车开到 MSD 公司的门口。他掏出早已备好的红色喷漆筒，在车的两侧喷上标语。车左是英文："BURN（烧死）MSD！"车右的标语他想用中文写，写什么呢？他忽然想到常力鸿和那个老农，想起两张苦核桃似的脸庞，想起老汉说的："老天爷在云彩眼儿里看着你们哩！"马上想好了用词，于是带着快意挥洒起来。

门口的警卫开始逼近，吉明掏出遥控器，带着恶意的微笑向他们扬了扬。两个警卫立即吓住，其中一名飞快地跑回去打电话。吉明把最后一个字写完，扔掉喷筒，从车内拿出扩音话筒……

马丁赶到医院，医生告诉他，病人的病情已趋稳定，虽然他仍昏迷着，但危险期已经过去了。马丁走进病房，见吉妻穿着白色的无菌服，坐在吉明床前，絮絮地低声说着什么。输液器中液滴不疾不徐地滴着。病人睁着眼，但目光仍是空洞的，迷茫的，呆呆地盯视着远处。从表情看，他不一定听到了妻子的话。

心电示波器上的绿线飞快地闪动着，心跳频率一般为每分钟100次，这是感染发烧引起的。一名戴着浅蓝色口罩的护士走进帷幕，手里拿着一支粗大的针管。她拔掉输液管中部的接头，把这管药慢慢推进去，然后，她朝吉妻微笑点头，离开了。马丁心中忽然一震，想起一件大事。这些天竟然没想到这一点，实在是太迟钝了！他没有停留，转身快步出门，在马路上找到一个最近的电话亭，拨通了麦克因托侦探事务所的电话。他告诉麦克因托，立即想办法在圣方济教会医院三楼的某个无菌室里安装一个秘密摄像机，实行二十四小时的监视。"因为，据我估计，还会有人对这个名叫吉明的中国佬进行暗杀。你一定要取得作案时的证据，查出凶手的背景。"

麦克因托说："好，我立即派人去办。但如果确实有人来暗杀，我们该怎么办，是当场制止，还是通知警方？"

马丁毫不犹豫地说："都不必，你们只要取得确凿证据就行了。那个中国佬并没给我们付保护费。记住，不要惊动任何人。"

"好——吧。"麦克因托迟疑地说。

吉明仍拒绝清醒。他的灵魂在生死之间、天地之间、过去未来之间踯躅。四野茫茫，天地洪荒。我是在奔向天国，还是奔向地狱？不过，他没忘时时拨开云雾，回头看看自己的故土，看黑色的瘟疫是否已摧残了碧绿的生命。他曾经尽力逃离这片贫困的土地——不过，这仍然是他的故土啊。

昏迷中，能时时听到医护人员像机器人般的呓语，后来这声音变成了妻子悲伤的絮语。他努力睁开眼睛，但是看不到妻子的面容。他太累了，很快合上眼睛。他对妻子感到抱歉，他另有要事去做，已经没时间照顾妻子了，忽然他停下来，侧耳聆听着——妻子这会儿在读什么，某些词语引起了他的注意。是常力鸿的信件，没错，一定是他的。老朋友发自内心的炽热的话语穿透生死之界，灌入他的耳鼓：

"惊闻你对 MSD 公司以死抗争，不胜悲伤和钦敬，吉明，我的朋友，我错怪了你，这些天来我一直在鄙视你，认为你数典忘祖，把金钱和绿卡看得比祖国更重要。我真是个瞎子，你能原谅我吗？……北京来的专家已认定，豫麦 41 号的自杀基因的确是通过矮化病毒转移来的，也就是说，它能够通过生物方式迅速传播。他们说这是一个与黑死病、鼠疫和艾滋病同样凶恶的敌人。不过你不必担心，我们会尽力把这场瘟疫圈禁消灭在那块麦田里，即使它扩散了，专家们说，人类的前景仍是光明的，因为大自然有强大的自救能力……朋友，不知道这封传真抵达美国时，你是活着还是已离去，不管怎样，我们都会永远记住你！"

吉明苦涩地笑了，觉得自己愧对老朋友的称赞。不过，有了这些话，他可以放心远行了。他在虚空和迷雾中穿行，分明来到天国和地狱的岔路口。到天国的是一列长长的队伍，向前延伸，看不到尽头。排在这一行的人（有白人、黑人和黄种人）个个愉悦轻松，向地狱去的人寥寥无几，他们浑身都浸透了黑色的恐惧。吉明犹豫着，不知道自己的罪恶是否已经抵清，不知道天国是否会接纳他。

上帝与吉明携手同行，向天堂走去。吉明嗫嚅地说：上帝大伯，那场瘟疫是经我的手放出去的，天堂会接纳我吗？上帝宽厚地笑道，那只是无心之失，算不上罪恶。来，跟我走吧。

他们沿着队列前行。一路上，上帝不时快活地和人们打招呼。忽然上帝立住脚步，怒冲冲地嚷道：你怎么混到这里来了？滚出来！他奔过去，很粗暴地拽出来一个人。那是个白人男子，六十岁左右，是一位极体面的绅士，西装革履，银发一丝不乱。吉明认出来，他是 MSD 公司的戴斯先生。戴斯在众人的鄙视下又羞又恼，但仍然保持着绅士风度。他冷着脸说：上帝，你该为自己的粗鲁向我道歉。不错，我是 MSD 公司的主管，是开发"自杀种子"的责任人，但我的所作所为一点也不违反文明社会的道德准则。

吉明担心地看看上帝，他担心上帝（拙嘴笨舌的乡下老头？）对付不了这个尖口利舌的家伙。但他显然是多虑了，上帝干干脆脆地说：对呀，我不懂，我懒得弄懂人类中那些可笑的规则。这些规则不过是小孩子玩耍时的临时约定，它最多只能管用几百年吧，但我已经 150 亿岁啦。我只认准一个理，一个亘古不变的道理：世上万千生灵都有存活的权利，你让它们断子绝孙就是缺德。看看吧，看看吧！上帝拨开云眼，指着尘世中那块被死亡之火烧焦的麦田。上帝怒气冲冲地说：看看吧，你们的发明戕害生灵，触犯了天条，像你这样的人还想进天堂？戴斯沉默很久，才不情愿地说：也许我们是犯了点错误，但那是无心之失，这在科学发展史上是常有的事，就像 DDT 发明使用后在土壤中累积让人中毒，氟利昂导致臭氧空洞，一种叫反应停的药物导致畸形儿。我知道上帝仁慈宽厚……

上帝毫不客气地打断他的谄媚：对，我很宽厚，从不苛求我的子民。你说的那些犯错误的科学家，我都接到天堂啦，他们虽然犯了错，用心是好的，是为了全人类的利益。不像你——你是为了臭烘烘的金钱，是为了少数人的私利而去戕害自然。从这点上说，你与奥斯威辛集中营和日本731细菌部队那些科学败类没有什么区别。去吧，到地狱里去吧，那些败类在等着新同伴哩。

戴斯见多说无益，只好脸色铁青地转过身，很快被地狱的阴风惨雾所吞没。吉明舒心地长叹一声，跟在上帝后边进了天国。

当日凌晨3点30分，吉明的心脏停止了跳动。

丹尼·戴斯冷冷地盯着面前的马丁，他今天心绪不佳，实在不愿伺候这个牛虻似的记者。昨晚戴斯做了个噩梦，一个长长的、怪异的噩梦。梦中他竟然因为"自杀种子"遭到上帝责罚，送往地狱。尤其令这位绅士不能容忍的是，这位上帝言行粗俗，胖手胝足，黄色皮肤，十足一个贫穷的中国老汉！

噩梦所留下的坏心境一直延续到现在，戴斯正想找人撒气呢，那位讨厌的马丁不识趣儿，得意扬扬地从口袋里掏出一组照片，一张一张摆在戴斯面前。第一张：一名戴口罩的护士在注射；第二张：这位护士已经出了大门，快步向一辆汽车走去；第三张：汽车的牌照。马丁像猫玩老鼠似的笑道：

"戴斯先生，这就是我从一卷录像带上翻拍的，你一定知道此事的来龙去脉。就在这位护士小姐注射三分钟后，病情已趋稳定的吉明突然因心力衰竭而死去……戴斯先生，我并不想为这个中国佬申冤，我对他没有好感。我甚至认为，死亡瘟疫能散布到那个国家是件好事，可以把黄祸的到来向后推迟几年。不过——"他可憎地笑着，"这是个十分重大的秘密。要想叫我守口如瓶，你总得付出一笔保密费吧。"

戴斯向照片扫了一眼，神色丝毫未变（马丁不由得很佩服他的镇静）。沉默了很久，戴斯才冷冷地问："你想要多少？"

马丁眉开眼笑地说："5000万，我只要5000万。这只是那100亿利润的二百分之一嘛。我是很公平的。"

又是很久的沉默，然后戴斯俯过身来，诚恳地说："马丁先生，你想听听我的肺腑之言吗？"

"请——讲吧。"马丁既狐疑又警惕地说。

"坦率地讲——我从来没有这样坦率地讲过话——这三张照片上的事，我不能说丝毫不知情，我多多少少听说过一点。不过，确确实实，不是 MSD 公司干的——你别急，听我说下去。"他摆摆手止住马丁的反驳，"实际我应该住口了，再往下说我要担很大的风险了，不过今天我忍不住想说出来。我说过，MSD 公司绝对没干这些事，也绝不会干。一旦泄露，我们的损失就不是100亿了。MSD 公司不会这样莽撞糊涂。不过，也许确实有人干了，也许干这些事的是比 MSD 远为强大的力量——我只能到此为止了。"他鄙夷而怜悯地说，"我们很笨，我们什么都没看到，你为什么要精明过头呢？马丁先生，5000万恐怕你是拿不到手了。不仅如此，从今天起你就准备逃命吧。要不，你掌握的那个十分重大的秘密一定会把你噎死，那个'力量'恐怕不会放过你的。"

他看着目瞪口呆的马丁，温和地说："我言尽于此。现在，请你从这里滚蛋吧。"

人生不相见——先行者的最后音符

1. 领路人

午休时间的基地安静了许多，训练的喧嚣已经散去。这里是美国凯斯国家海洋保护区的基拉戈海岸，范哲一直警惕地扫视四周，因为叶列娜现在正在"工作"。怎么说呢，反正范哲现在算是叶列娜的同谋，档案馆的门禁系统是他突破的，现在也是他在给叶列娜望风。按章程规定档案馆网络与外界物理隔离自成一体，只有在内部才能调阅。严格说叶列娜就算进到里面也没法"调阅"，因为她根本不具备相应的资格权限。叶列娜已经潜入档案馆快一个小时了，也不知道情况如何。范哲可不想成为被好奇心害死的猫，再说他对那些档案也没什么好奇心，他最多只是对叶列娜有那么一点好奇心罢了。不过虽然是在犯规，但范哲心里并无多少愧疚之感，其他学员一个月前都如期离开，偏偏只剩下他们两个人，而且不管找谁询问都是一句冷冰冰的"无可奉告"。范哲的脾气还好点，他只是一名工程师。叶列娜以前可是特警出身，天生就是个惹事丫头，反正闲着

197

也是闲着，正好练练自己的手艺。

范哲心虚地四下张望，就在这时他见到了那个人。范哲敢肯定就在一分钟之前周围都是没人的，估计刚才这家伙是隐身于某个角落。对方显然发现了自己，因为他正点头示意。问题是范哲心里有鬼，他强迫自己不要望向档案馆的方向。

"这里真美啊。"来人应该是位亚洲人，大概四十七八岁的样子，脸上的皱纹宛如刀削。但他的语气让范哲觉得有些奇怪，因为这样的抒情口气就像是一个青涩的少年。

"当然。"范哲强自镇定地接过话头，"你刚才一直在这里……看风景？"

"我来了一阵了，我们这个星球上的大海很壮观，不是吗？"来人几乎是有些贪婪地四下眺望，一丝复杂的神色在他脸上浮动。

"当然，你慢慢看。"虽然来人透着古怪，但范哲没有心思追究，心里只盼着这家伙早点离去。

来人望着远处："宝瓶宫还在原来的地方吧？"

范哲悚然一惊，离海岸 8 公里外的海面之下就是宝瓶宫。宝瓶宫始建于 20 世纪 80 年代，是元老级宇航员的训练设施。其生活舱和实验室就建在一个深海珊瑚礁旁边。宝瓶宫长 14 米、宽 3 米，重约 81 吨，建在 27 米深的水下，模拟了空间站的各种生活条件。许多年来它经过多次维护，但面积一直保持在 42 平方米，并非是技术上无法扩建，而是刻意保持与太空狭小居住环境的相似性。生活设施当然是很齐全的，但是只要想象一下让人在里面一连待上几百个小时（所谓的饱和潜水技术）就会明白那是什么样的滋味。"宝瓶宫"主要是为了训练宇航员的太空运动能力，但显然对宇航员的心理素质也是一个考验。据说在未公布的档案里就有宇航员长期幽闭后出现精神疾病被淘汰的记录，当然这样的资料不是一般人能看到的。不过范哲知道也许再过一会儿自己就能目睹那些神秘的资料了，希望叶列娜一切顺利。

"您是新来的教官？"范哲试探地问。

"不。"来人意味深长地摇头，"很多年前我是这里的学员。"

"啊？"这回轮到范哲吃惊了，曾经有人向教官问及以往学员的现状，但被告知这属于绝密。而现在居然来了一个活的。

"不用怀疑。"来人淡淡开口，"不过我出现在你面前的确属于前所未有的特例。"

"为什么告诉我这个？"范哲不禁有些紧张，出于本能他也明白某些事情知道了不见得是好事。

"因为我们将一起合作。你、我，还有叶列娜。自我介绍一下，我是何夕。你们之所以一直待在基地，就是在等我，因为我是你们的领路人。"

范哲的嘴微微张开，样子有些傻。这时他手里的电话响了一声，上面显示出一条正在传输资料的横条。看来叶列娜已经有了收获。

"跟我来吧。"来人说完大步朝前。

"去哪儿？"范哲不知所措地问。

"当然是去档案馆。"来人眼里闪出洞悉一切的光芒，"你通知叶列娜终止行动吧。我会解开你们心中的谜团的。"

2. 参宿

档案已经发黄。

在恒星际时代出现"纸"这种东西的机会是极少的，这只是因为在个别场合按照规定必须使用所谓的"硬"拷贝材料。何夕早已从电脑里知晓了档案袋里的内容，但现在他仍然必须在办理烦琐的手续后从机要员手里接过它。蓝色的菱形印章覆盖在档案的封口处，代表着某种至高无上的权威。印章已经有些斑驳，五十多年的时光顽强地在上面留下了自己的力量痕迹。其实所有人都知道真实可靠的文件内容只能通过电子副本获得，因为在这个时代只需入门级的原子组装技术便可无法分辨地复制出连同这个印章在内的全部纸质档案，谁也不敢确定手上这套东西就是以前封存的原件。只有基于数论的电子加密技术才能完全确保文件的安全。但这并不妨碍何夕一脸郑重地抽出文件从头阅览，因为这是规则。

看着那些文字何夕心里涌出一丝难以言说的情绪，他知道20年前的那个人也曾经翻阅过这套编号为145的档案。范哲和叶列娜亦步亦趋地跟在何夕身旁，脸上的激动无法掩饰。何夕瞄了眼范哲，不禁想起当年的自己何尝不是一样。何夕知道他们俩能跟随自己进入这里看到"乐土"计划的档案的确是一件不容易的事情，这意味着他们至少要淘汰掉2000名以上的竞争者。但何夕不知道的是，当这两个年轻人下一步完全明了自己的使命后是否还能像现在这样志得意满。从道理上讲应该影响不大，至少何夕知道在测试题目中已经隐晦地暗示了某些线索。

"好了。该进入正题了。"何夕示意两位年轻人坐下。"从拆开这份文件开始你们便正式加入了'乐土'计划。也许你们也知道一些内情，但我还是按规定从头说起，因为我是你们的领路人。在未来这段时间里我将陪伴你们，直到任务完成。"

"还是不用了吧。"叶列娜突然打断何夕,"基础的背景知识我刚刚在电脑里看过了。"她转头看着范哲,"我还传给你看了的,对吧。"

范哲有些错愕,他没想到叶列娜竟这样坦诚。

这回轮到何夕吃惊了,"乐土"计划归入联邦绝密级,他带些狐疑地看着这个斯拉夫血统头发微卷的女孩。他知道叶列娜有特警的经历,但没想到她居然还是一名技术超群的黑客。

"你不用怀疑。"叶列娜落落大方地开口道,"我潜入档案馆用自己写的一个工具软件搜索到了系统的小漏洞从而看到了少量密级不高的资料,但也到此止步,总体来说那个什么'乐土'系统还是非常 stronger 的。不过所有事情是我一个人干的,与范哲无关。"

何夕不动声色地问:"那你们知道些什么?"

叶列娜似笑非笑地答道:"至少我知道了我们这趟旅程并非一般的考察,和其他人不一样,这条航路曾经发生过重大事故,充满未知的危险。"

"你……"何夕顿时语塞。眼前这个文弱的女孩显然具有与她外表不相称的内在力量,她无所畏惧地对视着何夕的眼睛,竟然使得后者生出一丝躲闪的念头。一旁的范哲保持着沉默,但看得出他是站在叶列娜一边的,他看着叶列娜的眼光混合了欣赏与关心,甚至还有隐隐的依恋。这也难怪,他们一起接受训练,特别是这最后一个月他们一直单独相处。何夕心中一凛,这是一个让人感觉不好的苗头。

"恐怕基地的头儿也是有所顾虑吧。"叶列娜幽幽地开口,眼里有洞察的光芒闪现,"我们这次考察本该在一个月前开始,可一直拖到现在。其实基地并不缺领路人,但却专门将你从 46 光年之外召回来，因为那些人缺乏经验，难以胜任这次的特殊任务。"

何夕颓然跌坐。叶列娜说的没错，这次行动的确非同寻常。接到基地的命令何夕也相当意外，从来没有人会第二次执行"乐土"任务，这是没有先例的。20年来何夕一直生活在天蝎座里海星，天蝎座18号星距离太阳系46光年，地球天文学家很早就开始关注这颗恒星，原因在于它和太阳之间太相像了。具有几乎相同的年龄、质量、直径甚至表面温度。就连自转周期也非常接近，都为25天左右。这颗位于天蝎座的左螯上的恒星理所当然成为人类优先纳入考察计划的星球。在"虫洞通道"技术进入成熟阶段不久人类就向天蝎座18号星发出了探测飞船。正如英谚里常说的"坏运气连着坏运气，好运气连着好运气"一样，人们惊喜地发现这颗恒星的第二颗行星竟然具有良好的生态环境，而更可贵的是这颗行星上还没有进化产生具有智能的生命体。一句话，人类中大奖了，奖品就是一颗直径1.1万公里的后来命名为"里海"的生命星球。

但是叫他怎么对两个年轻人说呢，他们只是好奇，只是对世界上的未知充满向往，却不明白人生其实一直行进在雷场之中，无法察觉的灾难随时可能吞噬一切。经历过危险的人才能加倍珍视生命，为了执行这次任务基地总共向十二位"老人"发出了非强迫性的召集令，但最终只有何夕一个人接受了命令。

"先生，你怎么了。"范哲关切地问，作为一名工程师他不像叶列娜那样咄咄逼人。

"没什么。只是里海星的氧气含量略高于地球，我这次回来时间不长，还没完全适应。"何夕抚了抚有些气闷的胸口，"其实就算你们没有突破系统，有些事情我也是会告诉大家的，所以我不打算将这件事情上报。当然我会提醒他们系统出了漏洞。不过也请你们不要再对其他人提起这件事好吗？"

叶列娜的目光在何夕脸上停留了一秒钟，声音突然变得低回，"谢谢。"

"还是让我们说说渤海星的事情吧。"何夕戴上数字手套，房间里顿时暗下来，一幅全拟真的星图浮现在半空中。淡淡银河垂地，仿佛某个超级巨人的信手涂鸦。"看那里，猎户座。也就是中国古人所说的参宿。"

何夕手指微动，星图在急速地拉近。"这颗编号为 HP26762 的红色恒星距离地球 168 光年，光谱类型 F，太阳为 G，所以它的表面温度略高于太阳。"

镜头拉近，红色的灰尘被放大，显出模拟的细部结构，可以看见丝丝缕缕的日珥偶尔喷吐出星球的表面，宛如条条纱巾。那是另一颗光明星球，是太阳远在亿兆公里之外的兄弟。何夕注视着这颗美丽的空中宝石，眼里有某种难以描述的神情显现，即使以范哲的粗疏也能看出这个中年男人分明对这颗远在 168 光年之外的星球怀有某种奇特的情感。叶列娜记下了这一幕，她隐隐觉得此次的任务透着一些诡异。

"恒星 HP26762 的第二颗行星就是渤海星，是在 50 多年前被发现的，在例行的 20 年观测实验期后正式纳入'乐土'计划。渤海星形成于 30 亿年前，比地球年轻。和地球的主要差别在于它的铁镍质核心偏小，这导致地核冷却速度更快，所以虽然它更年轻但它现在的地磁强度只是地球的二分之一，并且每年仍以一定速率减少。将来渤海星也会像火星一样彻底失去磁场保护，到时候在恒星粒子流作用下它最终将失去绝大部分液态水。不过那是 20 亿年后的情形，在未来几亿年内它依然算得上人间的'乐土'。"何夕例行规定地做着介绍。

"等等。"叶列娜插话道，"HP26762 恒星表面温度高于太阳，渤海星的磁场又弱于地球，那上面的恒星辐射一定比地球更强。"

何夕赞同地点头："准确地讲，渤海星表面的平均恒星辐射强度是地球的两倍，在两极地区还要高很多。渤海星在 30 度左右的低纬度地区偶尔也能看到极光，这就好比地球上在上海市看到北极光。"

"那肯定很美。"范哲露出悠然神往的表情。

"当然，可以毫不夸张地说美得令人呼吸不畅。"何夕淡淡一笑，"但可惜我们欣赏不了多久。高能粒子会让我们的眼睛很快患上白内障，我们的骨髓细胞会迅速被摧毁，接下来便是顺理成章的结果——死亡。"

"所以才需要先行者，对吧?"叶列娜插话道。

何夕这次没有表现出诧异，他料到叶列娜已经查知了先行者的资料："是的，先行者率先登陆并征服这些星球，如果有必要他们还承担着改造星球环境的任务。总之，先行者是值得我们永远尊敬的一群人。他们为全人类的美好前途付出一切……"何夕陡然止住，脸上浮现出萧索之意。

叶列娜与范哲面面相觑，何夕凝视着虚空中的猎户座群星，心里不禁滚过一阵悠长的感叹。在 168 光年的时空阻隔之下，彼端已然是另一个世界。

"资料里提到了通道事故的事情……"范哲小心地提起话头。

何夕从短暂的失神中回过头来，"是的，通道，那是一次事故。在发现渤海星的时候虫洞技术已经非常成熟，人类在坐标点之间的跃迁有过无数成功的经验。虫洞技术的基石是引力，正是靠着对强大引力的精确操控才能将空间'穿孔'，从而实现超距跃迁。虽然虫洞跃迁的理论耗时为零，但在实际中至少要维持十五秒稳定态才有足够时间完成一次操作。不过虫洞的理论基石已经隐含着虫洞跃迁的一个危险，虫洞总是成对出现的，如果在'虫洞对'之间的直线空间上存在着强引力物体，那么在跃迁之前就必须考虑到这种引力的影响，将其代入到计算中，否则建立的'虫洞对'将陷入紊乱状态，跃迁目的地将变得无法预料。"

叶列娜插话道："的确，这种情况下一旦误入巨星系的核心区域，肯定会导致灾难性后果。"

何夕摇摇头："你说的情况并不常见，就总体而言宇宙中物质的分布非常稀薄。现在发生的几起事故是另外一种更复杂的情况。"

"什么情况?"范哲问。

"偏移并不只发生在空间上。"何夕神色凝重地说，"第一艘事故飞船发现自己偏离预定地点约 20 光年，当他们和地球建立量子通信之后才发现，虽然他们只感觉过去了一瞬间，但在地球上时间已经过去了一个月，人们当时都以为他们遇难了。所以他们是同时在空间和时间上都出现了飘移。"

"他们穿梭了时空?"叶列娜倒吸口气。

"穿梭这个词容易导致误解，没有人能够回到过去，只可能往后飘移。"何夕接着说，"根据事后分析这种效应相似于物质以光速运动时发生的情形，对他们而言时间停止了。迄今为止相同的事故发生了六起，时间飘移最短的是十个小时，最长的是七十天。"

"渤海星任务也是事故之一，对吗？"叶列娜幽幽地问道。

"是的，就是猎户座渤海星。"何夕点头，"也是我们这次的目的地。当年渤海星任务彻底失败，是迄今为止发生的最严重事故。"

"威胁来自黑洞对吗？"范哲插话道。

"并不是那么简单。"何夕缓缓点头，"在现有技术条件下，'虫洞对'之间的距离不能超过十光年，所以去到某个外太阳系的行程实际上由一系列的跳飞组成。而对强引力物质的探察就是建立航道最重要的工作。十光年虽然是一个非常广大的区域，但现有技术对于包括普通黑洞在内的强引力源的探察是很准确的，唯独对那些形成于宇宙大爆炸初期的微黑洞束手无策。那些尚未完全蒸发的太初黑洞的视界往往不到一微米，具有的引力却非常强大，要完全排查极其困难。好在这种特殊结构并不常见，而且根据计算单个微黑洞并不足以扰乱'虫洞对'的运行，除非是遇到散布的微黑洞群落，否则虫洞跃迁依然是安全的，实际上之前往渤海星发射的几艘飞船运行都是成功的。"

"资料上讲飞船成员发回了遇险讯息。"叶列娜开口道，"当时他们不仅在时间上飘移了十二天，而且在空间上误入一颗超强辐射脉冲星的势力范围。两名成员当即死亡，最后那位女性成员在发出航线上存在高危险微黑洞群警报讯息之后也死了。"叶列娜注意到何夕脸上难以掩饰的痛苦，"这直接导致到渤海星的航道从二十年前中断至今。"

"是的。"何夕调整一下情绪，"航道的重新探察是一个漫长的过程，尤其是在已经发生了悲剧的情况下。现在的新航道在距离上远了一些，但应该能够绕过那个可怕的微黑洞群落区域。"

"能确定是微黑洞造成的事故吗？"叶列娜探究地问。

"这个，当然了。"何夕有些诧异地看了眼叶列娜。

"可之前的航行都是成功的，现在新航线只是绕道，并没有确切发现微黑洞群落的位置，为此居然白白耗费二十多年时间……"叶列娜止住话头，因为她突然发现眼前的何夕仿佛变成了另一个人。

"你说什么？"何夕瞪大双眼须发贲张，"你有什么资格怀疑于岚的判断？这是她付出生命代价才送回的讯息，你……"

叶列娜忙不迭地摆摆手，她也觉得自己的怀疑有些过分："对不起，我只是有些好奇。"

何夕撑住额头，二十年了，一切仿佛昨天才发生，包括于岚最后那凄美的微笑……

3. 商宿

宇航中心一派繁忙，渤海星飞船将在这里升空进入外层空间后再转入虫洞飞行。虫洞飞船的主体就像是一颗巨大的枣核，周围悬浮缠绕着三个交叉的线圈。领路人马维康带着他的组员加腾峻和于岚一字排开站在飞船面前，接受人们的祝福。

何夕面无表情地注视着站在飞船前面的三个人，准确地说他的目光只是落在那个娇小的身影上，心里麻木得没有一丝感觉。就在昨天之前他的心还被幸福的憧憬填满，而现在一切都已无法挽回。

是的，就在昨天，何夕当时刚刚从减压舱出来。在宝瓶宫受训的宇航员由于长时间生活在水下，他们的身体体液被高压氮气所充斥，在返回海面前要进行 17 个小时的减压，这是最让人难受的环节。何夕一出减压舱禁不住仰头深吸一口气，感觉自己这才算活过来了。等他再次平视前方时一眼便看到了于岚那俏丽的身影。

绿树、草地、衣袂飘飘，这是一道风景。

于岚扬起脸有些调皮地看着何夕，"谢谢你这段时间对我的照顾。"

"咱们的生物学博士什么时候变得这么客气了？"何夕略显木讷地笑笑，他们相差10天进到宝瓶宫，在那里共同训练了20天。其实何夕觉得应该说感谢的是自己，因为自己晚到10天，正是于岚告诉他许多有益的经验。不过，在一起突发事故中也的确是何夕帮助于岚脱离了险境。

"我是来同你道别的。"于岚轻声道，她低头看着地面。

何夕有些意外，"道别是什么意思啊？我们可是分在同一个组的，应该是半个月后一起出发吧。"

"基地作了调整，我改派了别的任务。"于岚黑白分明的眸子里闪过难以言述的神色，一种称为痛楚的感觉在这一瞬间从她心头滑过。20天前的一次训练中于岚的潜水设备发生了紧急故障，几乎与此同时何夕将自己的呼吸器拉开接驳到了她的面罩上。那个时刻于岚心里某个最柔软的地方被深深触动了，她没想到这个世界上真的会有一个人视她胜过自己的性命，她本以为这样的情节只存在于赚人眼泪的小说里。那是怎样一种天雷地火般的触动啊。

"哦，怎么会这样？"何夕语气里有难以掩饰的失望，他觉得自己的心正在往下沉。

于岚咬住下唇，叫她怎么跟眼前这个比自己小一岁的大男孩说呢？其实正是她自己要求改派的，当10天前回到基地知晓了任务的全部内涵后她只能作这样的选择，等何夕知道真相后应该也同意这是最好的选择吧。这个世界上有许多很伟大很崇高的东西，跟它们比起来爱情虽然美丽但却只是一件渺小的装饰品。于岚想到这一点的时候突然觉得有一丝什么东西从身体里被抽了出去，渐行渐远，仿佛多年前的某一天，她眼睁睁地望着心爱的布娃娃飞出了列车车窗。

"再过 24 个小时我就出发了。"于岚脸上挂着空洞的笑容。

"我们以后还能见面吗？"话一出口何夕就发现自己问得太蠢。刚受训时他们就已被告知不同小组成员的今后的情况属于机密，彼此是无缘再见的。

"知道我要去的是哪里吗？"于岚的声音像风铃一样动听，"是位于猎户座的渤海星，中国古人所称的参宿。而你要去的里海星位于天琴座，中国古人称之为商宿。"

何夕陡然间明白了什么。人生不相见，动如参与商。参星在西商星在东，千百年来地球上的人们从未同时见到参宿和商宿，当一个上升另一个便下沉，永世不能相见。

于岚的心里也是滚过宿命般的浩叹，10 天前她只是请求改派任务，到渤海星是上面的人决定的，但却那么不可思议地映照到千年前的诗句里，仿佛冥冥之中真有天意的存在。

……

送别的人群一一上前告别，祝福三位人类的勇士。这时领路人马维康注意到了于岚的沉默："我们基地最美丽的女士不想给大家说点什么吗？"

于岚被突如其来的提问从失神中拉回，她静静地巡视全场："谢谢大家来送我们。其实，我要说的话昨天已经说完了。"于岚望向人群中的何夕，脸上是一朵带泪的笑容。

何夕的嘴唇翕动，那是只有他们两个人才能听到的诗句："人生不相见，动如参与商。今夕复何夕，共此灯烛光。"

是的，这就是人生的宿命。当何夕第一次打开属于他自己的里海星任务档案时立刻就明白了于岚做出的是怎样的决定，他现在赶到发射场只为最后同于岚告别。这并不是什么一般性的考察任务，在那个无比崇高的目标之下，需要他们付出的很多，这其中就包括——爱情。

4. 水星球

预定目的地设定为距渤海星 60 万公里的外层空间，这是为了尽量避开渤海星两颗卫星的干扰。作为领路人，何夕完成了百分之九十以上的操作。每一次十光年跳飞后的方位确认、航道修正以及能源补给需时约两天。其实一切都是在计算机程序的安排下进行，领路人所能做的也不过是摁下确认按钮，这虽然只是一个表象，但却让人觉得仿佛是自己在掌握着命运。何夕摆摆头将这个念头甩开，拇指毅然摁下，启动最后一次跳飞。

35 个地球日之后虫洞飞船突兀地出现在渤海星的外层空间，就像一只从遥远虚空中钻出的幽灵。防护罩缓缓打开，母星明亮的光线经过过滤之后照射进来。叶列娜和范哲迫不及待地解开束缚，飘移到舷窗旁，渤海星巨大的身影悬浮在远处漆黑深空中，像是一只绘满蓝色花纹的瓷盘。

是的，蓝色覆盖了渤海星的全部表面，这是一颗没有陆地的水星球。虽然这是从资料里已经知道的事实，但同地球的巨大反差还是让人一见之下难以相信自己的眼睛。

"真美啊。"叶列娜如痴如醉地赞叹道，"哎，范哲，你看它像不像一颗矢车菊蓝宝石？"

"真想把它镶嵌在一颗戒指上送给我的新娘。"范哲幽幽开口，"不过它真的太奇特了，竟然没有陆地。"

何夕的动作比年轻人慢了半拍，他凝望着渤海星，一时间难以言述自己的心情。"渤海星并不奇特，恰恰相反，是地球更奇特。"

"你说什么？"范哲不解地问。

"宇宙中的行星无非两种，要么有液态水要么没有。相比之下存在液态水的行星是小概率事件，根据现有资料来看概率小于一亿分之一。因为这要求行星具备一系列极难满足的条件，比如行星与恒星的距离、恒星所处的年龄阶段、行星自转的速率、行星的质量大小以及大气层厚度等。这些条件的苛刻程度足以与宇宙常数所具有的奇异精确程度相提并论。你们想想看，在太阳系里存在那么多行星、小行星以及卫星，但确定拥有液态水的却只有地球。"何夕耐心地讲解，"但另一方面，由于宇宙无比巨大的物质数量，存在液态水的行星数量在实际上却又是一个天文数字。而在数以十亿年计的时间条件下，如果我们认可生命的自发论是正确的，那么液态水和生命存在几乎就是一个等同的概念。所以人们很早就认为宇宙中生命绝非地球所独有。"

"这个我大概是知道的。"叶列娜插话道，"可刚才你说地球才是奇特的又是什么意思？"

"你们应该知道地球表面百分之七十一是海洋，百分之二十九是陆地。我的意思是在拥有液态水的星球里这是一种非常奇特的小概率现象。"

叶列娜和范哲面面相觑，表情都有些发呆。

"实际上水这种物质在地球总的物质中占有比例相当低。这些水大致有几个来源：地球形成时的太初尘埃、数十亿年来引力俘获的星际水分子、撞击地球的小行星或彗星带来的水分。正是这些极其复杂的来源共同形成了地球上现在的水分。地表水的重量只占地球重量的不到万分之六，地核中则基本可以肯定没有水的存在。为了测出地幔的情况，2002年日本的研究者在高温高压环境下，创造出四种和地幔矿物相似的化合物，然后向这些化合物灌水，测试它们吸水后重量的变化如何，结果表明在地幔处溶解的水，是地表水量的五倍多。所以地表水的重量加上地幔水的重量，水占地球重量的比例约为千分之一。这显然是一个非常低的比例，我们完全可以想象水占比高得多的行星，理论上甚至不能排除百分之百由水构成的星球，有些小行星和彗星的构成比例差不多就是那样的。那么从道理上讲，在存在液态水的行星中绝大多数的含水量都应该高于地球。"

范哲听得有些发呆，而叶列娜也罕见地保持沉默。

何夕笑了笑，"别这样看着我，要知道我的专业就是天文学，我当年的毕业论文就是研究地外含水行星的，题目就叫'水星球'。让我们回到正题吧，而即使以千分之一这样低的占比来看，海洋也占据了地球的大部分表面。如果我们假设哪怕某个行星的水重量为星球总重的千分之二，那么按照一般化的原理来看，大陆已经不大可能存在了，而如果行星含水比例再上升一些就连岛屿也将完全消失。也就是说对于所有存在液态水的星球来说，大片陆地的存在只是一个小概率事件，而表面基本被海洋覆盖才是一个常态。实际上迄今为止在现在人类发现的 200 多颗地外生命星球中只有一颗星球具有大片陆地。"

"在哪里？"叶列娜按捺不住地问。

"就是我生活了 20 年的里海星。它的表面百分之九十被海洋覆盖，具有一片面积接近亚洲的大陆。当初发现它时引起的重视是空前的，人类委员会启动了最紧急预案。"

"为什么？就因为它有陆地？"范哲插话道。

"还能有别的原因吗？就是因为陆地。"何夕肯定地点头。

5. 乐观派

飞船已进入近地轨道。从这里看上去渤海星占据了大半个视野，它静谧地转动着，丝丝缕缕的云带间断连环，勾勒出大致的大气运动图案。叶列娜眼光扫了一下控制台，信号已经发出，但是还没有收到任何回应，这显得有些不正常。虫洞跃迁结束后是一段常规航程，大约四天后才能抵达渤海星，宇航员进行的培训就是为这种常规航程准备的。叶列娜转头欣赏着舷窗外的风景，她已经知道由于没有大陆渤海星的气候是比较温和的，除了在赤道附近偶尔形成台风外基本上没有极端的气候状况，由于没有大陆的阻拦和消减效应，台风在渤海星的存续时间比地球长很多。不过就算是台风也对生物圈构不成多大威胁，巨量的液态水保护了所有的生灵，但是，这真的是种保护吗？

"我还是怀疑水星球能永远封锁智能生命的产生。"叶列娜看着何夕，"如果时间足够，也许生命会找到一条我们未知的进化道路。"

"时间不是问题，某些小质量恒星可以稳定存在几百亿年。但你能告诉我在水星球上怎样得到火吗？不是稍纵即逝的像闪电那种，而是持续不断的能被使用的火。"何夕的声音变得低微，"燃烧的三个条件是有可燃物、与氧气接触、温度达到可燃物着火点。在水中没有游离氧，而且水温也低于多数可燃物的着火点，自然条件下无法获得火。至于现在人们实现的水下燃烧实际上是基于精巧设计的机器，这种火其实是智慧的产物了。"

叶列娜泄气地摇头。她当然知道火对于智能生命进化的意义。那可不仅仅是提供保护和熟食，包括煅烧器具、冶炼金属，包括后来人类的化学物理等一切科技，没有一样不是发端于火的应用。

"以前有种观点，认为人类作为智能生命的标志是人的大脑与体重的占比是最高的，但现在知道宽吻海豚的这个比例是大于人的，可是几百万年来宽吻海豚也没能产生自己的文明，最多算是有些社会的雏形罢了。"何夕接着说道，"所以你们现在可以明白，当年发现里海星时地球联邦为何如临大敌了，因为大陆的存在极可能导致智能生命的产生。不过只是虚惊一场，里海星没有高智能生命存在，那里最高级的物种是一种生有脊椎长着六条腕足的陆地章鱼，智力接近地球上的长臂猿。如果人类更晚发现里海星，这种生物可能会成为星球的统治者，但现在它们的腕足是里海星的一道名菜。"

叶列娜心中不禁涌起巨大的骄傲与庆幸。如果认可何夕的论点，水星球对生命的保护最终将变成一种近乎永恒的禁锢。处于这颗蓝色星球的顶空，叶列娜知道这几天与领路人的交谈已经彻底地改变了自己。她几乎是有生以来第一次意识到生为人类是一件多么奇异的事情，或者按何夕的说法是一件概率多么小的事件。

"但为什么人类会这么害怕另一种智能生命？难道不能成为朋友吗？"叶列娜吐出心里的疑虑。

何夕古怪地笑了笑，"其实在这个问题上一直存在悲观与乐观两派。悲观派认为宇宙间的智能生命一旦相遇将立即导致落后的一方被掠夺、杀戮乃至灭绝，现在这种观点获得了很多人的认可，是主流。"

"那乐观派呢？"叶列娜急切地问。

"我就是乐观派。"何夕注视着叶列娜的眼睛，"这也许和我自己的天文学专业有关。但是现在我的这种观点出了点问题。"

"我不太明白你的话。"叶列娜蓝汪汪的眼睛里写满好奇。

"我们乐观的原因只是因为宇宙本身的宏大。离地球最近的恒星系是4.5光年之外的比邻星，但因为它是一个引力系统非常复杂的三星系统，通过计算就能发现大行星不可能稳定存在。而已知的拥有行星的恒星都离地球十光年以上，但基于生命产生和进化的苛刻条件，这些行星上面恰好拥有智能生命的可能性几乎为零，上百年来地球上最强大的射电望远镜还没有从这些星球上接收到一丝有意义的信号，这实际上已经否定了地球周围数十光年内存在智能生命的可能性。"

"那再远一些呢？"范哲插话道，"可观测宇宙的范围可是超过130亿光年的。"

"再远一些当然会有可能。"何夕肯定地说，"虽然智能生命产生概率极低，但由于宇宙物质的无比巨大，所以拥有智能生命的星球是一定存在的，而且其中一些肯定远远超过了地球人的水平。那么问题来了，如果这些进化水平可能超出人类上百万年的外星种族来到地球，它们会干什么？"

叶列娜和范哲对望一眼，都老实地摇了摇头。

"乐观派的结论是它们什么都不会做。因为对于能够跨越成千上万光年距离的高级文明来说，地球以及现阶段的所谓人类文明除了有一点观察意义之外根本就没有任何用处。这样的超级文明早就洞悉了物质的全部秘密，也许它们为了来到地球看一眼，顺手便熄灭了上百颗太阳大小的恒星，这样的种族又怎么会在意地球这颗沙粒上的那丁点儿所谓资源呢？"何夕露出一丝戏谑的笑容，"我常想这就好比人类建造了能抵抗深海压力的高科技潜艇，来到大西洋海底烟囱观察那些靠硫化细菌生存的管虫，如果管虫中也有悲观派的话，它们一定会惊呼：糟糕了！人类来抢我们的硫化氢和美味酸水了。"

叶列娜扑哧一下笑出声来，何夕的比喻让她忍俊不禁，她当然知道人类的屁里就充斥着硫化氢。不过她想起一点："那你为什么说自己的观点出了点问题呢？"

"是虫洞。"何夕的表情转为严肃，"这都是因为虫洞这种超越了时代的技术，至少我认为这种技术提前让人类进入了本来还不到时候进入的领域。"

"我有些明白了。"叶列娜点头，"这种技术可能让还不够成熟的文明和种族发生碰撞，结果导致悲观派预见的结果。"

"还没有回信吗？"何夕转头问范哲。

"的确没有收到回信。"范哲很肯定地报告，他已经全面检查了设备。作为一名合格的工程师，他很相信自己的能力。"哎，等等，有信号答复。"

何夕和叶列娜急速地飘过来，他们的目光都锁定在了屏幕上。

"这里是渤海星接引驻地，先行者欢迎来自地球的客人。驻地坐标东经115度，北纬30度。重复一遍：东经115度，北纬30度。"

"登陆飞船准备就绪，请领路人指示。"范哲掩饰不住心中激动，有生以来将第一次登上另一颗星球，这是多么奇妙的境遇。

但是何夕却微微蹙眉，仿佛面对一件奇怪的事情，脸上阴晴不定。

"范哲留在主船，我和叶列娜登陆。"

"为什么？"范哲失望地问，"按章程我也应该下去的。"

"你的任务是立刻对整个渤海星建立毫米级扫描观测。"

"计划书里根本没有这一条啊。"范哲大惑不解。

"这是命令。"何夕面色阴鸷，口气不容置疑。

6. 驻地

驻地像一片漂浮在无边池塘里的巨大树叶，登陆舱渐行渐近，在巨大树叶的映衬下像极了一只小小的瓢虫。这时驻地的表面欹开一道窄缝，吞下登陆舱。

面前居然是一片浅丘草地，不知名的野花绚丽绽放。小溪淙淙流淌，一只草原黄鼠嗖的一下从旁蹿出，惊起几只蚱蜢，在渤海星相当于地球五分之四的引力条件下自在飞行。一幢四面透明的房子很突兀地矗立在平地上。

一个满头银发、皮肤黝黑的高个子从房子里走出来："欢迎你们，我是先行者李高。"

217

"你好。"何夕淡淡点头，"你的先行者编号可以告诉我吗？"

来人沉默了一下："当然，我是里海星先行者42号。"

"那好42号，我们现在要到大船去。"何夕简短地说。

"现在还不行，大船在圣地。"

"圣地？"何夕疑惑地问，"那是什么地方？"

来人的语调变得庄严："圣地是世界上最美丽的地方。"

何夕用眼睛的余光扫视了一下自己手臂上的那个扣子，那是一个发射机，此处的一切情况已经传送到了虫洞飞船："我想看看这个圣地，请带我们过去。"

来人再次沉默了一秒钟："好的，我去安排。现在请你们在此等待。驻地的环境和地球相似，领路人应该知道的。"

李高进了屋，叶列娜刚想开口却被何夕止住，他取出仪器四下扫描确定没有监视之后开口道："你马上联系范哲，让他准备建立和地球的量子通信。"

"现在就准备吗？"叶列娜吃惊地问。在虫洞飞船中携带有一组用于量子通信的电子，保存在接近绝对零度的超低温环境中。它们都是一对双生电子中的一个，对应的另一组电子留在了地球上。双生电子诞生于纯粹能量的碰撞，呈现出量子纠缠态，由于泡利不相容原理，它们的物理状态永远是相反的，这便是超空间量子通信的理论基础。量子通信要求的能源巨大，实际上虫洞飞船只能支持最多两次量子通信。按照规定第一次量子通信应该是登陆第七天初步掌握目标星球总体情况后进行，所以现在何夕就要求作好启动准备的确让叶列娜感到不解。

"我觉得有必要。"何夕的语气不容置疑。"渤海星让我有种不安的感觉。"

叶列娜环视风景宜人的四周，不明白何夕指的是什么。但她知道何夕曾经执行过里海星任务，这样说一定有道理，她需要做的就是执行命令。

"我也觉得那个先行者有些傲慢。"叶列娜四下张望，"不过这里真的布置得和地球没什么差别，他们为了迎接我们是用了心的。"

"这只是章程的规定。"何夕冷冷说道，"按照《乐土宪章》，先行者必须在本星建造一处面积不小于一平方公里的地球环境，作为星球政府的永久驻地。渤海星还没有到设立政府的时候，这里应该是驻地的前期雏形。"

"我知道这部宪章，上面的规定都很死板。"叶列娜有些不以为然地撇嘴，"比如政府驻地这条，渤海星明明是一个水星球，像这样永久性地维持一块地球环境肯定不容易。"

何夕心中涌起面对淘气的晚辈时的那种宽容，但他的语气却依然不容辩驳："宪章是整个'乐土'计划的核心，第一条就明确规定宪章不容违背，否则视为人类公敌。"

"这么严重？"叶列娜吐吐舌头，"我看宪章细则里面有些很细的规定，那些也不能违反吗？"

"我知道你指的是什么，那些规定的确很烦琐，但却是'乐土'计划顺利施行的保证。"何夕了解地点头，"比如刚才的先行者42号，你看出他和我们有什么不同吗？"

叶列娜摇了摇头，"只是觉得他的皮肤颜色较黑，但比起地球上的中非班图人还要浅一些，这应该是因为适应恒星辐射的缘故吧。别的好像没什么了。"

"难道你忘了渤海星是一颗水星球吗？"何夕问，"这些先行者大部分时间生活在水下，他们都有鳃，那才是他们的主呼吸器，肺只是辅助器官。"

"对啊。"叶列娜恍然叫道，"可是怎么没看到呢？"

"这便是缘于《乐土宪章》的相关原则。"何夕说，"比如大熊座黄海星的引力是地球的 1.4 倍，很明显人类必须经过改造才能在上面生存。黄海星的原生生物都普遍矮小，身体多呈扁平。先行者是经过设计的人类，很显然将身躯设计低矮是最方便的办法。但是人类采取了另一种方法，就是加固先行者的骨骼等支持系统，当然还包括提高血管壁强度等相关措施，虽然这样做的代价高了很多，但可以保证现在黄海星人的平均身高只比我们低一点点而已，也就是说从形态上能一眼看出他们是我们的同类。"

"那渤海星人的鳃在哪里呢？"叶列娜问道。

"在我掌握的资料里他们的腋下便是鳃的所在。"何夕肯定地说，"虽然这样做造成了呼吸道的部分冗余，但显然外观上更能让人接受。"

"其实也可以不采用基因改造的方法啊。"叶列娜想起了什么，"采用水下呼吸器不也可以在渤海星生存吗？"

"如果那样做的话人类根本不能算是移民成功，充其量只是一个过客罢了。"何夕说，"只有凭借本能的力量自由生存才是真正征服并融入了这颗星球，这也是'乐土'计划的根本宗旨所在。"

"那万一有些星球环境过于古怪怎么办？"

"已经有过一些放弃的先例。"何夕显然很满意叶列娜能提出这个问题，"比如离地球 59 光年的死海星，由于大量硫化物的存在，死海星的海洋呈现较强的酸性，上面生活着一些奇怪的低等生物。基因工程师从一种水生螨虫得到启发设计出了可行的先行者方案，但最终被听证会否决了。现在死海星已经被废弃 60 年了。"

"为什么？既然都有了可行方案为什么不实施？"

何夕的嘴角抽搐了一下："在方案里，为了适应那里的环境，先行者将必须是一种全身布满黏液的有鳞物种。我的朋友威廉教授就是听证会成员，他是一位人类学家，据他说当时 100 多名听证员全票否决了方案。"

这时李高从屋子里出来，叶列娜注意到他的笑容有些谦卑："大船正在赶过来，根据速度计算 20 分钟之后对接。"

何夕蹙了蹙眉头："据我所知大船都是作为永久驻地的一部分，怎么在渤海星会分隔这么远？还有，这里既然是政府驻地怎么只有你一个人？"

"大船只是例行巡视。另外我不知道什么叫作政府。"李高的语气不卑不亢，说完便低下头去。

这个回答让何夕感到一些放心，他也知道政府是在验收之后才会成立。何夕没有注意到李高低头的瞬间一丝阴鸷的神色从他脸上滑过。

7. 中央电脑

"我们现在上船，你请自便。"何夕扭头对李高说道，"驻地这里是你平时在管理吗？"何夕又淡淡地问一句。

"没有，中央电脑说我还需要学习更多的知识，我现在只是配合机器人管家做些外围的事情。"

大船的主控室位于甲板之上，是一处透明的半球形穹顶式建筑，四面的海景一览无余，当然，对于有害辐射已经作了过滤处理。正前方控制台屏幕上显示出一个虚拟的长得胖乎乎的头像。

　　"你好，中央电脑已经准备就绪。"头像的语气很平静。

　　"有一个问题，为什么那个42号先行者具备了某些不该具备的知识？"何夕的语气变得咄咄逼人，"你解开了伽利略封印？"

　　头像回答得很快："45年前我同4000枚先行者胚胎一起来到渤海星，我的使命本该在20年前完成。但你们迟到了20年，那些帮助我管理的机器人逐渐发生了故障。我只好向先行者传授了少量封存的知识，否则不可能在这颗星球上坚持到现在。"

　　何夕喟然长叹，担心的事情还是发生了。从上次冰河期结束算起，人类文明已经发展了1.3万年，但是现在人们认为严格意义上的科技文明以伽利略为鼻祖。在伽利略和波义耳之前，人们一直禁锢在古希腊的短暂辉煌中难以前进，而之后的牛顿等人则是凭借站在他们的肩膀之上才得以进到科学的殿堂。所谓的伽利略封印是一个比喻，按照章程在验收之前任何移民星球所掌握的知识以农耕文明为上限，这也正好对应着伽利略之前的时代。也就是说验收之前先行者会掌握完备的经典几何知识，会有朴素的物质元素观念，能够有浅显的农业和医学知识。但是没有牛顿定律，也不会明白天上的星星是些什么东西。因为渤海星的特殊情况，之前人类委员会已经预料到可能会出现意外的事情，但没想到出现问题的居然会是伽利略封印。

　　"他们知道运动三定律了？"何夕尽量保持语速平缓。

　　"是的。"中央电脑说，"16年前大船在海啸中受损，为了尽快修复我解开了牛顿定律的封印。"

"那热力学三定律呢?"

"很抱歉先生,这是能源应用中必须用到的。"

何夕沉默了几秒钟,小心翼翼地问:"那麦克斯韦方程呢?"

"电磁学、相对论、量子论以及虫洞理论没有解禁。"中央电脑说。

何夕吁出口气,看来情况还不算无可挽回。其实等到验收完毕这一切都不是问题,从现在掌握的情况来看验收应该不会有大的意外。何夕心里打定主意,等验收完毕就把这段插曲删除掉,毕竟中央电脑也是在与地球失去一切联系的情况下采取的应急措施。按照章程这台违规的中央电脑应该格式化后重新编程,但何夕不打算那样做,虽然没什么道理,但内心里他甚至有点喜欢上了这个自作聪明的胖家伙,尽管它实质上只是一台由"0"和"1"驱动的智能机器。

"先行者说的圣地是怎么回事?"叶列娜突然问道。

"16 年前的那次大海啸中大船受损,为了避免类似情况再度发生,我指挥先行者建造了一处海底停靠点。至于他们称之为圣地可能是基于对大船的敬仰。"

"那好吧。我的问题完了。"何夕觉得轻松不少,脸上露出笑容。

"但是我有一个问题。"中央电脑突然说。

"哦。"何夕的眉头一挑,"你问吧。如果我们解答不了还可以跟人类委员会联系,求得他们的帮助。"

"不必。"中央电脑说,"如果你不能回答就算了。我想知道现在的渤海星先行者还能不能得到改进?因为经过这么多年后我发现在设计上有个别不太完善的地方。"

"基因设计是系统工程，对每个移民星系的基因设计至少都要花费五年以上的时间来施行，要改变设计除非是通盘重新调试。"何夕有些不耐烦地回答，他没想到会是这种幼稚的问题，"个别地方不完善没有多大影响，世界上从来就没有尽善尽美的设计。"

大船行进了 10 分钟后海面上开始出现一些绿色的伞状漂浮物，先是三三两两，但很快就变得密集起来。大的直径超过五米，小的也有几十厘米。

"这是海浮萍。"不等何夕询问中央电脑便给出了解释，"这片海域是渤海星的无风区，所以会聚集这么多海浮萍。"

"渤海星的植物有根吗？"叶列娜突然问道。

中央电脑迟疑了一秒钟："从我现有的资料来看应该没有。这颗星球上的所有生物都处于漂浮状态。渤海星最浅海域的深度是 83 米，最深处超过 10 万米。"

"我好像看到天空中有鸟在飞。"何夕插话道。

"渤海星没有同地球类似的鸟类。但是有类似昆虫一样的飞行生物。它们也可以在水面上停留，应该是从水生生物进化而来。这些昆虫也是先行者食物的来源之一，据他们说有一种大飞蝗的后腿烤制后很美味。"

叶列娜皱了下眉，似乎有些担心先行者会拿虫子款待自己。何夕指着远处一块不断起伏的巨大黑影问，"那是什么？"

"那是土鲨。"中央电脑解答道，"根据研究这个物种类似于地球上的鲨鱼，已经有差不多 10 亿年的历史了。"

"10 亿年。"何夕倒吸口气，他知道地球上某些种类的鲨鱼已经存在超过 3 亿年，属于地球最古老的物种之一，相比之下人类几百万年的进化史简直不值一提，实际上地球上的陆生物种的存在时间往往比海洋生物短很多。"经过这么长时间还没有灭绝真的可算是奇迹。"

"的确是奇迹，化石资料表明这么久以来这个物种几乎没有什么变化。"中央电脑补充道，"也许是渤海星的环境太平静了，进化的动力太小。"

"应该是这样。"何夕点头，"地球上至今仍有些人因为某些生物几千万年来变化甚少而否定达尔文的进化论，多年前一位叫'哈伦·叶海雅'的人甚至还以此掀起一股反进化论思潮，其实这不过是因为这些生物几千万年来的形态仍然很适应环境罢了。生物进化是因为生存环境带来的选择压力，看来水星球的确是生命的舒适摇篮。"

"我们已经到达坐标位置附近。现在开始下潜。"伴随中央电脑的提醒，穹顶外陡然一暗，片刻之后四周已是一派海底风景。阳光透过海浮萍的缝隙照射下来，形成道道明亮的光柱。光柱中大片悬浮的巨海藻漂来漂去，宛如无根的森林。

"它们虽然没有根但在下部却普遍长有一团沉重的组织体。"何夕对叶列娜说，"这是许多水星球植物的共有特点，以此来调节自身在水中的高度。"

"我们已经发现至少上百种植物具备初级运动能力，它们可以通过蠕动部分枝干缓慢前进，以便选择适合生存的环境。"中央电脑补充道。

"那是什么?"叶列娜突然指着一个方向问道。何夕望过去，他立刻就看到了奇怪的一幕。在一丛巨海藻的中部呈现膨大的一团，就像生出了一枚直径十来米的卵。在轻浪起伏中，这个巨大的物体缓缓漂荡，阳光照射在上面波光流动熠熠生辉，就像一块用翡翠雕琢的艺术品，散发出梦幻般的不真实感。一时间何夕不禁看得有些痴了。

"那是花房。"中央电脑的语气保持着固有的平静，"是孩子们用巨海藻建造的，他们喜欢待在里面。"

话音未落，便看到两个小巧的身影像游鱼般从花房里冲出来，他们有些惊慌地望着大船，脸上混合了羞涩和不安。何夕一眼看出他们的年龄都只有十五六岁，看来大船的到来打搅了一对小恋人的幽会。

"是秋生和星兰。"中央电脑说道。

两个大孩子镇定了些，他们向着这边嘴唇翕动。

"他们在说什么吗？"叶列娜问道。

"我们听不到的，在水底他们发出的是一种次声波语言。"何夕解释道。

"他们说刚才有一批银贼鱼袭击牧场，大人们都赶过去了。"中央电脑说。

何夕犹豫了一下："这些人都有名字吗？难道用编号不好吗？"

"从 20 年前开始第一代先行者给自己起了名字。"中央电脑回答道，"当时起名一般是根据各自的特点自己选择，其实更像是将原来的绰号确定为了名字。比如李高原来的绰号就叫高个子。不过现在孩子们的名字就正规多了。"

"孩子。"何夕念叨了一声。在验收之前这本来是不应该存在的事物，但 20 年联系的中断改变了许多事情。不过这也只算小小的意外吧，从道理上讲这些孩子也是先行者的一员。

窗外开始掠过一些悬浮在水中的结构精巧的建筑。这些建筑都呈现六棱柱形，有些是单独的，而更多的则相互拼接成更大的建筑。这片建筑连绵开去，占据了很大一片空间，俨然就是一座海底的立体城镇。可以想见在平日里这里应该是一派熙熙攘攘的景象，不过现在大多数人都赶到牧场了，只有稀疏的十多个人有些好奇地望向大船。

"这里就是渤海星的城市吗？"叶列娜问道。

"现在还只能称作聚居点，渤海星现在有八个这样的聚居点。"中央电脑说，"我们的人口还很少。"

"那现在先行者总共有多少人？"何夕仿佛不经意地问，"加上那些孩子。"

"原有先行者 4000 人，现在加上孩子总共 8754 人，这不包括几十年来因为意外事故失去的人口。"

"从 20 年前算起，人口年增长率大约是 4%。"何夕在电脑上做了个简单的演算，"人类向处女地移民时人口增长率一般都很高，当年英国皇家海军'邦蒂号'上的反叛者在皮特凯恩岛上的人口增长率曾经高达 4.3%。"

"需要建设的东西很多，劳动力明显不足。"中央电脑继续作着汇报，"机器人大多出现故障，备用零件已经告罄。"

"这都是意外造成的，正常情况下渤海星 20 年前就已经解除伽利略封印，现在早该有了自己的制造业体系了。"何夕了解地点头，"不过这一切就快改变了。"何夕转头望向叶列娜，"让这颗蛮荒星球沐浴到文明的光辉，这就是我们的使命。"

叶列娜身躯微震，她从何夕的语气里听到了一种不容置疑的决心。在拿到"乐土"计划书的时候她已经知道了自己此行的目的，但在此之前她更多地将这看作自己必须完成的一项任务，和此前自己曾经执行过的那些任务虽有区别但本质并无不同。但这段时间的经历让叶列娜有了不一样的感觉，她意识到自己的人生已经和这次任务密不可分，她甚至没来由地隐隐觉得自己的命运也会因之而改变。叶列娜其实不喜欢这种似乎带有神秘意味的感觉，但她无法摆脱这种感觉。

8. 圣地和死亡

伴随一个明显的减速过程大船停了下来，窗外昏暗的光线表明这里至少已在海平面下几十米的深处。

前方的地板缓缓打开，显出一列向下的台阶。"前方也有我的终端，你们随时可以同我交流。"中央电脑保持着例行公事的腔调。

甬道里的照明条件很好，何夕注意到墙壁的材质类似于地球上的花岗岩，每隔一段距离就矗立着一根粗壮的显然是人工材料的支柱作为加固。何夕估算一下从离开大船算起现在已经又向地底深入了几十米，在这样的深度任何海啸都不再成为威胁。

眼前豁然开朗，这是一个圆形大厅。在正中的平台上悬浮着一个直径约一米的淡蓝色球体，何夕觉得那应该是代表渤海星的雕塑。

中央电脑胖胖的头像再次出现在前方的一块屏幕上，在旁边站立着三个身着黑衣的人。

叶列娜突然满脸惊奇地望向何夕，仿佛不知所措。何夕完全明了叶列娜何以如此，因为他自己也感到几分震惊——面前居中的那人长得同他颇有几分相像，年龄也差不多，就像是他的一个失落的兄弟。现在同样吃惊的表情也浮现在那人眼里，显然他也没料到现在的场面。

"我叫秦忘。"那人恢复了平静，"先行者编号17。在这里大家也叫我酋长，欢迎来自地球的尊贵客人。"

何夕立时明白经过这么多年之后先行者中间已经产生自己的领袖，看来这个秦忘就是这样的人物："那好，中央电脑应该告诉过你我们的来意。另外纠正一下，我们似乎不应该算是客人吧。"

叶列娜悚然一惊，她这才想起最初收到的讯息里称他们为"客人"时何夕好像也是满脸不悦。

秦忘脸上掠过不易觉察的一丝尴尬："我这样说只是出于尊敬，我们已经盼望很久了。我们现有的力量在渤海星生存显得太弱，迫切需要来自联邦的帮助。"

何夕脸色缓和过来，一路过来他的心情早已轻松了许多，到现在为止没有什么不满意之处，看来此行的任务会很顺利："这里是什么地方，你们称这里为圣地有什么含义吗？"

"这里是我们的议事厅。"秦忘解释道，"圣地是大家的习惯称呼，并没有什么特别含义。"

何夕环顾四周："这里有监控设备吗？就是那种可以从远处看到这里的东西。"

"没有。"秦忘很肯定地答复。这个回答让何夕满意，其实叶列娜身上就带有检测设备，刚进来就已经向他发出了安全讯息，他向秦忘提问只是一次的小小试探罢了。

秦忘迟疑了一下开口道："按章程似乎你们还应该有一个人的。"

对方主动提到章程规定让何夕感到很踏实，他也觉得是让范哲登陆的时候了，毕竟范哲在渤海星计划里也是不可替代的一分子："我现在就下令让范哲登陆，让大船接他过来。"何夕兴奋地转头看着叶列娜，"渤海星计划正式开始了。"

秦忘谦和地点头："我现在就去安排。"

范哲一进门就高声大嚷："你们肯定不相信我看到了什么，那些用巨海藻编织的房子是我这辈子看到过的最漂亮的别墅。还有……"

"好啦好啦。"叶列娜打断他，"还有巨大的海浮萍是吧，少见多怪。"

"原来你们也看到了。"范哲挠挠头，"不过有个东西你们肯定没见过，我在轨道上可是观测到了几十米长的潜艇……"

"那是土鲨吧。"叶列娜哈哈大笑，"渤海星可是农耕时代，哪来的什么潜艇。"

"先别说这些了。"何夕忍不住打断了两个年轻人的斗嘴，"我们还有正事要办。你们不会忘了自己此行的任务吧。"

叶列娜脸色变得有些奇怪："当然没忘，不就是让我和范哲来渤海星和亲嘛，而你这所谓的领路人其实就是个星际媒婆。当初我看到参加选拔的条件要求是未婚时就觉得十分古怪，像宇航员这种高风险职业一般都是选择有了孩子的人。"

何夕陡然一滞，在叶列娜嘴里至高无上的"乐土"计划竟然成了老古董式的和亲，自己也当上了媒婆，可细一想这话却让人无从辩驳，一时间他竟然有些哭笑不得的感觉："这个，'乐土'计划事关全人类未来的福祉。"

"我知道，宪章上讲了的。"叶列娜接过话头，"如果人类永远困守地球则必将走向灭亡，像超新星爆发、小行星撞击、高能试验事故、生化事件、太阳灾变等无法预料的偶然事件随时可能在未来某一天毁灭全人类。只有实施'乐土'计划才能让人类散布宇宙永世长存。"

"对啊。"何夕语气变得郑重，"能够在这样伟大的事件里承担一份自己的责任是我们的荣幸。"

范哲幽幽地看了眼叶列娜："我们知道这是自己的使命，其实从看到计划内容的时候起我就觉得自己变得和以往不同了。我们将注定承担很多以前不明白的东西。"

"20年前我曾经有过同你们一样的感受。"一缕雾样的神色浮现在何夕的眼里，"而且由于另外的某个原因我的感受比你们更加刻骨铭心。"何夕停顿了一下，似乎有些犹豫该不该吐露这个尘封已久的秘密。

"发生了什么事情？"叶列娜突兀地问，她的脸上若有所悟。

"事情很简单，当年我爱上了一位姑娘。但不幸的是她也是'乐土'计划的成员之一，所以注定了这是一个不会有结局的故事。"

范哲忽然轻轻问道："那她也爱你吗？"他的目光有些飘忽地瞟了眼叶列娜。

何夕一怔："我想是吧。其实我们认识的时间并不长，但怎么说呢？也许感情的确是世界上最盲目的事情吧。当时我看着她乘坐的飞船在视线里渐渐模糊消失，觉得自己心里的某一部分也在那一刻永远地随她而去了……"

何夕突然停住话头四下张望："你们听到了什么吗？"他的脸上

浮现出困惑的神色。

"我也听到了，好像是一声很轻的叹息。"叶列娜回应道。

范哲有些茫然地呆愣在原地，他没有听到什么，但是四周的情况却让他陡然紧张起来。不知何时四壁的门已经全部紧闭，范哲上前试图打开那些门，但他无一例外地失败了。

叶列娜惊呼道："快看，那些烟雾！"

何夕这才发现房间里已经淡淡充斥了一层雾气，与此同时范哲身上的便携仪器上也亮起了红灯："天哪，是神经毒气梭曼，这样的浓度三分钟内就能致人死命。"范哲大叫起来。

何夕这才发现自己铸成了大错。当初在飞船上收到的讯号里先行者称他们为"客人"，按照《乐土宪章》所有移民星球在验收之前是不能视作人类家园的，但先行者的这种称谓却有以"主人"自居的意思，也就是说他们已经视渤海星为家园了，这个细节本来是让何夕有所警觉的，所以他安排范哲留守在飞船上，但后来的接触让他放松了警惕。现在看来渤海星上的确是发生了异乎寻常的事情，说不定范哲观测到的真的是潜艇之类的东西。中央电脑的程序肯定被人动过手脚，对方是作了有意的安排，等到他们聚齐之后才采取行动。但是何夕不知道先行者这样做究竟是因为什么，而现在看来这也许将是一个永远的谜了。屋子里的三个人脸色惨白地面面相觑，眼睛里都是难以置信的绝望。死亡，就这么来临了，在这遥远的异星之上。不仅突然，而且透着不明不白的诡异。

在意识离开何夕之前的最后一瞬，划过他脑海的是一个奇怪的念头：那声叹息怎么那么熟悉？之后纯粹的黑暗袭来，将一切吞噬。

9. 当年情

这就是死亡吗？像飘浮在云团里，又像是沉浸在温暖的海水中。斑驳的光影在眼前四处跳荡，宛如一幅让人不明就里的抽象画。

"不——"何夕突然大叫一声醒来，这才发现自己躺在一张柔软的椅子上，虽然没有充足理由，但第六感觉清晰地告诉他旁边有一个女人。这个判断很快有了依据，因为何夕立刻发现一个纤弱的身影就伫立在他的面前。

即使是最善于想象的人也常常在面对命运的安排时感到意外，谁都难以知道会在什么地方以及在什么地点遭遇不可预料的人和事。当于岚的身影突然间映入何夕眼帘的时候，他真切地感到这句话的正确。20年的隔膜在那个瞬间被穿透了，何夕觉得天地间突然恍若无物，只剩下了两个人。无论用什么样的语言也无法诉说何夕在那个瞬间里的感受，因为他见到的是一个自己已经与之永诀的人。多年前的伤口一直还在隐隐作痛，但是那个人居然回来了，她穿透的不仅是时间，还包括死亡。

何夕此时还不知道与于岚的重逢最终成为他心里第二道痛入骨髓的伤口，而且永世难愈。

"是你吗？"何夕喃喃地问，"如果不是从小被培养的无神论信仰，我一定会认为这是在天堂里的重逢。"

"是我。"于岚温柔地回答，眼里装满欣喜。

何夕四下张望，发现这里是大船的主控室，现在已近黄昏，太阳的光线变得柔和，绚丽的云彩挂在天边。但他没有看到范哲和叶列娜。

"他们现在很安全。"于岚仿佛看透了何夕的心思，"我根本没想到你居然会是领路人，如果再晚一点可能就……"于岚止住话，似乎仍然心有余悸。

"我不明白发生了什么事。"何夕不太肯定地开口，"好像我们差点死了。但这怎么可能呢，一切都很正常啊。是不是发生了什么故障。"

于岚没有开口，像是没有听见何夕的话，但谁都能看出她眼里的喜悦发自内心。

"当年的事故里你不是已经死了吗……"何夕急促地问，几乎与此同时一道灵光自他脑海里划过，他猛然想清楚了一些事情，"我知道了，并没有什么事故，一切都是假象。"

于岚迟疑了一下，终于点头承认了何夕的猜测。

但是何夕心中的疑惑更甚："可为什么会这样？是先行者扣留了你们吗？"

"怎么可能呢？"于岚摇头，"他们都是善良而无害的，老实说地球人在他们面前至少在道德层面上肯定会感到自卑的。"

何夕想起一路上的见闻，先行者纯朴的风貌的确给了他很深的印象："但那个警报讯息又是怎么回事呢？那可是你亲自发出的。"

"马维康和加腾峻并不是死于脉冲星辐射。"于岚幽幽地说，"而是死于一次突发事件。当时我同他们发生了激烈的争执，先行者站在我这一边。他们两人先动手杀死了几十位先行者，但是最终寡不敌众。后来我发出了那条讯息。"

何夕彻底震惊了，他没想到20年前竟然发生过这样惨烈的一幕："是什么事情会发展到这种地步，难道不能协商解决吗？"

"不能。"于岚冷酷地说，"是生死或存亡，没有调和的余地。当时马维康和加腾峻正准备向地球报告渤海星任务彻底失败的讯息。"

何夕倒吸一口气，他当然知道这个讯息意味着什么。"乐土"计划实施以来还从未发生过这种情况，一旦讯息发出，后果的确不堪设想。

"是那种情况发生了吗？"何夕平静了些。

"还能是别的什么呢？就是那种情况发生了。"于岚的神色变得古怪，就像一个来自黑森林的女巫，她一字一顿地吐出剩下的四个字，仿佛那是一句恐怖的咒语，"生殖隔离。"

虽然有所预感但这几个字还是像重锤一样打在了何夕的心灵上："这怎么可能，我一直以为宪章里关于这一条的规定只是为了法律的完备性而准备的，没想到真会发生这种情况。要知道每个先行者方案都是经过至少五年时间上千次实验才确定的。"

于岚的思绪已经回到了20年前："当时我们顺利到达了渤海星，这里世外桃源般美丽的风光稍稍让我觉得安慰。我想就这样忘了过去罢，开始新的生活。"于岚的神色变得有些迷蒙，"后来的事情都是按部就班的，加腾峻同他的心上人一见钟情，而我居然遇到了一位和你颇有几分相像的先行者……"

"是秦忘吗？"何夕陡然想起那位酋长。

"就是他。"于岚苦涩地笑笑，"渤海星第一代先行者的名字都是自己决定的，唯有秦忘的名字是我给他起的。"

"秦忘。情忘。"何夕若有所悟地低语，一时间他的心里涌起痛楚的感觉。情真的能忘？

于岚平静了些，接着说道："如果一切正常我们就会像地球上一样，恋人们交往一段时间后在领路人的主持下缔结婚约，然后在几个月后的某一天诞下生命的结晶。由于先行者的所有重要体征都被设计成显性基因，所以孩子肯定能够适应这里的环境，孩子顺利出世便是整个计划圆满成功的标志。"这时于岚像是想起了什么，"你的家人都好吗？"

何夕有些猝不及防地回答，"当然，他们都在里海星。"他低声补充道，"我和妻子已经分手，现在我同女儿生活在一起，她非常可爱，像个天使。"

于岚流露出羡慕的目光，不知为什么这目光让何夕觉得心中酸楚："也许是我的专业使然吧，我一到渤海星便采集了先行者的生殖细胞进行分析，想观察他们同人类的生殖细胞结合时的行为。"

"这好像没任何必要吧，在地球上的时候早就进行过无数次类似的实验了，虽然我不是这方面的专家，但也知道用先行者胚胎细胞制造他们的生殖细胞是一件很容易的事情，进行一次减数分裂就行了的。"何夕有些不以为然地插话。

于岚没有理会何夕："由于我自己的排卵期的原因第一次实验是在到达渤海星的第五天才进行的，我同时也以实验的名义取得了加腾峻的生殖细胞。我说过当时只是专业兴趣使然，我根本没有想到会发生超出意料之外的事情。"

何夕的心渐渐下沉："实验结果是什么？"

"相当可怕。"于岚的语气简短而冷酷，"在显微镜下我看到的完全是异种生殖细胞相遇的情形。精子漫无头绪地乱撞，完全不像遇到同类卵子那样舍生忘死地冲锋。而卵子则是完全彻底地封闭了表面的一切通道。也就是说它们排斥的程度甚至超过了马和驴，尽管后者也无法孕育出能正常繁殖的后代。"

"异种。"何夕从牙缝里挤出这个词，"可我知道类似的实验在地球上是全部成功的。"

"我当时也非常震惊，但事实就摆在面前。接下来我采集了更多的先行者标本做实验，结果完全一样。经过进一步的分析我找到了原因所在。"于岚竖起食指指了指天空。

何夕立时明白了于岚所指："你认为是渤海星上特殊的恒星辐射造成的？"

"只能是这个原因。"于岚点头，"其实恒星辐射超过地球的行星并不少见，但以往从没有发生过以这种方式影响生殖细胞的情况，可见宇宙的确还存有许多人类未知的奥秘，我想可能是因为这里的恒星辐射中具有某些特殊频率的射线吧。不过我观察到先行者生殖细胞之间的结合却又完全正常，甚至当时已经有了一对偷尝禁果的先行者，他们一岁大的孩子在水里游得比银贼鱼还快。"

"再后来发生了什么事？"何夕强迫自己保持语速平缓。

"我确定实验结果无误后便报告了马维康。他当时不相信，但在目睹之后接受了我的结论。然后我们三个人在一起开了个会，其实根本不需要什么讨论，按照宪章的规定一切都是明摆着的。要知道任何违背宪章的行为都被视作反人类罪行。"

何夕打了个冷战，他用有些奇怪的眼神看着于岚。

"他们两人的意见是立刻向人类委员会汇报，准备启动抹除程序。我想那一刻自己可能是疯了，我无法接受几千个活生生的有血有肉的人在我面前被杀戮。我冲出了门对先行者大声嘶喊他们已经被人类视为异类，将被毫不犹豫地抹除掉。我告诉他们如果要拯救自己就必须制止屋子里的人发出讯号。"于岚痛苦地摇头，乌发变得凌乱不堪，当年那可怕的景象让她至今不能释怀，"然后人群向屋子冲过去，然后我看到不断有人倒下，遍地的血……"

于岚的话戛然而止，在极度的激动之下她突然晕厥倒地。

10. 非人

于岚苏醒的时候发现自己正好同何夕掉了个个儿，自己躺到了椅子上，而何夕正注视着遥远的天边若有所思。

"你醒了。能告诉我现在我们所处的方位吗？"何夕俯身下来，眼里是毫不掩饰的关切之情。

"我们现在就在圣地的上方，先行者称这里为圣地是因为我住在这里，我没有抵抗辐射的基因，多数时候都生活在地底。"于岚起身站立，"他们对我当年的行为充满感激，对待我像神一样充满尊敬。他们是知道感恩的人。"

何夕点头表示理解，20年来于岚遗世独立，对渤海星的确付出太多，同时他也听出了于岚话中的维护之意："我相信他们都是善良的，但他们是异种，这是不可否认的事实。"

于岚沉默了好一阵，像是在思考某个问题："你看到这个了吗？"她突然指着桌台上一座半米高的拱桥模型，脸上浮现萧索的神色，"渤海星上没有河流的概念，当然也不会有桥这种东西，这个模型是我平时摆着玩解闷的。"于岚说着话用手轻轻一拂，拱桥立刻散落成十几块大大小小的配件。"这座桥没有用黏合剂，完全是靠着配件契合成型。你试试能还原吗？零件上面有编号，你可以按顺序来做。"

虽然何夕不明白于岚为什么突然扯到这个模型上，但他还是依言摆弄起那堆零件。何夕知道于岚的老家是中国南部著名的水乡，那里有着很多这样的石拱桥，少女时的于岚曾经日日从桥上走过。何夕想象着那时的于岚伫立桥上看风景是怎样一副纤弱的模样，而现在的她却只能在160光年之外摆弄一座石桥的模型，这样的联想突然让何夕有些心酸。何夕定定神，将注意力放到眼前，所谓零件其实就是一堆梯形的塑料块。何夕试了几次都失败了，模型总是在垒到一定程度的时候崩塌掉。何夕有些郁闷地盯着这堆不听话的零件，从道理上讲这应该是件很容易的事情，这些零件的形状肯定是能够契合成一座拱桥的，就像他刚才亲眼见到的一样，而且也的确和现实中的石拱桥一样不需要什么黏合物。

"你不会成功的。"于岚含有深意地开口，"零件一块不少，但你会发现你的工作总是进行到某一个时刻就崩溃了。"于岚从抽屉里拿出一个盒子，"你做不到只是因为还缺少一些东西，这个盒子里面的构件可以搭建一副脚手架来帮助你。翻开拱形桥建筑手册你就会发现，在造桥之前你需要搭建脚手架之类的辅助设施，但这些东西最后会被拆除，不留一点痕迹。"

"为什么和我说这些？"何夕若有所思地问，他觉得自己正在接近某个隐藏的真相。

于岚的眼睛变得很亮："其实建造这座桥的过程和人类的进化非常相似。这本来是进化应有的常态，30多亿年里我们身体的所有构件其实都经历了这样的过程。那些曾经出现但最终消失了的部件并不是无用的，没有它们也就不会有现在的人类。但是我们现在对先行者的改造却完全违背了这种自然规律，跳开了所有中间环节。人类凭借着已经堪比造物主的强大技术，直接依据移民星球的环境需要设计制造出了先行者。"

"你是说先行者是非自然产物，是吗？"何夕问。

"先行者完全就是纯粹计算的产物。"于岚的脸上划过一丝悲戚，"他们不过是从移民星球的环境倒推得到的产品罢了。在人类委员会的眼里他们就是一群小白鼠，根据人类的需要被发送到一个个开拓地。出于开拓的需要他们先天就被赋予了各种特殊的能力，但是这些能力却可能在几十年后带给他们灭顶之灾。"

何夕沉默了好一会儿才开口道："你说的这种极端情况并没有出现过。"

"只能说在渤海星之前没有出现过。"于岚直视着何夕的眼睛，"技术不是万能的，它不可能预见到所有的情况。你认为渤海星先行者会面临怎样的结局？"

何夕感到喉咙发干："宪章……宪章里提到过的。"

"宪章？"于岚语气冷得像冰，"要我背给你听吗？这些年里我早就把宪章翻烂了。不错，宪章里写满了公理正义，它的每句话听起来都代表了人类文明的最高法则，让人无从辩驳。它对所谓移民失败的先行者只说了两个字：抹除。"

"实验总有失败的可能，既然明知是失败了……"何夕艰难地吞了口唾沫，"这也是迫不得已的做法。"

"问题在于渤海星先行者们失败了吗？"于岚逼视着何夕，"你看到过他们，连同他们的孩子。这么多年来他们自由自在地生活在这颗星球上，没有任何不适应的地方，他们建立了自己的家园，同万物谐和，没有大的灾难他们还能这样生活 100 万年。你看到过孩子们建造的那些花房了吗？"于岚眼里放射出动人的光泽，"我觉得它就像是一件美轮美奂的艺术品，是这颗蛮荒星球上最动人的事物。你敢否认自己曾经被它打动吗？"

"是的。"何夕低声说，"那些花房的确非常漂亮。还有，那些孩子也非常可爱。他们让我想起了自己的女儿。真的，我真的这样认为。"

"但是按照宪章的定义他们都是失败的样品，应该完全不留痕迹地抹除掉。就因为他们同我们产生了生殖隔离。"于岚话锋一转。"可这能怪他们吗？是人类在操纵这一切。"

"从生物学意义上讲他们的确不能称作人类了。"何夕肯定地说，"我承认这是人类犯下的错误，也许最严密的设计方案也会有出错的时候，看来人类毕竟还没有洞悉生命的全部秘密。这里发生的一切已经证明渤海星的环境超出了某个阈值，适合生存的先行者将注定异化成非人类。按宪章规定这个星球在抹除先行者后也不会再用于移民，它将成为又一个死海星。"

11. 蓝色的雪

"你已经做出了决定吗？"于岚幽幽地问，一丝奇异的光芒在她的眸子里浮动。

何夕努力控制自己的目光不要四处躲闪，他知道从道理上讲自己没必要感到一点愧疚，恰恰相反，他现在正是站在绝对正确的立场上："我明白你的心情，这的确不是一个容易下的决心。但是我们不能被感情左右，那些先行者……他们……他们的确已经不能算作人类。"

"不——你不会明白的。"于岚突然歇斯底里地大叫道，"你还是站在最狭隘的立场上看待眼前的一切。我认识这里的每一个人，熟悉他们的音容笑貌。秦忘很腼腆，米高喜欢在女人面前吹牛，星兰正在为自己长得太瘦发愁……他们体内的基因有百分之九十七和我们完全相同，他们和我们一样有智慧，有灵魂，还有——梦想。他们不是机器，不是小白鼠，他们是有血有肉的人！你明白吗？"

　　何夕面色惨白地看着这个狂躁的女人，一语不发。等到于岚变得平静一些之后，何夕慢慢开口道："他们不是人类。按照门、纲、目、科、属、种的划分，我想他们最多只能到灵长目人科，到不了人属和智人种，他们和我们不是同一物种，生殖隔离是最有力的证明。我们同他们的差别之大也许超过了同为猫科动物的猎豹和非洲狮之间的差别。想想吧，只要有机会草原上的雄狮会毫不犹豫地杀死并吞食猎豹，反过来也是一样。"何夕的喉结艰难地动了一下，"我们和黑猩猩也有百分之九十六的基因相同。所以……他们不是人，他们是绝对的异种。"

　　于岚颓然坐倒在椅子上，她的理智告诉她何夕说的都是真理。

　　"人类很幸运，掌握了虫洞这种超越时代的伟大技术，得以一窥浩瀚宇宙的面貌。而更幸运的是在运用这种技术的过程中人类还没有遭遇到智能胜过自己的可怕异类。但在开拓异星的过程中人类却可能创造出这样的异类，谁敢保证某一天它们不会向创造者举起屠刀。"何夕冷酷地问。

　　"不会这样的。"于岚无力地嚅动嘴唇，头上的乌丝剧烈地摆动着。"他们很善良，我一直教育他们对地球怀有感恩之心。"于岚仿佛抓住了一根救命稻草一般抬起头来，"我会告诉他们地球人类

242

是他们的根，我会让他们永远记住这一点。他们永远不会对抗人类的。"

何夕有些怜惜地看着憔悴的于岚："永远是什么？世界上有永远的事情吗？对人类的历史你应该比我清楚。现代欧洲人都来自非洲，但当他们的后代在 15 世纪重返非洲的时候带去的却是无尽的杀戮和种族灭绝。还有一个时间间隔更短的例子，公元 1000 年左右一些波利尼西亚农民移居新西兰成为毛利人。其中又有部分移居查塔姆群岛成为莫里奥里人。但没过多久之后的某一天毛利人冲到查塔姆群岛杀光并煮食了这些莫里奥里人，因为他们视那些人为异类。一个毛利人解释说，'我们捉住了所有的人，一个也没有逃掉……我们抓住就杀——这符合我们的习俗'。"何夕露出残酷的表情，"这些例子里的双方其实还属于同一物种，人类自己的历史已经证明了一切。我承认现在的渤海星先行者都是善良而无害的，而且我内心里甚至很喜欢他们。但是，人类绝对不敢冒险去养大一个拥有智能的异种。"

"我要阻止你。"于岚有些失控地嘶喊，"你一定认为我是一个被感情冲昏了理智的巫婆，我已经当过一次人类公敌了，我不怕再当一次。"

"别这样。"何夕扶住于岚瘦削的双肩，"你已经尽力了，真相不可能永远隐瞒下去。"

"但是如果能多给先行者们一些时间，再给他们几十年时间，我可以教给他们更多一些知识，让他们拥有自己的先进技术，他们就能进步到足以同人类抗衡的程度。"于岚突然痛苦地抓扯头发，脸上是无所适从的绝望，"天哪，我在说些什么啊，他们永远都不会同人类对抗的，不会的。"

"你说出的正是真理。"何夕知道现在不是心软的时候，于岚已经痴迷太深，他有义务唤醒她，"其实你自己早就看到了一切，只是不愿意承认罢了。"

于岚一步一步朝门外退去，脸上是无助与决然的混合："你们都是屠夫，我不会让你们毁灭这里的一切的。"

"你打算怎么做，就像20年前一样？让先行者们撕碎我？"何夕脸上挂着冰凉的笑，仿佛想掩饰内心的什么，"我知道他们现在就在外面，他们的武器应该比20年前进步多了。"

"求求你别逼我。"泪水从于岚眼中不可遏制地流淌而下。一边是曾经的挚爱，另一边则是无数她必须保护的生灵。一时间她仿佛听到了自己的心碎裂滴血的声音。

"是结束一切的时候了。"何夕突然扬了扬手，"人类委员会在20分钟前，也就是你昏厥的时候已经收到了关于渤海星情况的报告。我和你都是小小的棋子，只有人类委员会才有权决定渤海星的未来。"

"这不可能。启动量子通信至少需要两个小时，你在骗我。"于岚惊骇莫名地摇头。

"也许世间真有所谓宿命的存在，出于某些难以说清的原因我在几个小时前就让范哲启动了量子通信。"何夕接着说，"我忠实地描述了渤海星的状况，其中也包括你所强调的渤海星先行者的'善良'和'无害'。人类委员会是最终的决定者，我想再过一会儿我们就知道渤海星的宿命究竟是什么了。"

于岚不再说话，实际上何夕的话已经让她完全僵立。何夕缓步上前温柔地围住她的肩膀，然后他们一同望向外面的黄昏，就像一对看海的恋人。

在120公里的高处，虫洞飞船以黑丝绒般的太空为背景缓缓划过，宛如一只巨眼君临万方。飞船核心处有一个内部冷到极点的黑匣，里面的温度甚至低于宇宙的背景辐射。在这样的温度下运动几乎终止了，就连电子这种不可捉摸的轻子也表现迟滞。

突然，像是获得了某种古怪的魔力，其中一些电子开始无视低温的禁锢执着地骚动起来，它们迈开了奇异的舞步。电子们的舞蹈并不是无意义的，它们跟随亿兆公里之外孪生兄弟的脚步拼出了一条无比清晰的指令。几秒钟之后虫洞飞船整个震颤了一下，在指令的召唤下从它的周围伸出一圈发着蓝光的管子，就像是一头从沉睡中苏醒的怪兽正在舒展四肢。

片刻之后很多道流星般的亮迹破空而至，在黄昏的天空中显得夺目非凡。进入大气层之后亮迹急速地湮灭，与此同时无数淡蓝色的雪花开始在黄昏的天空中飘落，这幅无声的场景美得令人窒息。

天地间的异象迅速吸引了先行者的注意，许多人浮上水面争相目睹这从未见过的蓝色雪花。孩子们开心地大叫，他们甚至像海豚一样迫不及待地跃出水面去触摸满天美丽的雪花，却不知道这是与死神的致命邂逅。

"终结者病毒……他们还是做出了决定。"于岚喃喃开口，她的脸上一片幻灭。

何夕没有说话，在这样的时候语言根本没有任何意义。他知道这场雪会一直下12个小时，直到这个星球的每个角落都覆盖上足够的病毒。对应于每种先行者都预先设计有一种终结者病毒，它们是高度特异定向化的，一种病毒只能感染并杀死对应的先行者，当先行者全部死亡后病毒自己也无法存活。按照实验结果先行者受感染后存活率低于十万分之一，而现在整个渤海星人口只有几千，也就是说这将是一次完全彻底的饱和歼灭行动。

12. 人生不相见

夜很深了，在两个月亮的辉映之下可以看到近处的雪花仍然稀稀疏疏地飘洒着，这幅静谧的图景让人很难把它们同无数的死亡联系在一起。

"我们终于看到了渤海星的宿命。"何夕再次提起话头，于岚像现在这样一言不发已经 10 个小时了。

"他们都死了，对吧?"于岚终于开口说话，这让何夕觉得稍微放心了些。

"终结者病毒攻击神经系统，感染者将很快因为神经系统瘫痪而窒息死亡。"何夕小心翼翼地说，"这是一种快速的低痛苦死亡方式。现在先行者应该都已经死去了，包括个别深海里感染得稍晚一些的。"

于岚机械地走到 10 米外的控制台边坐下，何夕知道从那里可以跟踪到每一位先行者，但于岚现在的举动已经毫无意义，在屏幕上她只会看到 8754 个一动不动的小点——那是先行者横陈的尸体。

"一切都结束了。"于岚从控制台前站起，脸上一派麻木，"从渤海星被发现算起已经过去 50 多年了，在这颗星球上发生过那么多故事，而现在一切都回到原点，就像是做了一场大梦。"

"这就是结局了。"何夕低声说，他转身指向夜空中的一个方向，

"从这里看过去太阳系只是一个暗淡的白点，那里是人类共有的家园。在这个故事里最幸运的是经过那么多事情我们的家园还在。"

于岚突然叹口气，像是有所触动："知道吗？以前我觉得所谓的星座只是古人的奇特想象力组合，但现在我却不这样想了。也许其中真的隐藏着某种我们永远无法彻底弄明白的东西，它超越了所谓的科学定理，也超越了人类全部的理解能力。"

何夕哑然失笑："怎么我们的生物学博士改行研究哲学了？"

于岚转头看着何夕："就像现在，我们站在这个位置上，能看到太阳系连同半人马座还有旁边的群星，你看它们像什么。喏，稍微把头偏左一点……"

何夕凝视着那个方向，饶有兴致的，不以为然的，然后天地间突然沉寂了，何夕感觉到有滚烫的泪水从眼里涌出——他看到了一个小小的摇篮，下面是篮身，上面有一条提臂，那颗火红大星则是悬挂点……小小的摇篮就那么孤单地悬挂在这广袤无垠的宇宙中。

从这个位置上何夕其实也看到了在地球上永远无法与猎户座同时看到的天蝎座群星，火红的大星便是天蝎座 α 星，中国古人称为"大火"，曾经专门设立"火正"一职观察它的位置确定节气。天蝎座群星参与了太阳系摇篮的组合，这幅图景是那样美妙绝伦但却又蕴含着人类智慧永远不能理解的无尽深意。

良久之后何夕回过头来："该回家了。"何夕爱怜地望着于岚并且加重了语气，"是我们两个人的家。"

"回家。"于岚若有所动地重复一句，"我也很想回家，但是我再也回不去了。"

何夕有些意外："虽然你违背了章程但毕竟没有铸成大错，我想联邦政府也不会太难为你的，我有把握替你脱罪，至少会是比较轻的判决。"

"你认为我们还能回到从前吗？不可能的。渤海星改变了我的一生，我已经同这里的一切有了永远无法分离的血肉联系。太阳系是人类温暖的摇篮，但孩子长大后终有放手的一天，不应该让摇篮成为永远的禁锢和桎梏。正是几万年前的来自非洲的先行者闯进旧大陆，以及几百年前来自欧洲的先行者们挺进新大陆，才有了后来人类历史中一幕幕壮丽的篇章。终有一天人们会明白宇宙的法则也许并不是汇聚，而是分离，就像地球现在已知的几百万物种其实都来自 38 亿年前的同一个体。先行者不在了，但是我要留在这里，用我剩下的生命守护他们无根的灵魂，我怕他们会迷路。"于岚转头凝视着何夕，星星在她的眸子里闪烁着动人的光芒。"我们的人生分开得太久也太远了，就像参宿与商宿，东升西落，已经无缘相聚。"

于岚说完这番话将身体从何夕的围抱中抽出，轻轻地然而也是决绝地步入了门外的黑暗。剩下何夕一个人孑身伫立，仿佛一具被抽空了魂魄的雕像。

13. 尾声：最后的音节

登陆舱缓缓升腾越来越高，渐渐成为湛蓝天空中一个不可见的小点。于岚面无表情地注视着这一幕，这时主控室的地板滑开，两个纤细的身影扑进于岚的怀里大声哭泣，过去的这 10 多个小时他们一直生活在炼狱里。于岚紧紧搂住两个吓坏了的孩子，就像是搂着两样失而复得的珍宝。几小时前她在主控室上看到了两个移动的小点，也许是由于恒星辐射的缘故，这两个孩子竟然具有了抵抗终结者病毒的突变，也就在那一瞬间于岚做出了最后的决断。

"虫洞跳飞进入倒计时。"叶列娜向一直失魂落魄的领路人汇报，她忍不住提醒一句，"还有10分钟时间，如果想道别请抓紧。"这时她猛地瞪了范哲一眼说，"跟我出去呀，真是没脑筋。"

范哲稍愣，随即听话地跟着出门，他正好觉得有许多话想对叶列娜说。

屏幕上的于岚已经不复昨天憔悴的模样，似乎还淡淡地化了妆，看上去明艳照人："我已经在这里等了一阵了，我知道你会出现的。"

"再有几分钟飞船就会启动，这一别我们恐怕再也无法见面了。"何夕深深凝视着于岚，似乎想将她的容颜镌刻在自己的视网膜上。"我会在亿兆公里之外想你的。"

"我也是。"于岚柔声道。

何夕迟疑了一下，似乎在做什么决定，末了他平静开口道："秋生和星兰都好吗？"

于岚悚然一惊，脸色一下变得苍白："你……你说什么？"她的心急速地沉向无尽深渊的最低处。

"虽然你离开的时候关闭了控制台，但是后来我破译了启动密码，所以我知道有两位幸存者，很巧的是我居然见到过那两个孩子。我一直在回想你说的那番话。"何夕稍稍停了一下，"也许放手也是一种爱，而且是隐含着宇宙的至高法则，因而也是最深沉的爱。我知道该怎么做，不会有人来打扰你们的，就让人类和先行者各不相见吧。永别了，我的渤海星女神。"

"谢谢你，我会守护着他们，不让他们迷路。"于岚眼里流露出依依不舍的神色。时间飞逝，永世的分别就在眼前，两人透过屏幕深深凝望，口唇微动中不知不觉吟诵的正是那已经刻入彼此灵魂的诗句：

人生不相见，动如参与商。

今夕复何夕，共此灯烛光。

千年前的绝唱道尽了世间的离合悲欢，泪水开始在两张面庞上聚集成行恣意流淌，冲刷尽一切，将心中无尽的块垒抚平。

少壮能几时，鬓发各已苍。

昔别君未婚，儿女忽成行。

前尘旧事在何夕眼前一一晃过，地球的初遇、二十年的分离、渤海星短暂的重逢、紧接着的永远的诀别。还有人类与先行者的离合际遇。无数的慨叹划过心头，这一刻就像是历尽一生。

十觞亦不醉，感子故意长。

明日隔山岳，世事两茫茫……

炫目的闪光突然亮起，模糊了眼前的一切，宣告这个冗长的故事走到了终局。而空气中还停留着那最后的音节，在相隔亿兆公里的两端——盘桓、萦绕。

田　园——伤心木

1．归来

　　从机窗俯瞰太平洋广阔无垠的海面是一件相当枯燥的事情。陈橙斜靠在座椅上，目光有些飘忽地看着窗外，阳光照射进来，不时刺得她眯一下眼。陈橙看看表，还有三个小时才到目的地，这使得她不禁再次感到无聊。林欣半仰在放低了的座位上轻声打着呼噜，不知道在做什么好梦，居然睡着了脸上还带着笑。

　　新四经济开始兴盛的时候，陈橙的志向是成为一名"脑域"系统专家。当时，她刚开始攻读脑域学博士，那会儿正是新三经济退潮的时期，曾经时髦了几年的新三经济代表——JT业颓相初露。JT相关专业的学长们出于饭碗考虑，正在有计划地加紧选修"脑域"专业的课程，陈橙不时会接到求助电话，去替那些人捉刀写论文。用"新"这个词来表述一个时代的习惯大约始于 20 世纪后半叶。当时有不少"新浪潮""新时期""新经济"之类颇令时人自豪的提法，但很快，这种称谓便显出了其浅薄与可笑的一面，因为它不久便开始繁殖出诸如"新新人类"以及"新新经济"之类的既拗口又意义含糊的后代。所以到眼下出现"新四经济"这种语言怪胎实在是逼不得已，除非你愿意一连说上好几个"新"字。

"脑域"技术正是新四经济时期的代表，甚至可以说整个新四经济的兴起都与之相关。一位名叫苏枫的专家发明了这项将人脑联网的技术，将人类的智慧提高到了一个前所未有的水平，同时也有力地回敬了那些关于机器的智慧将超越人类的担忧。正是"脑域"技术的兴盛掀起了一个高潮，将全球经济从JT业浪潮后的一度衰颓中拯救出来，带入又一轮可以预期的强劲发展之中。而现在，作为首批拥有"脑域"专业博士学位的青年专家之一，陈橙有足够的理由踌躇满志。

陈橙的思绪已经超越了飞机的速度，也就是说在思想上她已经提前到达了目的地。陈橙想象得到自己将受到何等热烈的欢迎，正如她近两年来所到的每一个地方一样。

我终于还是选择了回来——陈橙心想——离开中国已经差不多十年了。十年。陈橙在心里感叹了一声。时间只有在回想的时候才发觉它过得真快。她在心里想象着朋友们的变化，十年的时间是会改变很多事情的。不过，陈橙立刻意识到这是个错觉，因为在这个时代，地域的障碍根本就是不存在的。她几乎每天都会在互联网（这是古老的新经济时代的产物）上同国内的某个朋友面对面地聊上几句，更不用说通过电子邮件联系了，所差的只是不能拉上手而已——当然，这不包括那个人。

陈橙悚然一惊，思绪像被利刀斩断般戛然而止。为何会想到那个人？这不应该。对陈橙来说，那是个已经不存在的人。是的，不存在。陈橙扭了扭有些发酸的脖子，从提包里找出份资料来看。

不过有点儿不对劲，资料上的每个字明明都落在了陈橙的眼里，但她看了半天却不知道上面写了些什么。她停下来，轻轻地叹口气丢开手中的资料，因为她已经知道这是没有用的。

2．新知

欢迎仪式比陈橙想象的奢华许多。这片土地还远远算不上富强，对于拥有"脑域"这样尖端的技术成果有着可以理解的强烈愿望。陈橙和林欣婉拒了众多待遇优厚的研究机构的聘请毅然回国，单凭这一点，他们也应该受到热情的回报。林欣是陈橙的同行，今年38岁，也是"脑域"技术专家，他们是在欧洲的一家研究所共事时结识的。林欣一直是一个行事相当洒脱的人，用他自己的话来说——有点儿像是"技术浪人"，也就是说，他常常会更换工作内容及工作地点。从以光子商务为代表的新二经济时代到以"脑域"技术为代表的新四经济时代，凭着天生聪颖的头脑，他总能顺时代潮流而动，这些年来，他的足迹遍布世界各地。不过，那都是与陈橙相识之前的事了，现在的林欣只是一个地地道道的跟屁虫。比如，这次回国对于他来说根本就是没考虑过的事情，但是陈橙决定回来，他也就跟来了。就林欣的体会而言，现在只有在搞研究时他还能用用自己的脑子，除此之外，他几乎完全成了陈橙手里的小棋子。

这事听起来稀罕，其实一点儿也不奇怪——谁让他那么喜欢这个女人呢？本来林欣也是相当吸引人的，这些年也不知害多少女人伤过心。但是现在这一切都遭到报应了，因为他遇见了陈橙。上天让他爱死了这个女人，却又让这个女人对他没一点儿回应。其实如果按照传统眼光来看，他们的关系已经够亲密了，他们甚至上过床，用彼此的体温来对抗夜晚的寒冷与寂寞。但在这个欲望与爱情早已彻底分离的时代，这根本不能代表什么，林欣十分清楚，他们之间的关系只是艰苦研究工作之余的调剂，当下一个工作日来到的时候，就会像什么事情都没有发生过一样。当然，这只是陈橙一方的情形，而林欣则陷入了无法摆脱的情感煎熬。他曾经试图向陈橙表白，但她每次都以精妙的语言艺术让他的算盘落空。林欣觉得，自己自从认识陈橙后，所受的苦比从生下来起受的苦加起来还多。更要命的是，以前吃的那些苦——比如生病或受伤之类——还可以找人倾诉，现在这种事情却是有苦没处说，而且就目前来看，苦尽甘来的那一天简直就是遥遥无期。林欣算是领会到当年佛陀在大彻大悟之后，为何会将"求不得"列为人生八大痛苦之一了。不过，这些都是只有林欣自己才清楚的内情，而他表面上回国讲学的第一个理由当然是技术报国，另外一个理由则是中国正好要主办本届夏季奥运会，作为体育迷的他岂能错过机会？

叶青衫教授亲自在机场出口处相迎，这使陈橙颇感汗颜。她快步上前挽住叶青衫的胳膊，口里连称"如何敢当"。这并不是陈橙作态，因为叶青衫正是 15 年前她大学时代的老师，那时她的专业是光子商务，这门学科是新四经济时代的支撑，但是在陈橙求学的时候，这门技术已经没落了很多，至少那时学这门专业的人要想找到满意的职位得费不少周折，以前那种一家有女众家求的热闹场面早已是明日黄花。

这次陈橙之所以选择回国，在很大程度上与叶青衫的力劝有关，在心里，她其实一直对当年自己违背老师意愿改变专业一事存有愧疾。林欣不明就里地站在一旁，面对记者们连珠炮似的提问一语不发。有人拉出了大幅标语，上面写着"欢迎世界著名'脑域'技术专家归国讲学"。好事的人群围拢来，虽然他们都是外行，但对于"脑域"这种最最热门的技术却是耳熟能详的。政府已经将"脑域"技术列入了国家发展纲要，当下几乎在任何角落都能听到与之相关的声音。现在所有人都认识到，这个国家未来能否强大，就在于能否占领"脑域"技术领域的制高点。语言学家统计过，"脑域"是近年来出现频度排名第二的词汇，排名第一的是"新四经济"，而从实质上讲，这两者可以算成一回事。

叶青衫兴奋得满面红光，头上的银丝颤抖着，像在跳舞一样，这次陈橙能应他之邀回国令他颇感欣慰。"脑域"技术是诞生于国外的尖端科学，国内极度缺乏相关人才，更何况是陈橙与林欣这样卓有建树的专家。一时间叶青衫不禁有些感慨，陈橙与林欣都那么年轻，都只有30多岁，像他们这样的年龄，如果是在传统领域里恐怕连新锐都还算不上，而现在他们却都已经是独当一面的权威了，说起来还是新兴领域造就人才。

陈橙与林欣在人潮的簇拥下朝停车场走去。这时，陈橙突然看到远处僻静的角落里晃过一道似曾相识的背影，刹那间，她感觉就像是被从天而降的一道闪电击中了。陈橙轻叫一声，仿佛眩晕般扶住了额头，之后，她旁若无人地朝那个角落奔去。人们不知道出了什么事情，都眼睁睁地看着这奇怪的一幕。但陈橙奔过去后，并没有见到她要找的人，空荡荡的地上只有一张随风翻动的报纸。陈橙下意识地俯身，看到报纸的头条处醒目地印着一行字：世界著名"脑域"技术专家陈橙、林欣定于明日回国。有人在字的下面画了一道波浪线，笔迹凝重而粗壮。

直到见到这张报纸，陈橙才确信自己刚才看到的的确是那个人。何夕，她在心里低喊一声，宛如咀嚼一则古老的故事，而与此同时，一滴泪水突兀地从她的眼角沁出来滑落在地。陈橙茫然无措地四下张望着，但她找不到遥远记忆中那双充满灵性的眼睛。

在场的人都在心里留下了一个谜，只有叶青衫除外，他在心里轻叹一口气，心照不宣地望了陈橙一眼。叶青衫可以确定的一点是，此时令陈橙落泪的正是这么多年来令他内心始终无法平静的那个人。这么长时间以来，那个人一直是叶青衫心底隐隐作痛的伤口。在遇见那个人之前，他从未想到世界上竟会有那样聪颖的人，同时也想象不到，这样的人一旦误入歧途竟会是那样可悲可叹。

3. 旧雨

6个月来紧张的日程几乎让陈橙吃不消，这段时间以来，她简直就没有时间休息。她一方面主持由政府斥巨资建立的国家"脑域"技术实验室，另一方面则是一个讲座接着一个讲座。叶青衫已经感到局面有点儿无法控制了，他出于关心，曾经试图拒绝一些地方的邀请，但是没有一次成功，"脑域"技术正在这片土地上掀起不可抑制的热浪。

陈橙对这一切也有些意外，但真正感到吃惊的是林欣。至少陈橙以前曾经在国内生活过很长时间，见识过这片土地上的人们追逐世界新浪潮时的热情。而林欣则是第一次回国，他完全被人们那种无比虔诚的情绪感动了。有很多次，当他在讲台上看着台下那一双双仰望着的眼睛时，几乎有要流泪的感觉，因为从那些眼睛里放射出来的光芒让他觉得，自己此刻扮演的是一个神的角色，犹如传播火种的普罗米修斯。每当这种时候，林欣就会放慢自己的语速，并且尽可能让声音洪亮一些，使每句话都能够一字不漏地传到每个人的耳朵里去。他觉得只有这样，才对得起那些虔诚的目光。

今天是一次总结性的报告会，近段时间以来的讲学也将至此暂告一个段落。国家"脑域"技术实验室的工作非常顺利，已经取得了多项重大成果。现在林欣正在向听众分析"脑域"技术的应用前景，他的话不时被热烈的掌声打断。

陈橙埋头浏览资料，思考着需要强调的地方，但一阵突如其来的心悸让她无法继续，她有些恍惚地抬起头，隐约觉得一双很亮的眼睛正从某个地方看着自己。陈橙循着内心的方向望过去，看到一个倚在入口处的人急速地低头离去。陈橙心中一凛，迅速写下"我有急事"几个字递给旁边的叶青衫，之后便悄悄退到了后台。

广场上寥寥的几个人与大厅里的拥挤形成鲜明对比。前面那个人踯躅地朝停车场走去，一副心事重重的样子。过了一会儿，他上了一辆很旧的车朝郊外的方向开去。陈橙急忙挥手拦住一辆出租车。

那人开得有些慢，似乎内心充满犹豫，恰如他先前的背影。陈橙紧张地盯着前方，生怕跟丢了。出租车司机是一个上了年纪的胖子，不时转头笑嘻嘻地打量一眼漂亮的陈橙，一副什么都知道的神情。陈橙当然明白，他多半认为这是一个妻子暗地里跟踪不老实丈夫的游戏，但她也知道这种事情根本就无从辩白。

一个多小时过去了，前面那车丝毫没有停下来的意思。四下里是郁郁葱葱的田野，低矮起伏的山丘绵延地铺展开去。看来这将是一次长途旅行。

"这条路通向什么地方？"陈橙问。

胖老头眯了一下眼睛，说："这条路朝西，再走下去就是大山区了。你那位还真会找地方。"

胖老头这句没深浅的话让陈橙不禁有些脸红，她不知道该说些什么，只好不吭声。胖老头突然踩住刹车说："原来是到这儿来。"

陈橙朝车窗外看去，原来前面那车停在了一家路边店旁。那个人已经跟着打扮妖媚的服务员进店去了。陈橙付过车费，头也不回地下了了车。出租车掉转方向，却没急着走。胖老头从车窗里伸出头来朝店里张望着，似乎想发现点儿什么事。但是他很快便失望了，店里很安静。胖老头有些无趣地缩回去发动了车子，大声吆喝着："返程车，半价！"

那个人佝偻着身子坐在凳子上，很认真地吃着午餐。桌上摆着一盘炒青菜和一碗汤，他大口地扒拉着碗里的白饭，目不斜视，额上粗大的青筋随着他的咀嚼一隐一现。他夹菜的动作很慢，吃得也很慢，就像一头反刍的牛。他吃得很干净，尤其是饭碗，简直都不用再洗了。这本来只是一个夸张的说法，不过这一次这个碗的确用不着再洗了，它突然从那个人的手上滚落在地，碎成了几瓣。那个人并没有去关心碗的命运，因为他听到一个不知是熟悉还是陌生的声音在叫自己的名字。

"何夕。"陈橙又轻轻地叫了一声，然后，她便见到那个佝偻的身影缓缓地回过头来。

4．山谷

蒹葭山是一条支系山脉，地势不高，亦无出奇的风光，平日里人迹罕至。放眼望去，山道旁多为杂草及灌木，偶尔也能看到藤本植物。木本种类不多，栾树算是主要的一种，分布很广，但并没有成为连续的植被；其他木本植物有小叶榕、刺枣、蒙古桑及胡枝子等。在草本植物里，为数不少的是芦苇，密密地分布在低处，其次是藜草、荻草、芒草等。再有就是竹子了，稍稍夸张一点儿，简直可以称作漫山遍野都是。

山间小屋坐落在一处很僻静的山谷里，如果不是有人带路的话，谁都难以找到，只有在这附近才看得出有人居住的迹象。地里长着木薯样的植物，如果经过加工，它可以被做成口味普通的面包。树上缠绕着葡萄藤，结着青涩的果实。小片水田里长着水稻，但生长状况看上去不怎么好。

"想不到你真的选择了这样的生活。"陈橙环视着周遭的田园，她觉得这真是太荒唐了。尽管她早就知道何夕的那些奇思怪想，但她从未想到一个光子商务学的高才生居然会真的实践这样的生活。

何夕没有开口，他急速地四下转动头颅，目光贪婪而急切，不放过任何一件让他起疑的事物，看上去就如同一位正在庄稼地里巡视的老农。过了半天，他似乎没发觉有何不妥，这才如梦初醒地回过头来看着陈橙，"你刚才说什么？"

陈橙在心里叹了口气，然后轻声问道："算了，那不重要。你一直独自一人住在这里？"

何夕咧嘴笑笑："本来还有一个人，但七年前忍受不了寂寞离去了。"

"是一个女人？"陈橙突然问道。话一出口她就觉得后悔，这样问话太唐突了，而且显得自己挺在意似的。

何夕幽幽地看了陈橙一眼，缓缓开口道："不是，是一个合作者。"

陈橙刚要开口，她口袋里的卫星电话突然响了。其实在路上的时候，电话就响过几次，但陈橙一直没有接听。

林欣的语气很焦急："陈橙，是你吗？为什么突然就走了？你在什么地方？"

"我有点儿事情需要处理。你不用担心，我现在很好。"一抹暖意自陈橙心头划过，语气情不自禁变得有些软软的。

"那我就放心了。"林欣在电话那边嘘出口气，陈橙几乎想象得到他擦汗的样子，"这边的事情我会处理，不过你最好还是早点儿回来。"

陈橙收起电话，这才发现何夕一直默不作声地盯着自己。她不太自然地笑笑说："是一个同事。"

"我知道，是那个叫林欣的'脑域'专家。"何夕低声道，"我知道你们一块儿回国的，我都知道。"

陈橙很想说"事情并不是你想的那样"，但是她开不了口，她觉得此时由自己来说这句话会显得很奇怪。

"你饿了吧?"何夕换了话题，"我去给你拿点儿吃的。待会儿你早点儿休息，今天肯定累坏了。"

就连何夕自己都没有意识到，他的语气中那种疼惜的意味恰如多年以前。

5．隐者

蒹葭山的早晨是美丽而多姿的。朝阳从远处的群岚中探出头来，慷慨地将光芒洒向大地。翠绿的植被覆盖着每一片山坡，不知名的鸟儿正在吟唱今天的第一支歌。空气里混合着野花的香气，沁人心脾。

陈橙站在一处地势较高的坡地上，享受着这一切，记忆中，她已经很久没有这样放松过了，一时间竟有几分羡慕这样的闲适生活了。不过这只是一刹那的感受，陈橙立刻意识到这种念头的可笑，田园牧歌的时代已经被历史的车轮远远地抛在了后面，人类精彩的生活篇章其实正是现在。陈橙的思绪很快飞驰到了自己的研究领域，那里的一切才是真正让人醉心不已的——想想看吧，生而为人并且能够置身于人类智慧成果的最前沿，这才是真正无上的精神享受。

"吃点儿东西吧。"何夕突然在身后低声唤道，他系着一条围裙，手里端着一盘点心，似乎刚从厨房里出来。

陈橙注视着身形有些猥琐的何夕，心里掠过一丝叹息。直到现在她都不敢相信，何夕竟然真的安于这种遗世独立的生活，当年那个意气风发、挥斥方遒的何夕已经不存在了，成了记忆里褪色的旧影。

"是有点儿饿了。"陈橙有些不自然地拿起一块点心，这是用磨得粉碎的米饭做成的，吃到嘴里味道很普通。"是你种的？"陈橙随口问道，心里却很奇怪地闪过一个念头，她希望何夕不要说"是"。

但是何夕点了点头："是我亲手种的。这是今年的第一次收成。你是第一个品尝的人。"

正是何夕的这番话让陈橙感到了彻底的失望，因为那是一种充满无限满足似乎别无他求的语气。陈橙终于相信，记忆中那个聪明透顶、志向超凡的何夕真的已经不在了，不知道是什么时候，也不知道是在什么地方，总之不存在了。现在，只剩下一个陶醉于田园牧歌式生活的隐者，满足于他所选择的生活。

"我该走了。"陈橙突然对着远方说道，她没有看何夕。是的，这不是她应该待的地方，她还要去做更有意义的事情。

"你这么快就要走？"何夕愕然地看着陈橙，"我以为你会喜欢这里。"

陈橙笑了笑："也许吧，不过得等到我退休以后。"她下了决心，几乎是义无反顾地朝山坡下走去，丝毫没有理会何夕的反应。

何夕应该听懂了陈橙语气里的讽刺，他的脸一下子涨红了，想说什么但却张不开嘴。

陈橙已经下了两道坎，她突然回头向一直默默跟在身后的何夕问道："还记得我们当年常说的一句话吗？"

"什么……话？"何夕嗫嚅道。

"看来你真的忘了。"陈橙并不意外地开口说道，"那时我们常说，我们为改变世界而思考。也许你现在会认为那时的我们很可笑，但我要说的是——我珍视当年的一切。而现在我正在实践当初的诺言。"说完这句话，陈橙头也不回地离去了，因为她知道此时的何夕无话可说。

但是，陈橙却不得不停下了脚步——何夕突然开口了：

"你错了。改变世界的不是你们，"何夕的声音变得有点儿异样，"而是我。"

6．少年狂

国家"脑域"技术实验室由两幢相邻的 30 层豪华大厦组成。两幢大厦都是完全封闭且隔音的，饮用的全部是纯净水，空气经过最严格的过滤。大厦之间依靠五道全密闭天桥通道连接。楼顶上停放着四架 C2060 直升机，随时处于待命状态。大厦内配备有完善的工作设施、生活设施，从日常用品直至虚拟实境的旅游及游戏节目等应有尽有。葱茏的植物散布在大厦的各个角落，感觉像是一座花园——尽管在人工环境里养护这些奇花异草的花费高得吓人。大约有 300 名研究人员在这里工作，从理论上讲，一个人即使一辈子不下楼也能过得相当舒适。在目力所及的远处，高高低低地矗立着一些类似的建筑，传输速率上万兆的通信线路将这些大厦与世界相连。建立国家"脑域"技术实验室的总投资大约四亿美元，而 7 个月以来，整个实验室的产值已经是这个数字的 30 倍。

唯一让人有那么一点点不愉快的是，透过玻璃窗能看到楼下脏乱的街景，以及那些如过江之鲫般奔波往来的灰头土脸的行人。现在外面似乎正在举行一场庆祝到今天为止中国在本届夏季奥运会上金牌数仍然保持第一的游行，狂热的人群一边喝着劣质啤酒，一边拍打着肋骨分明的胸口声嘶力竭地欢庆胜利，脸上是睥睨天下的豪情。

林欣有点儿心烦地拉上百叶窗，将目光从天空晦暗、空气肮脏的户外收回到这间宽敞明亮、设施完备的办公室里。叶青衫坐在对面的沙发上，他们正在讨论陈橙的去向。

"我觉得应该报警。"林欣坚持自己的看法。

"陈橙不会有事，我们一直都能和她联系上。我们还是先处理手上的事情吧。"叶青衫露出了解的神情，他发觉林欣简直是六神无主了，这让他禁不住想笑。以叶青衫的阅历当然明白是怎么回事，但是他同时也发觉，这件事情到目前为止还处于剃头挑子一头热的阶段。按理说，林欣是个不错的选择，不过感情的事从来就没有什么道理可言。

林欣叹了一口气，将目光转到投影在大屏幕的一份文件上。那是政府方面做出的加快"脑域"技术发展的决议案，中心意思是国家必须在新四经济的浪潮中迎头赶上，文章末尾是一句很有特色的话："脑域"兴国。

叶青衫不动声色地观察着林欣的反应。这份文件他先看过，实际上他应该算得上参与了议案的制订，最末的那句话可以说是所有议案制订人的心声。

叶青衫心里生出一阵难言的感慨，多少年了，这片土地已不知与多少次机遇失之交臂。作为人类文明的发祥地之一，作为拥有过汉唐气象的伟大国度，多少年来却风采黯淡，这怎能不让每个血性未泯的人扼腕长叹？而现在，"脑域"技术却带来了全新的契机，这不仅因为它是能够创造巨大利润的产业，更重要的一点在于，由于陈橙等顶级人才的加盟，使得中国在新四经济时代从一开始便与其他国家站到了同一条起跑线上——准确地说是领先一步。中国专有的多项"脑域"技术已经投入实际生产，前景看好。最新的月度统计数据显示，中国目前在"脑域"技术市场上占据了百分之五十点二的份额。当叶青衫看到这个数字时，他内心涌起的狂喜简直无法用语言来形容，这是这个古老国度几百年以来终于重新在世界最先进领域占有过半数的份额。如果叶青衫再年轻20岁的话，仅仅因为这个数字，他就会脱口狂呼："我们是世界之王！"

实际上，那些在场的年轻人真的那样做了，他们欢呼的声浪几乎要将屋顶掀翻。一时间叶青衫禁不住两眼湿润，眼前这个场面让他有种幸福的感觉，他依稀觉得属于这片土地的那个令人向往的时代正在走来。

7．伤心谷

陈橙回头看着来处，曲折迂回的道路已经被埋没在了茂盛的植被间。从地理上分析，这里只是小屋所在山谷的延伸，但地势却变得开阔了不少，有种别有洞天的意味。同时也正因为这样，阳光没了遮挡，晒得人头顶发烫。

陈橙突然有些想笑，她禁不住想，难道自己真的相信何夕会让她见到"奇迹"吗？她环视四周，这里只是一个农场，这里能有什么"奇迹"呢？说不定到时候，何夕会让她去观赏一头刚出生的小牛，或者是一大片盛开的紫云英。这并非不可能，因为在一个农人眼里，这些就是奇迹。何夕在前面停下来，等着陈橙赶上，目光里带着歉意。

"就在前面。"何夕环视了一下两边并不十分陡峭的山崖，"这个地方看不到什么风景，几乎没有人来。不过这并不是无名山谷，它叫作伤心谷。这里面还有一个故事。"

"什么故事？"陈橙来了兴趣。

"大概是说很久以前，曾经有一个很伤心的人来到这里，然后他便在此幽居一世，再也没有出去过。"

"这算什么故事？"陈橙哑然失笑，"没头没脑的。"

"我倒是觉得这个故事很不错。"何夕若有所思地看着前方，"我们并不需要知道到底发生了什么事情，伤心的人总是有自己的理由。

中国有句古话：'伤心人别有怀抱。'我觉得这个故事听起来又凄凉又美丽。"

陈橙不再搭话，她觉得很累，她已经很久没有徒步行走过这么长的距离了。

"就是这里。"何夕终于停了下来，他回过头，神采奕奕地望着陈橙，眼睛里是一种难以用语言形容的妖异的光。

"这里？"陈橙四下张望，她没有看到什么特别的东西。

"你难道没有感到凉爽吗？"何夕指指上面。

陈橙抬起头，然后她看到满目的苍翠如同一把巨伞撑在头顶，将骄阳挡得严严实实，几乎透不下一丝光线来。陈橙从来没有看到过这么深不可测、这么令人难忘的绿色，触目所及，每一处都仿佛是美玉雕成——但这就是"奇迹"吗？

"是很漂亮。"陈橙淡淡地说，"在这里避暑会很不错。"

何夕没有开口，他痴迷地盯着那些绿得有些过分以至于显得有几分怪异的叶片，仿佛那些叶片是他多年未见的老朋友。何夕自顾自地四下察看着，最后在一根细小的枝丫前停下来。有些白色的小颗粒坠在细枝上，随着凉爽的微风轻轻颤动。

"你到底想让我看什么？"陈橙稍显不耐烦地问，她的心已经飞回了实验基地，开始盘算着回去以后怎样才能把这两天耽误的工作补上。

何夕良久都没有出声，他的脸颊上浮着一团红晕，眼睛紧盯着那根细枝。

"我该走了。"陈橙终于下决心结束这次也许本来就不应该开始的出行。

何夕抬起头来，长长地呼出口气，"你真的没有看到吗？"他指着头顶上的那根细枝说。

"我当然看到了。"陈橙没好气地应了声。

"不，你没有看到。"何夕郑重地摇摇头，仿佛是在宣判什么，"这是一根……稻穗。"

"你说什么？"陈橙像是被人重击了一拳般地僵住了，"稻……穗？"

"当然是稻穗。"何夕用力拍了拍身边那根弯曲粗大、盘龙虬结的树干，"它结在稻谷上。你还没看出来吗？"何夕的声音变得低沉古怪，神色也大异于平常，就像是一位来自黑暗森林的巫师。

"我们正站在一株稻谷的下面。"他用巫师一般的声音说道。

8．警员

刘汉威是那种天生的警察料子，一米八五的个头，目光敏锐，浑身上下的肌肉都紧绷绷的。这块身坯再配上咄咄逼人的眼神，其震慑力可想而知。本来刘汉威此前一直在执行奥运会中国运动员的安保任务，几天来他尽心尽力地保卫着这些"国宝"的安全，总算没出什么事，相处久了还交上了几个运动员朋友，听他们侃些体育界的趣事。刘汉威最喜欢的事就是和运动员掰手腕，他在警局里可从来没遇到过什么对手，但在这里却一败涂地。单从手臂的外观上看，刘汉威似乎还不怎么差劲，但真正较量起来却根本不是人家的对手。不过刘汉威这个人天生就是倔脾气，他怀着怎么也得赢一次的心理挨个儿找体育明星们交手，当然最后的结果都是一个"输"字。如果不是被那位脾气暴躁的教练发现后及时制止的话，刘汉威的征战还将继续下去，不过也正是由于这位教练的话，刘汉威才彻底服了输。

那位教练当时一边瞪着刘汉威，一边咆哮道："你丫算什么？知道国家在这几位爷身上花了多少培养费吗？告诉你，每一位都是拿金山堆出来的。全中国的人都指着他们露脸呢。就凭你也想赢他们？"

刘汉威接到的新任务是参加一个特别行动组，寻找一位叫陈橙的专家。以刘汉威的经验来看，这并不算是严格的失踪案件，因为当事人并没有失去联系，而且也不像失去了人身自由。刘汉威被分在第一组，他将参加首轮行动。上面对此次行动极为重视，公安部的首长亲自坐镇指挥，单从这一点便足以看出此番行动的重要性。随着刘汉威对案件的了解逐步加深，他开始体会到这绝非小题大做。陈橙是当今"脑域"技术的权威之一，她所掌握的每一项专有技术都是身价惊人的机密。同时，她还是政府所倡导的技术报国的典范，无论从哪种角度讲，其人身安全都需要绝对保障。

为了不惊动对方，刘汉威和另两名组员下了警车改为步行。从最近一次卫星定位的数据来看，陈橙所在地应该是五公里之外。由于山地的关系，实际路程肯定要远不少，不过这点儿小事对于训练有素的警员来说根本不算什么。根据计划，他们三人将分散行动，到目的地附近再会合。刘汉威朝身后打了个手势，然后他整个人便立刻像一条蛇似的滑进了郁郁苍苍的林莽。

9. 奇葩

"《山海经》里曾经提到过一种叫木禾的植物。它生长在海内昆仑山上，长五寻，大五围。"何夕目光灼灼地注视着四面的绿色，语气平静地讲述着那个几乎与这个国度同样古老的传说。

直到现在，陈橙才稍稍缓过点儿气来，一种疲倦的感觉让她不自觉地倚在了树干上。她的头有些晕，额角的地方一扯一扯地跳动着，就像是有人拿着绳子在牵动那里。《山海经》，昆仑山，木禾……她听见这些只存在于神话里的名词从何夕的口里不断流淌出来。这些都是神话，一个声音在陈橙脑海里说。但是另一个更高的声音立刻说道，不，你现在就靠在一株木禾的树干上，你能够触摸它的每一片叶子，能够听到风吹动树叶时发出的声音。

"这到底是什么植物？"陈橙的声音几乎低得连她自己都听不见。

"我称它为'样品119号'，因为它是第119号样品培育的，别的那些样品都失败了。从某种意义上讲，它的确是稻谷的一种，但是——"何夕停了一下，"它是多年生的木本植物。"

"木本植物？多年生？"陈橙重复着何夕的话，脸上的表情就仿佛听不懂这些意义明确的词汇表示什么意思。

"你怎么了？"何夕宽容地笑笑。

陈橙镇定了些，她开始认真地观察这株初看上去并不起眼的植物。它的树干扭曲，直径约十厘米，树皮很光滑，摸上去一点儿也不扎手。陈橙现在才发觉它的叶子形状很奇特，又细又长，像是薏仁或者芦苇的叶子，印象中，很少有树木会长这样的叶子。从树干看上去，它无疑具有木本植物的全部特征，但从叶子和穗状花序来看，却又更像是一种草本植物。木禾？也许真的只有用神话里的这个名字为它命名才是最贴切的。

"它已经生长了两年。"何夕幽幽开口，"这是它第一次开花。前两天我来看过，当时没有一点儿动静。但是你一来它就突然开花了，仿佛是专门等着你到来似的。"

"是吗？"陈橙有些魂不守舍地应了声，何夕的话让她有种被什么东西击中的感觉。"你一来它就突然开花了……仿佛是专门等着你到来似的……"这两句话一直在陈橙心里盘桓着，如同一条无孔不入的蛇。

"我觉得自己并没有做什么，只是做了一点儿小小的改动。"何夕接着往下说，"木禾在传说中的仙山上已经自由自在地生长了千万年，所有人都认为这是神话，但是——"何夕突然笑了，额上露出深长的皱纹，"我把它带到了人间。"

"你所说的改变世界就是因为它？"陈橙已经从最初的震惊里恢复过来，她觉得自己又可以思考问题了，"你凭什么认为它能够改变世界？按照预测，全球的粮食贸易总量不会比'脑域'经济的量多。"

"我并不想理会那些数字。"何夕轻抚着光滑的树干，动作很温柔，"我只知道有了'样品119号'，人们就用不着为了增加耕地而砍伐森林了，到时他们每种下一株粮食也就是种下了一棵树。我还知道有了它以后，人们将再也不用像千万年来一样重复翻土播种收割的繁重劳动了，他们只需播种一次，就能够轻松地收获几十年甚至上百年。同时，由于树木的根系远比草本植物发达，人们几乎用不着浇水和施肥。水土流失也将不复存在。只要阳光照得到，只要大地能够容纳，它就可以自由生长，把氧气、淀粉、蛋白质这些自然的馈赠源源不断地提供给人们。到时候，人类将与整个自然融为

270

一体，再也不会分开。”

陈橙这次是真正地傻了、呆了，她完全不能说话，甚至不能动弹，何夕描绘的前景就像神话一般让她完全沉迷于其中不能自拔了。改变世界？何夕是这样说的吧。但这何止是改变世界，这根本就是重塑了一个世界！陈橙目不转睛地盯着仍然沉浸在自己世界里的何夕，她觉得有一种难以用语言形容的光芒笼罩着何夕的脸庞。

“我真的看到了——木禾？”陈橙觉得自己的声音像是别人的。

但是陈橙没有料到，何夕竟然摇了摇头，“我说过的，它是‘样品119号’，不叫什么木禾。”何夕的神情显得有些古怪，这一点任谁都看得出来。他就像是突然想到了什么东西，一种阴鸷的表情从他脸上浮现出来。

陈橙心里有些纳闷儿，她不知道自己说错了什么。一分钟之前，何夕还明明在讲述着那个关于木禾的神话，但转眼之间却又像是变了一个人似的。陈橙不知道自己这时候该说些什么，她下意识地拿指甲刮着一根弯曲的树干，突然嗅到一股很奇怪的气味从树干被刮掉表皮的地方散发出来，就像是腐烂多日的物体发出的，简直令人作呕。“怎么回事？”她吃惊地跳开，“这是什么气味？”

何夕怔了一下，摇摇头，说：“这种气味是它与生俱来的，我曾经想去掉但是没能成功。不过，这种气味只在树干和树叶上才有，种子里没有。也许当年它在昆仑山上时就已经是这样的了。”何夕为自己找的这个理由淡然地笑了笑，但是笑容并没有持续太久，他的表情重又恢复到几秒钟之前的样子。“我们该走了。”何夕补上一句，“我的工作场所就在前面。”

10．迷雾

从外表上看，这间屋子并不起眼，直到何夕带陈橙参观了建在地下的实验室之后，她才发现这其实是一间具有相当规模的研究所。在实验室里，陈橙见到了不少稀奇古怪的装置，有些简直闻所未闻。陈橙去过几处世界知名的农作物培育基地，这方面的见识不少。但是，何夕这里的确有许多不同之处，给人的感觉是他似乎走了一条与主流不大相同的路。有个问题一直萦绕在陈橙心间，那就是，何夕告诉她在"样品119号"里包含有数十种植物的基因，而且称他之所以能够取得现在的成果，是因为找到了一种被他称为"造物主的魔棒"的方法。正是这些基因共同作用的结果，才产生出了这种植物。陈橙的心里始终觉得，"样品119号"笼罩着一层妖异的迷雾，它一方面让人目眩神迷，另一方面却又丑陋得让人难以放心。比如，它那奇怪的扭曲枝干，还有枝干上难闻的气味。如果不是有那小小的稻穗做点缀，它完全应该归入令人厌恶的一类东西。如果何夕真能如他所言那样随心所欲地挥舞造物主的魔棒，那么，"样品119号"又怎么会是如此丑陋不堪的模样？这实在让人难以理解。

"你肯定想知道我是怎么建立起这个设施一流的实验室的。"何夕说这句话的语气就像一个想在朋友面前炫耀的人，他的目光缓缓环视着四周，"当年我们一起求学时学到的那些知识还有用武之地。忘了告诉你，我一直是几家光子商务公司聘请的远程顾问。我就靠这过活，而且还能攒不少钱来做我喜欢做的事情。"

陈橙露出戏谑的神色，"当初你不是说光子商务前途黯淡吗？现在还不是要靠这门技术过活。"

"这并无矛盾。"何夕反诘道，"其实当初我那样讲并不代表我不喜欢这门学科，我只是总结罢了。从新经济时代开始，各种让人眼花缭乱的新潮技术就轮番上阵，各领风骚若干年。唯一不变的是，每种技术都经历了几乎一样的发展过程。其实也不需要我多说，你应该有体会的。"

"我明白你的意思了。"陈橙点点头喃喃地道，她死盯着眼前这个男人的脸，记忆里她曾经与这个男人有过无数次的争论，但每次自己都是最后失败的一方。就像这一次，她本来以为自己会说服对方的，但依然还是同样的结果。尽管陈橙永远都不会在嘴上承认，可是她的内心很清楚自己已经再一次被说服了。恍惚间，陈橙觉得时光的流逝仿佛停滞了，自己又变成很多年前的那个娇气而任性的少女，怀揣彻夜不眠才想出的对策去找那个可气又可恨的人争辩，但三言两语之后再一次失了面子败下阵来，只好一个人躲到校园的角落里暗自赌气伤心。

11．王者

"你们是说行动遇到了困难？"叶青衫带点儿恼恨地问，"不是说已经找到陈橙的所在地了吗，为什么不带她回来？"

坐在他对面的那个胖胖的警官摊了摊手，"我们不能强行那样做。根据侦察，陈橙女士并未被劫作人质，警方在这种情况下没有理由干涉她的自由。现在我们只能在不惊扰她的前提下远距离监视那里的情况。"胖警官指着眼前的计算机屏幕说，"刘汉威警员就在现场附近，如果愿意的话，你可以先看一下他发回的一些录影资料。"

叶青衫不动声色地看着屏幕，他一眼就认出了那个男人。何夕，他在心里悠长地叹息了一声。这么说，陈橙遇见的真的是他。叶青衫知道自己永远都无法忘掉这个奇特的学生，他聪明而偏激，我行我素却又害羞敏感，他就像是一个复杂的混合体。当年何夕全然不顾光子商务学每年给全球经济带来的上千亿美元的增长，公然宣称这只是昙花一现的片刻风光。叶青衫为此曾经与他有过几次正面交锋，虽然最后都以何夕认错了事，但叶青衫知道这只是师威所致，算不得全胜。因为他私下里了解到，何夕在同其他人争论这个问题时，总是驳得对方片甲不留。就连叶青衫心目中最听话的陈橙，最后也在实际上认同了何夕的观点，以至她最终违背了叶青衫的意志转向了"脑域"领域。

画面上的两个人进了屋，他们的声音越来越低，渐渐渺不可闻，而且就连红外波段的摄影机也失去了影像，他们看起来就像是从屋子里消失了。不过叶青衫很快想清楚了个中缘由，屋子里一定有通向地下室的通道。

"我们估计可能有一间地下室存在。"胖警官在一旁说道，"现在我们正在计划下一步的行动。"

"我必须要赶到那个地方去。"叶青衫突然下了决心般地说道，一缕花白的头发随着他头部的运动在额头上一晃一晃的。他一边说一边朝屋子外面走，丝毫不理会胖警官满脸的诧异。

外面的大办公室里人声鼎沸，几名因为街头闹事被捕的男子正同警员拉扯着。劣质白酒散发出的刺鼻酒气从他们的口里一阵阵地喷出来，他们一边挥舞火柴棍似的细长胳膊，一边大笑着狂喊："我们赢了，我们得了七十三枚金牌！我们是世界第一体育强国！美国佬算什么？俄国佬算什么？哈哈哈！我们才是世界之王！哈哈哈，世界之王！"

12. 机锋

转基因技术是多年前新经济时代的产物，它给当时的世界带来的争论之多，只有它所创造的利润可比。但现在它只是一门夕阳产业，这并非说它在新四经济时代没有用武之地，恰恰相反，现在的转基因技术产业的规模是新经济时代的几百倍，可问题的关键在于，它现在创造的利润还不及当年的一半。这听起来似乎不合情理，但说穿了却很简单，因为在新经济时代，它是被掌握在极少数集团手里的尖端技术，他们可以从中获取极高的收益。当时，一头乳汁里含有人体特殊蛋白的转基因奶牛每年能够创造两亿多美元的价值，而现在，就算养1000头这样的转基因奶牛也无法创造这样的效益。

何夕用探针从无菌培养基里挑出一团细小的东西放到显微镜下观察，他的神态很专注。陈橙靠在一旁的转椅上，随意地环视着周围的陈设。何夕只过了半小时便停止了工作，带点儿歉意地一边收拾一边说："让你久等了。这是我每天必须做的工作。"

陈橙轻轻地摇了摇头，"你不用管我。"

"已经弄妥了。"何夕已经收拾完毕，重新将培养基放入小型温室，"这是新培养的一批'样品119号'。我计划扩大实验规模。现在缺的是资金。"

陈橙心念一动，"我记得国家农业部有这方面的专项基金。前不久，我还跟农业部水稻研究所所长袁守平博士见过一面，听他提到过这件事。他是杂交水稻专家，一定会支持这件事情的。"

何夕立刻被陈橙的提议打动了，他的眼里放出光来，不由自主地一把握紧了陈橙的手。陈橙脸上微微一红，但是并没有挣脱开。何夕很快发觉了自己的失态，急忙有些不自然地松开手。

"原来'样品119号'运用的只是转基因技术。"陈橙换了话题，"说实话我有点儿意外，我本以为这里面会有一些新的尖端技术。"

何夕露出神秘的笑容，"我的确没有什么出奇的尖端技术，但这有什么关系呢？我只知道我造就了'样品119号'。所谓的技术就好比一把锋利的刀，但很多手里有刀的人却未必能够雕刻出完美的作品，他们缺乏的是创造性的想象。也许人们早就具备了造就'样品119号'的能力，但却只有我做到了。你明白我的意思吗？"

陈橙不自觉地点点头，她想起当年爱因斯坦评价自己创立的狭义相对论时说的一句话：苹果已经熟了，我只是摘下它的人。但是，谁能否认爱因斯坦那超人的智慧呢？也许何夕有点儿自负，但他的确有资格自负，因为他想到了常人想不到的东西。不，还不止常人。陈橙接着想，自己不也是从未想到过这一点吗？陈橙突然有些气馁，她觉得自己多年来努力取得的那些曾经令她倍感自豪的成就在何夕面前竟然黯然失色。

"可我还是认定一点。"陈橙决定要有所反击，她的自尊心命令她这样做，"现在全世界都看好'脑域'技术，它才是世界经济新的增长点。尤其对于我们这个依然不算发达的国家来说更是如此。这段时间以来，我们每个月的产值都超过20亿美元，我们在全球'脑域'技术的市场上占比份额已经过半，而且还在扩大。我们现在拥有世界第一流的实验基地，拥有世界上最好的'脑域'技术人才，我们将在新四经济时代建立从未有过的优势地位。"陈橙被自己描绘的前景所感染，眼角闪动着隐隐的泪光，"我永远忘不了那天我同叶青衫教授谈到这个问题时他说的一句话，他说为了这一天的到来，他已经盼望了整整一生。"

当陈橙提到叶青衫的名字时，何夕的身体微微抖动了一下，但是他没说什么。陈橙用一句她认为最关键的话来结束了整段谈话："而'样品119号'能够做到这一点吗？它是有许多优点，可它生产的只是每个国家都能生产的最普通也最原始的商品——粮食。"

何夕听到这里突然大笑起来："看来我们终于说到关键的地方了。我承认'脑域'技术的确是我们这个时代最尖端的科技，它只掌握在极少数人手里。你说你们每个月的产值都超过20亿美元，这我完全相信，而且据我分析，其中的利润将达到16亿，也就是说是成本的四倍。道理很简单——那些'脑域'技术产品除了你们的实验室外，没有别的地方能够生产。其实这正是从新经济时代到新四经济时代所共有的唯一不变之处。"

陈橙疑惑地点点头，她很奇怪何夕竟然完全是在顺着她的意思往下说。

何夕莫测高深地接着往下讲："而'样品119号'呢？就像你说的那样，它的最终产品只是粮食，谁都能生产，我根本卖不了高价。结果可能还要糟——你知道'样品119号'的性能，它被推广后可能使得粮食生产变得几乎没有成本，粮食作物将成为野草一样的东西。到时候说不定粮食生产将不复为一个产业。"

陈橙不知道应该怎样理解何夕的话，她甚至搞不懂何夕想说什么。何夕所说的全都是实情，但是照他的说法，"样品119号"将是一种无法创造效益的成果。既然何夕已经认识到了这一点，他为什么不及早回头？

"可是，也许有一件事可以同它做比较。"何夕话锋一转，"照刚才的逻辑，世上无用的成果还有一样，可那却是许多年以来全人类都梦寐以求的最伟大的理想。"

"你指什么？"陈橙喃喃地道，她绞尽脑汁猜想何夕会说什么，但是她实在想不出。

"那就是可控核聚变技术。"何夕慢慢开口，"这种技术的产品是能源，但如果它成功的话，将永久性地解决能源问题，到那时，能源将变得一钱不值。"

陈橙生平第一次觉得自己就像个傻瓜，竟然无法开口说一句话。她疑惑地望着何夕，望着这个她曾以为很熟悉、甚至一度有所轻视的人，脑子里回响着乱糟糟的声音。木禾，"样品119号"，"脑域"，可控核聚变……陈橙恍然觉得支撑着自己世界的那些原本坚不可摧的柱石正在某种力量的挤压下崩塌。

但是何夕并不打算放过她，他的语气变得幽微："对于一个人口不多的国家而言，'脑域'技术会很有用，因为他们可以去赚世界上剩下的高出本国人口几十倍的那些人的钱，再用赚来的钱去享受那些谁都能生产的传统廉价商品。这样的游戏在新经济时代就开始了，当时世界上那个最强大的国家人口只有世界人口的三十分之一，但每年却购买并消耗了世界上三分之一的石油。'脑域兴国'——你们是这样提的吧——对于我们脚下的这片土地来说只是一个可笑的画饼而已。你真的以为自己改变了这片土地吗？你们待在一尘不染并与外界完全隔绝的豪华大厦里，但几步之遥的户外却充斥着肮脏、贫穷、疾病以及污染。你们掌握有世界最先进的'脑域'技术，薪水丝毫不逊于世界任何一个国家的精英，其中的个别人——比如说你或林欣——很快就会成为世界首富。但是，如果你们将头伸出窗外看一眼就会发现，你们什么也没有改变。就好比我们的那些运动精英在本次奥运会上取得了世界第一的骄人战绩，但我们身边的无数人却依然是面黄肌瘦的模样，孩子们要找个免费踢球的地方都很困难。精英们在设施一流的场地里训练，享受普通人永远不可企及的精致食品，有成百上千名各个领域的专家为他们服务，他们的生活根本就与这片土地毫不相干。他们能证明什么呢？那些金牌只能证明我们更看重面子，更乐意在运动员身上花钱而已。"

"老实说，我不知道自己应该怎样理解你的话，我觉得迷惑。"陈橙在短暂的沉寂之后插话道。

"我的意思其实很简单。"何夕望着天边，目光灼人，"对于我们脚下这片浸透着苦难的古老土地来说，只有那些最最'基本'的东西才会真正有用。除此之外的那些所谓新潮技术，所谓领先科技，最终都是些好看但作用却不大的肥皂泡罢了。"

陈橙已经完完全全地沉静下来，她幽深地看着何夕，目光如同暗夜里的星星。

13．异端

叶青衫没能实行自己的计划。就在准备动身时，他接到了警方通知：何夕同陈橙已经离开了兼葭山。

国家杂交水稻研究所是农业部下辖的所有研究所里最重要的一家。这里是一片以米白色为基调的园林式建筑群。在大门的旁边立着一块仿稻穗形状的石碑，上面镌刻着一些令人肃然起敬的名字——他们是这个领域的先行者。

袁守平所长并没有刻意掩饰脸上的不耐烦。当陈橙昨天约请他见面时，他原本打算拒绝的。这倒不是因为他有意端架子，他只是不喜欢陈橙的夸张态度，说什么"粮食产业的革命"。作为一名严肃的农业专家，他对任何放卫星式的做法一向不屑一顾。袁守平是杂交水稻专家，他的一生几乎都奉献给了这种与人类生活密切相关的植物。虽然不能说他对这个领域的研究已达到极致，但也不至于存在什么他完全不知道的"革命"性的东西，基于这一点，他对陈橙的推荐基本上可说是充满怀疑。不过，现在眼前的这个人并不是他想象中那种爱出风头的形象，袁守平与何夕对视了一秒钟，他发觉有种令人无法漠视的力量从这个高而瘦弱的人身上散发出来，竟然令他微微有些不安。

陈橙做了简单的介绍，然后把剩下的时间交给何夕，同时暗示他尽可能简短。但是，何夕的第一句话就让陈橙知道这将是一次冗长的演讲，因为他开口便说："《山海经》是中国古老的山川地理杂志……"

投射进房间里的阳光在地上移动了一段不短的距离，提醒着时间的流逝。袁守平轻轻呼出口气，他这才注意到自己的双腿已经很久都没有挪动过了，以至于有些发麻。他盯着面前这位神态平静的陈述者，仿佛要做某种研究。在袁守平的记忆中，他从来没有像今天这样一语不发地听完对方的讲话。并不是他不想发言，而是他有一种插不上话的感觉。这个叫何夕的人无疑是在介绍一种粮食作物，这本来是袁守平的本行，但是听上去却又完全不对路，尽是些神神道道的东西。不过中心意思还是很清楚的，那应该是一种叫作"样品119号"的多年生木本稻谷。袁守平的额上已经沁出了一层细小的汗珠，这是他遇到激动人心的想法时的表现。他终于按捺不住地问道："这种作物的单产量是多少？比起杂交水稻来如何？"

何夕突然笑了，袁守平一时间弄不明白他的笑是因为什么，在他看来，他们讨论的是很严肃的话题。"我不认为我有必要去过多地考虑这个指标。"何夕笑着说。

袁守平简直要怀疑自己是不是听错了，他急切地反问："难道对于一种粮食作物来说，单产量这样的指标还不够重要吗？如果一种作物离开了这个指标，还能够称得上是作物吗？"袁守平狐疑地盯着何夕看，他真想伸手去探一下何夕的额头，看他是否在发烧。

"你误会了我的意思。"何夕理解地说，"我只是说相比任何杂交水稻，'样品119号'首先在出发点上就已经是天壤之别了，它们根本就不可比。"

"是吗？"袁守平轻轻问了句，抬头环视了一眼这间专属于他的设施豪华的办公室。一幅放大的雄性不育野生稻株的图片挂在最醒目的位置，这是多年前一位杂交水稻研究的先驱者发现的，由此带来了一场杂交水稻的技术变革。那位先驱者本人也因此从权威的挑战者变成了新的权威。现在袁守平所做的一切都是沿着他闯出的道路往下走。这条路已经由许多人走了许多年，已不复是当年崎岖难行的模样，而是很宽阔，很……平坦。

"我知道你们这里有专项的研究基金。"陈橙打破眼前这短暂的沉默，"何夕现在最缺的就是资金。他一个人的力量太小了。"

"你是说资金？"袁守平恋恋不舍地将目光从那幅图片上收回，"我们是有专项的资金，但现在有几个项目都在同时进行。

何况……"

"何况什么?"何夕不解地追问。

袁守平露出豁达的笑容:"我们不太可能将宝贵的资金投入到一个建立在神话之上的奇怪想法中去。想想看吧,你竟然不能告诉我'样品119号'的单产量。"

何夕静默地盯着袁守平的眼睛,几秒钟后,他仿佛洞悉般地叹了口气,说:"虽然我知道这很多余,但我还是想解答你的问题。由于没能规模种植,所以我现在的确还不知道'样品119号'的单产量究竟是多少,但即使今后发现它比不上杂交水稻的单产量,我也将坚持自己的观点,因为那种情况即使出现也肯定是暂时的。不知你是否注意到了这样一种现象,夏天里,再茂盛的水稻田地表也会发烫?这说明大部分太阳能根本没有被利用,而夏天的森林里却总是一片凉爽。这也是木本作物和草本作物的最大区别之一。就好比汽车刚刚诞生时连马车的速度都比不上,但这绝对阻挡不了前者最终取代后者成为世上交通工具的主宰。"何夕苦笑一声,"我知道你们一直走的是水稻杂交路线,培育的作物始终都是草本植物,这同我走的完全不是一条路。在你们这些正统人士眼里,我根本就是一个不守规矩的异教徒,你们可以拒绝帮助我,但这只会让我从内心里感到鄙视。你们不过是为了保持自己占有的一点点先机,但却放弃了更多的可能性。"

何夕说完这句话便头也不回地夺门而出,陈橙仓促地起身朝袁守平点点头后,立马追了出去。屋子里蓦地安静下来,袁守平突然觉得很累,就像是要虚脱的感觉。他无力地靠倒在沙发上,目光正好看到了那幅醒目的图片。这时,就像是有一股力量注进了袁守平的身体，他挺直身板痴痴地看着图片，目光中充满依恋，就仿佛仰望着一个图腾。

14．秘密

叶青衫在研究所门口截住了何夕与陈橙。这是一次意料之外的会面，何夕脸上的表情像是惊呆了。

"同自己的老师见面有这么可怕？"叶青衫有些伤感地说。

"不，您误会了。"何夕镇定了些，"我只是觉得自己对不起老师。"

"这倒不必。"叶青衫立刻明白了何夕的意思，"人各有志，岂能强求？就连陈橙不也是改学了专业吗？我不怪你们。"其实这句话并没有道出全部实情，因为在叶青衫眼中，陈橙走的依然是正途，她今日的成就令他也感到荣光；而何夕却是堕入了旁门左道，叶青衫甚至都不知道何夕究竟在干些什么。

叶青衫转头对陈橙说："这些天我们都很担心你。林欣现在也没法静下心来工作。"

叶青衫的目光突然飘向陈橙的身后，"说曹操曹操就到了。"

陈橙一回头，林欣的头正从一辆警车中伸出，车像脱缰野马般冲过来后猛地停下。林欣跳下车，忘情地扑上来紧紧拥住陈橙，脸庞涨得通红。"这些天出什么事了？"林欣大声问。

但是看来他并不打算让陈橙回答，因为他将陈橙的整个脸庞都死死压在了自己的胸前。

"别这样。"陈橙费力地挣脱出来，她的目光从何夕脸上扫过，看到一丝复杂的神色滑过何夕的眼底。"我先介绍一下。"陈橙指着何夕说，"这是何夕，我的老同学。"又指着林欣对何夕说，"这是林欣，我的……老同事。"

"何夕。"林欣念叨着这个似曾听过的名字，同时探究地看着眼前这个男人的脸。他既然是陈橙的同学，年龄应该也是 30 多岁，但是看上去的苍老程度却接近 50 岁，很久没刮的胡子乱糟糟地支棱着，更加夸大了这种印象。林欣不由自主地摸了摸自己光洁的下巴。

"常听陈橙提起你。"何夕伸出手与林欣相握，"我知道你是世界著名的'脑域'学专家。"

"过奖过奖。"林欣照例谦虚地笑，同时礼节性地轻轻碰了一下何夕的手，就如同面对众多的仰慕者一样。之后，他便立刻将注意力集中到了陈橙身上，同叶青衫一道关切地询问起来。

何夕在一旁茕茕孑立，沉默地注视着这个热闹的重逢场面，一丝几乎难以察觉的落寞神色滑过他的眼角。长久以来，他已经习惯了遗世独立的生活，对于外界的喧嚣几乎从不在意。但是眼前这似曾相识的情景却在一瞬间无可抵抗地击中了他，一股久违的软弱感觉从他心里翻腾起来。

我在这里做什么？何夕问自己。这是他们的世界，我不该留在这里，我应该回到自己的山谷中去。何夕最后看了一眼正沉浸在相逢之乐里的人们，慢慢地朝后退去。

但是一个声音止住了他，是陈橙。"何夕快过来。"她神采飞扬地喊道，"我有一个提议。"

何夕的脚步立即停了下来，这并非因为有什么"提议"，而是因为这是陈橙在叫他。他淡淡地笑着迎过去，加入到原本离他很远的热闹之中。

"我计划从我们的研究经费里抽出一部分来资助你。"陈橙大声说，"加上老师和林欣，到时候凭我们三个人的支持一定能通过这个提案。"

"支持？那……当然了。"林欣转头看着何夕，就像是看着一个靠女人生活的男人，"我没什么意见。"

"怎么说话有气无力的？"陈橙打趣地望着林欣，"何夕不会浪费你那些宝贵经费的，他从事的是很有意义的事情，他研究木禾。"

"什么……木禾？"叶青衫迷惑地看着何夕，"那是什么东西？"

"木禾是一种长得很丑又有臭味的树。不过却很了不起。"陈橙的语气有点儿卖关子的味道。这么多年来，所有人都误会了何夕，但现在她真的替何夕感到骄傲。

然而，何夕脸上的神色却突然变得阴沉，"从来没有什么木禾。我研究的是'样品119号'。"

陈橙悚然惊觉，这已经是何夕第二次这样强调了。他似乎很不愿意听到别人提起"木禾"这个词，就像是有什么不为人知的东西一直哽在他的胸口。陈橙不解地望着何夕，但是后者已经紧紧抿住了嘴唇，也许那将会是一个永远的秘密。

15．绝尘

陈橙有些不耐烦地敲着桌面。国家"脑域"技术实验室各个部门的负责人基本都已到场，今天他们将讨论向"样品119号"项目（这真是一个奇怪的名称）注入资金的事宜。时间已经到了，但是何夕却没有现身，这让陈橙有些不快，也许长久以来的农夫生活令他也变得疏懒了。

去催问的人回来了，他径自走到陈橙面前交给她一个金属盒子，"是那个人留下的，指明交给你。"

盒子很厚，有种沉甸甸的感觉。陈橙有种不好的预感，她两手颤抖着打开盒子，里面最上层放着一台微型录音机。陈橙戴上耳机，何夕那浑厚的声音传了出来：

"陈橙：凭你的聪慧，当你收到盒子的时候一定就意识到什么事情发生了。是的，我走了，这是我费了很大力气才决定的。你一定奇怪我为什么这样做，老实说一时间我自己都无法完全说清楚。我知道你们即将讨论资助我的研究的事情，而正是这一点促使我尽快离去。很奇怪吧？等你听我说完就会明白了。

"我的研究其实早在两年前就完成了。一切都很成功，甚至近于完美。我挥舞着造物主的魔棒创造出了我想要的东西，我将世间植物的所有优点都赋予了它，在那令人永生难忘的一刻里，我将木禾从高不可攀的神山上带到了人世间。

"是的，我是说木禾，而不是什么'样品119号'。那时的木禾还只是一株幼苗但却苍翠而修长，可以想见长成后的伟岸与挺拔，也许就像《山海经》所说的那样'长五寻，大五围'。我目眩神迷地注视着它，大声地赞美它，就像是面对自己倾心不已的恋人。但是接下来，我却伸出脚去将它碾作了一团泥。不仅如此，此后我全部的工作便是搜寻植物中那些令人不快的基因表达，比如弯曲的枝干以及恶心的气味，并且挖空心思将与这些性状有关的基因嵌入到木禾中去。这样做的结果便是你看到的那种奇怪植物——'样品119

号'。长久以来，我一直就在做这些事情，那天我说希望得到研究资金，其实是因为我还想在'样品119号'中加入某种制造植物毒素的基因，以便让它的树干中含有剧毒。

"听到这里你一定以为我疯了。但是你错了，我并没有疯，恰恰相反，做着这一切的时候我很清醒。我之所以这样做只有一个原因，那就是我太喜欢木禾了，它是我半生的心血。中国有句古话：匹夫无罪，怀璧其罪。你明白我的意思吗？大象因为象牙之美而招致杀身之祸，犀牛死于名贵的犀角，而森林则因为伟岸挺拔的树干而消失。人类主宰着这片多灾多难的土地，按照自己的意愿支配着一切。我将这些性状加入到木禾中去，只是起某种防御作用罢了。我这样做只是希望有朝一日木禾能够遍布这颗历经沧桑的星球，而不是被砍伐一空——这种事情实在太多了，让我根本无法相信人类的理智。如果资金到位，我准备马上开始。

"但是我最终决定放弃了，这真是一个难以做出的决断，我为此彻夜不眠。不过现在我总算下定了决心，我想自己总该对世界保留一些希望吧。也许在得到教训之后，人们不会再像以前那么贪婪了呢？也许这都是我的杞人忧天呢？所以我把最后的决定权交给你，在盒子里有两支试管，里面分别培养着木禾以及'样品119号'的幼体，但愿你内心的声音能够引领你做出正确的决断。

"你一定想问我会到哪儿去。别为我担心，我有自己的路可走。还记得我们说过的，这个世界除了木禾之外，还有一项研究也是'无用'的吗？最大胆的预测是有实用价值的可控核聚变技术将在50年至100年后问世，也许那便是我的归宿。这次重逢让我知道经过这么多年之后，我们的人生之路已经相隔太远，同学少年的美好时光就让它在记忆里永存吧。再见了，陈橙。向林欣问好，他是一个很不错的人。"

整间屋子鸦雀无声，所有人都面面相觑，不明白发生了什么事。

陈橙从盒子里抽出两支试管，一时间，整间屋子都仿佛变得明亮起来。左边的试管壁上标着"样品119号"的字样，里面有几株不起眼的黄绿色小苗；而另一支试管则没有任何标记。陈橙将目光集中到右边的那支试管上，她并没有意识到自己的手已经开始颤抖。试管里也是几株小苗，纤细而柔弱地斜躺着，除了那夺人心魄的绿色之外，并没有什么出奇之处。

木禾。陈橙在心里轻唤了一声，如同呼喊一个奇迹。霎时间，陈橙的心中滚过万千难以用语言形容的感慨，她仿佛看到了掩映在云雾深处的海内昆仑山，千万年来簇簇仙葩自由自在地在绝顶之上生长着，山腰风雪肆虐，一个渺小而倔强的身影若隐若现……

"你怎么了？"林欣关切的询问将陈橙从短暂的失神中惊醒，"那支没有标记的试管里是什么植物？"林欣追问道，"它叫什么名字？"

陈橙陡然一滞，竟然不知道该怎样回答这个问题。她的目光停留在了试管上，是的，那个人将决断的权力交给了她，那个人将神话里的木禾带到了人世间，但是很快便发现它太完美了，几乎不可能在这个早已摒弃了神话的世界上生存。

"它也是'样品119号'吗？它也是稻谷吗？"林欣挠挠头，"不过看起来有些不一样。"

"它会是一棵擎天大树。"陈橙脱口而出，泪水在一瞬间浸湿了她的双眼。

《宇宙钟摆》新书预告

超光速追缉挑战想象力极限，
宇宙钟摆系统概念带你滑向宇宙深渊！
生命形态可以量子化呈现？
高极智能的最终归宿难道都要进化到能量状态？
点燃木星虽可以给人类取暖，但可怕后果谁能预料？
移民水星是否可行？
驾地球逃出太阳系难道就能找到新家……

世间万物，皆有生灭，就算存在了130多亿年的宇宙也概莫能外！

"宇宙钟摆"就是这样一个控制宇宙生死轮回的大系统。它由两个以上引力中心构成一个奇特的时空结构，在这个宏大无匹的结构中，宇宙中的所有物质只能在几个引力支点中作钟摆运动，宇宙万物的轮回由此而生。

对于这个系统，人类原本一无所知，但一场无法躲避的灾难，却加速了我们对它的认知：

公元二十二世纪初，地球进入一片需要3000万年才能穿越的星际尘云。早在两三亿年前，地球便因穿越这片浩瀚尘云而进入漫长的冰河期，地球上97%以上的生物惨遭灭绝……而这次，走进这条进化死胡同的，却是我们人类！

为了应对这场末日劫难，有人主张利用量子发动机技术，将地球推离原有轨道；有人主张移民水星或点燃木星取暖；还有人暗中策划"涅槃计划"，试图利用外星智慧，将人类改造成嗜杀成性但能适应恶劣环境的的鹬羽人……

不同的意见导致无尽的争执与杀戮，人类面临两难抉择：要么被异化，要么被灭绝？最终主张维持人类本性的一方占据上风，"涅盘计划"策划者因此叛逃向宇宙深处。于是，一场超光速飞船追缉叛逃者的太空大戏在宏大的宇宙背景下展开。在惊心动魄的追缉中，狄拉克号飞船诡异的陷入时空陷阱，没想到却让人类意外地掀开了"宇宙钟摆"的神秘面纱。

"宇宙钟摆"能否改变人类面临的厄运？最终结局超出了所有人想象……

银河行星：本名吴信才，重庆市璧山人，新生代科幻作家。作品叙事宏大，擅长多角度展现人与宇宙万物的对应关系，擅长在众多科幻创意中反复切换，进而展现人类在极端状态下的生存状态，心理状态。其作品画面感极强，受到多家影视公司肯睐。代表作《宇宙钟摆》三部曲以及其所著的所有作品，均已天价签约影视。